決定版

長くつ下のピッピの本

アストリッド・リンドグレーン 作　イングリッド・ヴァン・ニイマン 絵

石井登志子 訳

【BOKEN OM PIPPI LÅNGSTRUMP】
Text by Astrid Lindgren
Illustrations by Ingrid Vang Nyman

First published in 1952 by Rabén & Sjögren, Sweden.

This Japanese edition published in 2018 by Tokuma Shoten Publishing Co., Ltd., Tokyo
by arrangement with The Astrid Lindgren Company, Lidingö, Sweden.

決定版

長くつ下のピッピの本

もくじ

1 ピッピが、ごたごた荘《そう》にやってきた

小さな小さな町のはずれに、あれはてた庭《にわ》がありました。庭《にわ》の中には古《ふる》びた家《いえ》があり、ピッピ・ナガクツシタは、そこに住《す》んでいました。

ピッピは九歳《きゅうさい》の女の子。この家《いえ》に、ひとりきりでくらしています。お母《かあ》さんもお父《とう》さんもいませんが、ほんとうのことをいうと、これはなかなかなかなかくちんなことでした。だって遊《あそ》んでいるさいちゅう、楽《たの》しくてたまらないときに、「さあ、もうねなさい」なんていったり、あめ玉がほしいときに、むりやり肝《かん》油《ゆ》を飲《の》ましたりする人が、いないのですから。

ずっとまえは、ピッピにも、お父《とう》さんがいました。ピッピはお父《とう》さんのことが、大《だい》、大《だい》、大好《だいす》きでした。ええ、もちろん、お母《かあ》さんもいたのですが、ずいぶんまえのことなので、ぜんぜんおぼえていません。

お母《かあ》さんは、ピッピがまだ小さな小さな赤ちゃんのころ、ゆりかごの中であまり大声《おおごえ》で泣《な》くため、だれも近《ちか》づけないでいるころに、死《し》んでしまったのです。

お母《かあ》さんはいま天国《てんごく》にいて、小さな穴《あな》から自分《じぶん》を見ている、とピッピは信《しん》じていました。だから、ピッピはときどき、空にむかって手をふって、「しんぱいしないでー！　あたしは、だいじょうぶよー！」と、知《し》らせることにしていました。

お父《とう》さんのことは、よくおぼえています。お父《とう》さんは船長《せんちょう》さんで、大海原《おおうなばら》を航海《こうかい》していました。ピッピも、お父《とう》さんといっしょに船《ふね》に乗《の》っていたのですが、あるとき、大あらしにあい、お父《とう》さんは海《うみ》にふきとばされて、すがたが見えなくなってしまったのです。

でもピッピは、お父《とう》さんがいつかきっともどってくる、と、かたく信《しん》じていました。お父《とう》さんがおぼれてしまったなんて、どうしても思《おも》えないのです。お父《とう》さんは、どこか南《みなみ》の島《しま》に流《なが》れつき、島《しま》の王さまになって、頭《あたま》に金《きん》の冠《かんむり》をのっけて、一日じゅう元気《げんき》に歩《ある》きまわっているはずです。

「お母《かあ》さんは天使《てんし》で、お父《とう》さんは南《みなみ》の島《しま》の王さま。こんなにすばらしい親《おや》をもっている子どもなんて、めったにいないわ」と、ピッピはしょっちゅう、うれしそうにいいます。「お父《とう》さんは、そのうちあたらしい船《ふね》を作《つく》って、あたしをむかえにきてくれるの。そうなれば、あたしは南《みなみ》の島《しま》のお姫《ひめ》さまだ。わーい、とっても楽《たの》しみ！」

このあれはてた庭《にわ》にたつ家《いえ》は、お父《とう》さんが何年《なんねん》もまえに、買《か》ったものでした。お父《とう》さんは、年をとって、もう航海《こうかい》ができなくなったときに、ここでピッピといっしょに住《す》むつもりだったのです。ところがざんねんなことに、お父《とう》さんは、海《うみ》にふきとばされてしまいました。それでピッピは、お父《とう》さんがもどってくるのをここでまとうと、まよわず、ごたごた荘《そう》へやってきたのです。

そう、この家《いえ》は、ごたごた荘《そう》という名前《なまえ》でした。家具《かぐ》もそろっていて、ずっとピッピが来《く》るのをまっていました。

ある気もちのいい夏《なつ》の夕《ゆう》ぐれ、ピッピは、お父《とう》さんの船《ふね》をおり、船乗《ふなの》りさんたちに、さよならをいいました。みんなはピッピがとても好《す》きでしたし、ピッピも、みんなが大好《だいす》きでした。「バイバイね」と、おわかれのあいさつをすると、ピッピはみんなのおでこに、じゅんばんにキスをしました。「あたしのことなら、しんぱいしないで。これからも、ちゃんとやっていくから！」

ピッピは、船《ふね》からふたつのものをもってきました。ひとつは、ニルソン氏《し》という名前《なまえ》の小さなサル――お父《とう》さんからもらったのです――そして、もうひとつは、金貨《きんか》がいっぱい入った旅行《りょこう》かばん。

船乗《ふなの》りさんたちは、甲板《かんぱん》の手すりにもたれて、ピッピのすがたが見えなくなるまで、見おくっていました。ニルソン氏《し》を肩《かた》にのせ、旅行《りょこう》かばんを手にもって、ピッピはふり返《かえ》りもせずに、しっかりと歩《ある》いていきました。

ピッピが見えなくなると、船乗《ふなの》りのひとりが、「すごい子だなあ」とつぶやいて、なみだをぬぐいました。

そのとおりでした。ピッピはほんとうに、すごい子でした。何《なに》よりすごいのは、とても力が強《つよ》いことでした。おそろしく強《つよ》いので、ピッピほど強《つよ》いおまわりさんは、世界《せかい》じゅうさがしても、見つからないほどです。もちあげようと思《おも》えば、ウマ一頭《いっとう》だってもちあげられるのです。そしてじっさい、もちあげようと思《おも》いました。

というのも、ごたごた荘《そう》にひっこしてきたその日に、ピッピは、いっぱいある金貨《きんか》を一枚使《いちまいつか》って、自分《じぶん》のウマを買《か》ったのです。ずっとウマがほしかったからです。

そして、そのウマはいま、ごたごた荘《そう》のベランダにいました。でもピッピが、ベランダで食後《しょくご》のコーヒーを飲《の》みたいと思《おも》ったときには、ウマをかるがるともちあげて、庭《にわ》へおろすのでした。

さて、ごたごた荘《そう》のとなりにも庭《にわ》があり、家《いえ》がたっていました。この家《いえ》には、お父《とう》さんとお母《かあ》さん、そして男の子と女の子のふたりの子どもがくらしていました。

男の子はトミー、女の子はアニカという名前《なまえ》です。ふたりはとてもやさしく、ぎょうぎがよく、いうことをよくきく子どもでした。トミーはつめをかんだりしないし、お母《かあ》さんにたのまれたことは、いつもちゃんとやりました。アニカも、思《おも》いどおりにならないからといってさわいだりしないし、きれいにアイロンのかかった、こざっぱりした木綿《もめん》のワンピースを着《き》て、よごさないように気をつけていました。

トミーとアニカは、いつも庭《にわ》でおとなしく遊《あそ》んでいましたが、ときどき、友《とも》だちがいればいいのにな、と思《おも》っていました。ピッピがまだお父《とう》さんと航海《こうかい》をしていたころ、ふたりはいつも庭《にわ》の柵《さく》にもたれて、こんなふうに話《はな》していました。

「あの家《いえ》にだれも住《す》んでいないなんて、つまらないや！　子どものいる人がひっこしてきたらいいのになあ」

ところが、気もちのいい夏《なつ》の夕《ゆう》ぐれ、ピッピがごたごた荘《そう》にはじめてやってきた日、トミーとアニカは、家《いえ》にいませんでした。ふたりは、お母《かあ》さんのほうのおばあちゃんちへ、一週間《いっしゅうかん》泊《と》まりにいっていたのです。だから、おとなりにだれかがひっこしてきたなんて、夢《ゆめ》にも思《おも》っていませんでした。

帰《かえ》ってきたつぎの日、門《もん》のところで通《とお》りをながめているときも、こんなに近《ちか》くに遊《あそ》び友《とも》だちがいるとは知《し》りませんでした。ところが、ふたりが門《もん》のところで、きょうは何《なに》をしようか、何《なに》か楽《たの》しいことがあるかしら、それとも、おもしろいことを思《おも》いつかなくて、つまんない日になるのかな、なんていいあっていた、ちょうどそのとき、ごたごた荘《そう》の門《もん》があいて、女の子が出てきたのです。

とても変《か》わった女の子だったので、トミーとアニカは、目がまんまるになりました。朝《あさ》のさんぽに出てきたピッピ・ナガクツシタは、こんなかっこうでした。

髪《かみ》の毛《け》はニンジンとおなじ色《いろ》で、それをかたくあんだ二本のおさげが、顔《かお》のよこにつきでています。鼻《はな》は小さなジャガイモそっくりで、顔《かお》はそばかすだらけ。鼻《はな》の下には、大きな口があって、じょうぶそうな白い歯《は》がのぞいています。

着《き》ている服《ふく》も、とてもきみょうですが、これは、ピッピが自分《じぶん》でぬったものでした。青い服《ふく》を作《つく》るつもりだったのに、青い生地《きじ》がたらなかったので、あちこちに赤い布《ぬの》をたしたのです。

長《なが》くてほそい足には、長《なが》いくつ下をはいていましたが、かたほうは黄色《きいろ》で、もうかたほうは黒《くろ》です。そして、はいている黒《くろ》いくつの大きいことといったら、ピッピの足のきっかり倍《ばい》はあります。そのうち、足が大きくなるだろうと、お父《とう》さんが南《みなみ》アメリカで買《か》ってくれたものです。ピッピはほかのくつがほしいなんて、一度《いちど》も思《おも》ったことがありませんでした。

トミーとアニカは、この知《し》らない女の子の肩《かた》にすわっているサルを見て、ますます目をまるくしました。それは小さなオナガザルで、みどりのズボンと上着《うわぎ》を着《き》て、麦《むぎ》わらぼうしをかぶっていました。

ピッピは、道路《どうろ》を歩《ある》いていきました。かたほうの足は歩道《ほどう》の上、もうかたほうは、側溝《そっこう》のふちをふみながら歩《ある》いていきます。トミーとアニカは、そのすがたが見えなくなるまでながめていました。しばらくすると、女の子はもどってきましたが、こんどはうしろむきに歩《ある》いてきます。むきを変《か》えずに、家《いえ》へ帰《かえ》ろうと思《おも》ったのでしょう。

ピッピは、トミーとアニカのいる門《もん》のまんまえまで来《く》ると、立ちどまりました。三人はだまっておたがいを見ていましたが、とうとう、トミーが口をひらきました。

「どうしてうしろむきに歩《ある》いてたの？」

するとピッピはこたえました。

「どうしてって？　あたしたちは、自由《じゆう》な国《くに》に住《す》んでるんじゃないの？　好《す》きなように歩《ある》いちゃいけない？　それにね、教《おし》えてあげるけれど、エジプトではみんな、こんなふうに歩《ある》いてて、だれもへんだなんていわないのよ」

「どうして知《し》ってるの？　エジプトへ行《い》ったこと、ないだろ？」トミーがいいました。

「あたしがエジプトへ行《い》ったことがないって！　あるわよ、かけてもいいわ。世界《せかい》じゅうまわって、うしろむきに歩《ある》く人よりも、もっと変《か》わった人たちも見たわ。

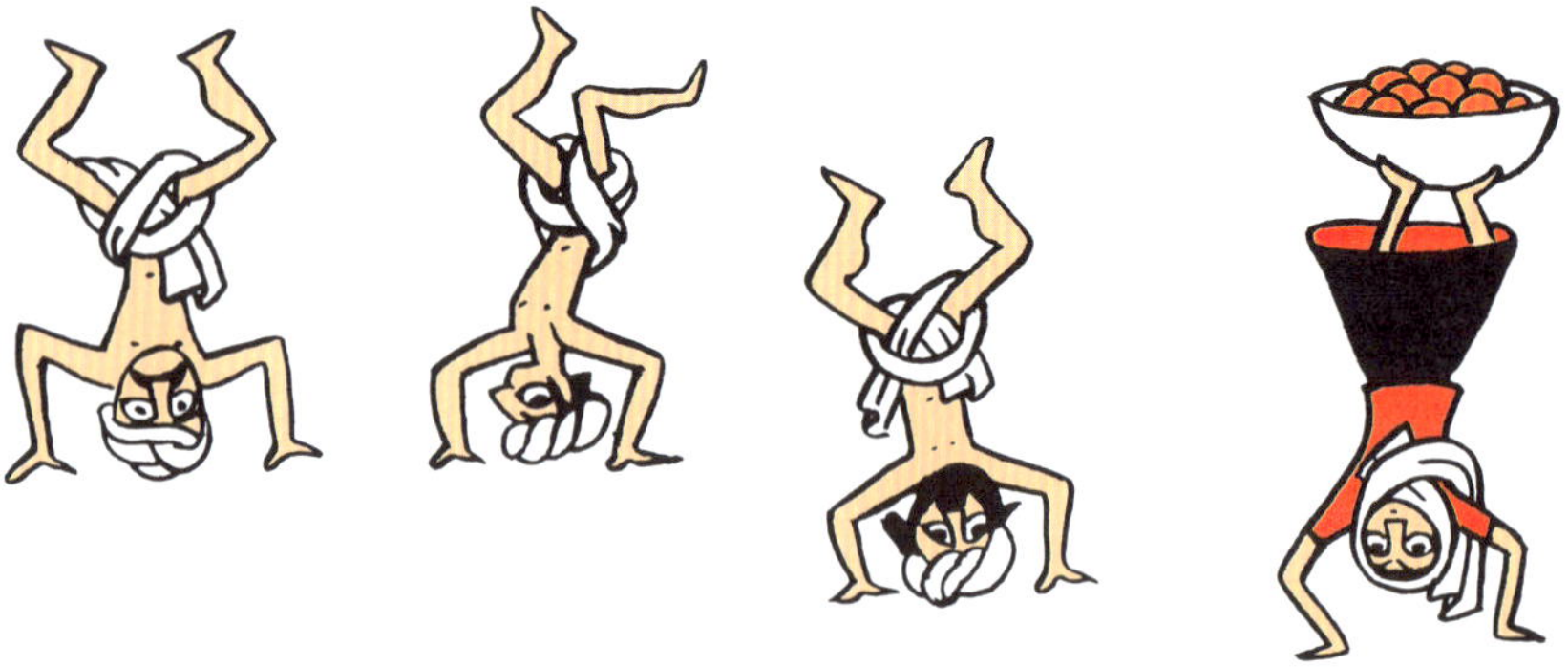

インドシナ半島の人たちみたいに、さか立《だ》ちで歩《ある》く人とかね。どう思《おも》う？」

「そんなの、うそだろ！」と、トミー。

ピッピはちょっと考《かんが》えてから、「そう、あんたのいうとおりよ」と、悲《かな》しそうにいいました。

「うそをつくのは、悪《わる》いことよ」アニカがようやく口をひらきました。

「そう、うそをつくのは、とっても悪《わる》いことよ」ピッピは、さっきよりも、もっと悲《かな》しそうにいいました。

「でもね、ときどき、わすれてしまうの、わかる？　お母《かあ》さんは天《てん》使《し》で、お父《とう》さんは南《みなみ》の島《しま》の王さまで、ずっと船《ふね》に乗《の》っていたような小さな子どもが、いつもほんとうのことをいうなんて、むりでしょ？　それにね」と、ピッピはそばかすだらけの顔《かお》をかがやかせて、つづけました。

「南《みなみ》のほうの、ある国《くに》じゃ、ほんとうのことを話《はな》す人なんて、ひとりもいないの。みんな一日じゅう、うそばっかり。朝《あさ》の七時《しちじ》から、お日さまがしずむまでよ。だから、あたしがうそをいっても、ゆるしてちょうだい。そこにちょっと長《なが》くいすぎたせいなんだから。それでもあたしたち、友《とも》だちになれる？」

「もちろんだよ」こうこたえたとたん、トミーはきゅうに、きょうはいつものたいくつな日にはならないぞ、という気がしてきました。

「それなら、うちへ来《き》て、朝《あさ》ごはんを食《た》べない？」ピッピがさそいました。

「食《た》べないかって？　食《た》べるよ。さあ、行《い》こう！」と、トミー。

「うん、すぐに行《い》きましょ！」アニカもいいました。

「じゃあ、まず、このニルソンちゃんをしょうかいするわね」と、ピッピがいうと、小さなサルのニルソン氏《し》は、ぼうしをとって、ていねいにおじぎをしました。

それからみんなは、ごたごた荘《そう》のこわれそうな門《もん》をとおって、木のぼりにぴったりのこけむした古《ふる》い木々が両側《りょうがわ》にならぶじゃり道《みち》を、家《いえ》のまえまで行《い》くと、ベランダにあがりました。

ベランダではウマが、スープ鉢《ばち》から、カラス麦《むぎ》をむしゃむしゃ食《た》べていました。

「いったいどうして、ベランダにウマがいるの？」トミーはききました。トミーの知《し》っているウマはみんな、ウマ小屋《ごや》にいるからです。

「それはね……」ピッピはよく考《かんが》えてから、こたえました。「台所《だいどころ》にいると、じゃまになるの。それにこのウマは、客間《きゃくま》が好《す》きじゃないみたい」

トミーとアニカは、ウマをぽんぽんとかるくたたいてから、家《いえ》の中へ入りました。

家《いえ》の中には、台所《だいどころ》と、客間《きゃくま》と、寝室《しんしつ》がありました。でも、どこもちらかっています。ピッピは、まだそうじをする間《ま》がなかったみたいです。

トミーとアニカは、南《みなみ》の島《しま》の王さまがどこかにすわっていないかと、おそるおそるあたりを見まわしました。南《みなみ》の島《しま》の王さまなんて、これまで見たことがありません。

でも家《いえ》の中には、お父《とう》さんもお母《かあ》さんもいませんでした。アニカはしんぱいになって、ききました。

「あんた、ひとりっきりで住《す》んでるの？」

「そんなことないわ」と、ピッピ。「ニルソンちゃんと、ウマもいっしょよ」

「そうじゃなくて、お父《とう》さんとかお母《かあ》さんはいないの？」

「いないわ」ピッピは明《あか》るくこたえました。

「じゃあ、毎晩《まいばん》だれが、もうねなさいっていうの？」

「あたしが自分《じぶん》でいうの。さいしょは、すっごくやさしくいうの。それでいうことをきかないと、きびしくいって、それでもねなかったら、ぱちんとぶってやるの」

トミーとアニカには、さっぱりわからなかったのですが、きっといい方法《ほうほう》なのでしょう。三人で台所《だいどころ》にやってくると、ピッピは大声《おおごえ》をはりあげました。

さあ、パンケーキをやくわよー、
ほらほら、おいしいパンケーキ、
いっぱい食《た》べてね、パンケーキ！

ピッピはたまごを三つとりだすと、宙《ちゅう》にほうりあげました。ひとつは、ピッピの頭《あたま》の上に落《お》っこちてわれたので、黄身《きみ》が目のほうまで流《なが》れてきました。けれど、あとのふたつは、なべでうまく受《う》けとめました。もっとも、たまごはぐしゃぐしゃにわれています。

「たまごの黄身《きみ》は、髪《かみ》の毛《け》にいいんだって」といって、ピッピは目をふきました。

「もうすぐ、毛《け》がぐんぐんのびてくるのがわかるわよ。ブラジルではみんな、髪《かみ》の毛《け》にたまごをつけてるから、はげ頭《あたま》の人なんか、ひとりもいないの。でもね、あるとき、まぬけなおじいさんがいて、たまごを髪《かみ》の毛《け》につけるかわりに、食《た》べちゃったんだって。だから、おじいさんはつるつるのはげになっちゃって、町にあらわれると、大さわぎ。パトカーが来《く》るほどだったの」

しゃべりながらピッピは、なべの中のたまごのからを、指先《ゆびさき》で器用《きよう》につまみだしました。

つぎに、かべにかかっていたブラシをとると、パンケーキの生地《きじ》をあわだてはじめたので、生地《きじ》がかべに飛《と》びちりました。それから、なべに残《のこ》った生地《きじ》を、コンロの上のフライパンに流《なが》しこみました。

片面《かためん》がこんがりやけると、ピッピはパンケーキを、ぽーんと天井《てんじょう》にむかってほうりあげ、ひっくり返《かえ》して、またフライパンにもどしました。そして、反対側《はんたいがわ》もうまくやけると、パンケーキをひょいと投《な》げました。パンケーキは台所《だいどころ》をまっすぐ飛《と》んでいき、テーブルのおさらの上に、ぴたりと着地《ちゃくち》しました。

「さあ、冷《さ》めないうちに、食《た》べてね！」ピッピは大きな声《こえ》でいいました。

トミーとアニカは、食《た》べました。とてもおいしいパンケーキでした。

食《た》べおわると、ピッピはふたりを、客間《きゃくま》へ案内《あんない》しました。客間《きゃくま》にある家具《かぐ》は、ひとつだけでした。書きづくえのついた、小さなひきだしがいっぱいの、大きなタンスです。ピッピはひきだしをあけて、しまってある宝《たから》ものを、トミーとアニカに見せました。

めずらしい鳥《とり》のたまご、めずらしいまき貝や石、小さいすてきな箱《はこ》、きれいな銀《ぎん》のかがみ、真珠《しんじゅ》のネックレスなど、ピッピが、お父《とう》さんといっしょに世界《せかい》じゅうの海《うみ》を航海《こうかい》していたときに、あつめたり、買《か》ってもらったりしたものばかりです。

ピッピはあたらしい友《とも》だちに、友《とも》だちになった記念《きねん》に、プレゼントをすることにしました。トミーは、にぶく光《ひか》る真珠貝《しんじゅがい》を柄《え》にはりつけた短剣《たんけん》、アニカは、ピンクの貝がらでかざられたふたつきの小さな箱《はこ》をもらいました。箱《はこ》の中には、みどり色《いろ》の石のついた指輪《ゆびわ》が入っていました。

「さあ、あんたたち、もう家《いえ》に帰《かえ》ったらどう？」ピッピがいいました。

「家《いえ》に帰《かえ》らないと、あした、また来《こ》られないじゃない？　そしたら、つまらないでしょ？」

トミーとアニカも、そう思《おも》いました。そこで、家《いえ》に帰《かえ》ることにしました。

カラス麦《むぎ》をすっかり食《た》べおえたウマのよこをとおり、ごたごた荘《そう》の門《もん》を出ていこうとすると、ニルソン氏《し》が、ぼうしをふっているのが見えました。

2 ピッピ、宝《たから》さがしのとちゅうで、いじめっ子をやっつける

つぎの朝《あさ》、アニカは早く目がさめました。ベッドからぴょんと飛《と》びおりると、トミーのそばへそっとちかづき、「おきて、トミー」といって、うでをひっぱりました。「おっきなくつをはいた、おもしろい女の子のとこへ行《い》こうよ！」

トミーは、いっぺんに目がさめました。「ねているうちから、きょうはなんだかおもしろくなりそうだって、わかってたんだ。なぜだかは、思《おも》い出《だ》せなかったけど」といいながら、トミーは、パジャマをぱっとぬぎました。

それからふたりは、洗面所《せんめんじょ》へ飛《と》びこみ、いつもよりうんと手ばやく顔《かお》をあらい、歯《は》をみがき、うきうきした気もちで服《ふく》を着《き》ました。

そして、お母《かあ》さんが思《おも》っていたより一時間《いちじかん》も早く、二階《にかい》から手すりをすべっておりると、すぐさま朝食《ちょうしょく》のテーブルについて、ココアをちょうだい、と大声《おおごえ》でたのみました。

「いったいどうしたの？　そんなにあわてて」お母《かあ》さんがききました。

「となりにひっこしてきた女の子のところへ行《い》くんだ」トミーがいうと、アニカもつづけました。

「きっと、一日じゅう、むこうにいることになるわ」

この朝《あさ》、ピッピは、シナモン・クッキーをやこうとしていました。ちょうど、クッキーの生地《きじ》を大量《たいりょう》に作《つく》って、台所《だいどころ》の床《ゆか》にめん棒《ぼう》でのばしおえたところです。

ピッピは、小さなサルのニルソン氏《し》にいいました。

「だって、クッキーを五百枚《ごひゃくまい》はやきたいんだから、のばし板《いた》が一枚《いちまい》じゃ、たりないのよ」

ピッピは床《ゆか》の上にすわりこんで、もうれつないきおいで、ハート形《がた》の型《かた》で、生地《きじ》をくりぬいていきました。

「生地《きじ》の上は歩《ある》かないで、ニルソンちゃん」と、ピッピが注意《ちゅうい》したちょうどそのとき、ドアのベルが鳴《な》りました。

ピッピは飛《と》んでいって、ドアをあけました。ピッピは粉屋《こなや》さんのように、頭《あたま》のてっぺんから足の先まで、粉《こな》でまっ白だったので、大はしゃぎでトミーとアニカと握手《あくしゅ》をすると、粉《こな》がもうもうとまいあがりました。

「あんたたちが来《き》てくれて、すごくうれしいわ」といって、ピッピがエプロンをふるうと、また、粉《こな》がまいあがりました。トミーとアニカは粉《こな》をすいこんで、せきこんでいます。

「何《なに》してたの？」トミーがききました。

「そうね、エントツそうじをしてた、といっても、トミーはりこうだから、信《しん》じないでしょ」ピッピはいいました。

「ほんとうは、クッキーをやいてるとこなの。でも、もうすぐ終《お》わるわ。すむまで、たきぎ入れの箱《はこ》にすわって、まっててね」

ピッピの仕事《しごと》のすばやいことといったら！　トミーとアニカは、たきぎ入れの箱《はこ》にすわって、ピッピが、のばしたクッキーの生地《きじ》をどんどん型《かた》でぬいていき、天板《てんばん》の上にぽんぽんほうりなげ、その天《てん》板《ばん》を、オーブンの中へつぎつぎに入れていくのを、ながめていました。まるで早まわしのフィルムみたい、とふたりは思《おも》いました。

「さあ、終《お》わり」ピッピは、さいごにやきあがった天板《てんばん》をオーブンからとりだし、バーンとオーブンのふたをしめました。

「じゃあ、これから、何《なに》をするの？」トミーがピッピにききました。

「あんたたちが何《なに》をしたいのかは、よくわからないけど、あたしは、何《なに》もしないでさぼっているわけにはいかないの。だって、あたしは見《み》つけ屋《や》さんなんだから、のんびりしているひまはないのよ」

「えっ、何屋《なにや》さん？」アニカがききました。

「見《み》つけ屋《や》さんよ」

「それって、何《なに》をするの？」トミーは首《くび》をひねりました。

「宝《たから》ものを見つけるのよ、わかった？　ほかに何《なに》をするっていうの」ピッピは、床《ゆか》にちらばった粉《こな》や生地《きじ》を、小山のようにあつめながらいいました。

「世界《せかい》じゅうが、宝《たから》ものでいっぱいなのよ。だから、だれかが見つけてやらなきゃいけないの。それをするのが、見《み》つけ屋《や》さんってわけ」

「宝《たから》ものって、どんなもののこと？」アニカが、ふしぎそうにききます。

「えーっと、なんでもよ」と、ピッピ。「金《きん》のかたまりとか、ダチョウの羽根《はね》とか、死《し》んだネズミ、パーンと音の出るクラッカー、すごく小さいねじとか、なんでもよ」

なんておもしろそうなんでしょう。トミーとアニカは、自分《じぶん》たちも見《み》つけ屋《や》さんになりたい、といいました。ただトミーは、すごく小さいねじじゃなくて、金《きん》のかたまりを見つけたい、といいました。

「じゃあ、とにかく、やってみようか」と、ピッピ。

「いつも、何《なに》か見つかるのよ。でも、いそがなくちゃ。ほかの見《み》つけ屋《や》さんが、このあたりの金《きん》のかたまりをすっかりもっていっちゃったら、たいへんだもの」

そこで、三人の見《み》つけ屋《や》さんは、そろって出かけました。

まずは、この近所《きんじょ》の家《いえ》のまわりをさがすのが、よさそうです。遠《とお》くの森の中で、小さなねじが見つかることもあるけれど、けっきょく、いちばんいい宝《たから》ものはいつも、人が住《す》んでいるところで見つかる、とピッピがいったからです。

「でもね、そうともいえないかもしれない。まったく反対《はんたい》のこともあったから。よくおぼえているんだけど、ボルネオ島《とう》のジャングルの、だれも足をふみ入れたことのない原生林《げんせいりん》のどまん中で、いったい何《なに》を見つけたと思《おも》う？　ほんもののきれいな木の義足《ぎそく》よ。それを片足《かたあし》のおじさんにあげたら、こんなにじょうとうの義足《ぎそく》は、お金では買《か》えない、といってくれたのよ」

トミーとアニカは、見《み》つけ屋《や》さんってどんなふうにするんだろう、とじっと見つめていました。

ピッピは道《みち》のはしからはしへと走《はし》ったり、目の上に手をかざしたりして、あちこちさがしているようです。ときおりよつんばいになって、かきねの中に手をつっこんでは、がっかりした顔《かお》になります。

「おかしいな！　金《きん》のかたまりが見えたと思《おも》ったのに」

「見つけたものは、なんでももらってもいいの？」アニカがきくと、ピッピはこたえました。

「そう、地面《じめん》にあるものなら、なんでもよ」

少《すこ》しはなれた家《いえ》の庭《にわ》には、芝生《しばふ》にねころんで、日なたぼっこをしているおじいさんがいました。

「あの人、地面《じめん》にねころんでるよ」と、ピッピがいいました。「あたしたちが見つけたんだから、もらってかえろう！」

トミーとアニカは、びっくりしました。

「だめだめ、ピッピ。おじいさんをもらうなんて、できないよ」トミーがいいました。「それに、もらってどうするの？」

「どうするって？　いろいろできるじゃない。ウサギのかわりに、ウサギ小屋《ごや》に入ってもらえば、タンポポの葉《は》っぱをあげられるでしょう。でも、あんたたちがいやなら、あたしもやめとく。ほかの見《み》つけ屋《や》さんがもっていくかもしれないと思《おも》うと、くやしいけど」

三人は、どんどん歩《ある》いていきました。と、とつぜん、ピッピがすさまじい声《こえ》をはりあげました。

「すごい、こんなの、見たことないわ！」

草むらの中から、古《ふる》くてさびた大きなブリキ缶《かん》をひろいあげています。

「すごいほりだしもの！　缶《かん》なんて、めったに見つからないのよ」

トミーは、ちょっとあやしむように缶《かん》を見て、「何《なに》に使《つか》うの？」と、ききました。

「そうね、いろいろ使《つか》えるわ。たとえば、クッキーを入れるの。そうすると、すてきなクッキー缶《かん》になるでしょ？　クッキーを入れなければ、クッキーなし缶《かん》になって、ちょっぴりつまらないけれど、それでも、役《やく》にはたつわ」

ピッピは、ブリキ缶《かん》をよくしらべてみました。さびだらけで、底《そこ》には穴《あな》があいています。

「どう見ても、クッキーなし缶《かん》のようね」ピッピは考《かんが》えこみました。「でも、頭《あたま》にかぶって、真夜中《まよなか》ごっこをして遊《あそ》べばいい」

ピッピはすぐに、真夜中《まよなか》ごっこをはじめました。頭《あたま》に缶《かん》をかぶったまま、住宅街《じゅうたくがい》をぶらぶらと進《すす》んでいきます。まるで、小さなブリキの塔《とう》が歩《ある》いているみたいです。

するとだしぬけに……するととつぜん、針金《はりがね》の柵《さく》におなかがひっかかり、ピッピは、ばたーんところんでしまいました。ブリキ缶《かん》が地面《じめん》にあたって、とんでもない音がしました。

「ほらね、わかったでしょ」ピッピは頭《あたま》から缶《かん》をはずしながら、いいました。「もしこれをかぶっていなかったら、顔《かお》が、じかに地面《じめん》にぶつかってたとこだったわ」

「でもね」と、アニカがいいました。「もしも、ブリキ缶《かん》をかぶってなかったら、針金《はりがね》の柵《さく》にひっかかって、ころんだりはしなかったんじゃ……」

ところが、アニカがまだいいおわらないうちに、ピッピはまた、すさまじいさけび声《ごえ》をあげました。そしてピッピは、使《つか》いおわった糸まきをひろって、とくいそうに見せると、いいました。

「きょうは、運《うん》のいい日みたいね。なんて小さくて、かわいい糸まきちゃん！　これがあればシャボン玉を作《つく》れるし、ヒモをとおして首《くび》かざりも作《つく》れる！　うちに帰《かえ》って、すぐにやってみたいわ」

そのときとつぜん、そばの家《いえ》の門《もん》があいて、男の子がひとり、飛《と》びだしてきました。ひどくこわがっているようすですが、むりもありません。すぐうしろから、五人もの男の子が、おいかけてくるのですから。

五人は、男の子をかきねのところにおいつめ、いっせいにおそいかかって、つついたりなぐったりしはじめました。男の子は泣《な》きな

がら、顔《かお》をぶたれないように、両《りょう》うででかばっていま
す。
「こてんぱんにやっちまえ」五人のうちでいちばん大
きくて、いちばん力の強《つよ》そうなのが声《こえ》をはりあげまし
た。「こいつが二度《にど》と、このあたりにすがたを見せな
いようにな」
アニカがひめいをあげました。
「たいへん！　ヴィッレがやられてる。ひどいわ！」
トミーもはらをたてて、いいました。
「あいつはベングトだ。いつもだれかをいじめてばか
りいる、悪《わる》いやつなんだ。それに、五人でひとりをな
ぐるなんて、ひきょうじゃないか！」
するとピッピが五人に近《ちか》づいていって、ベングト
のせなかを人《ひと》さし指《ゆび》でつんつんとつついて、いいまし
た。

「ちょっと、あんたたち。一度《いちど》に五人でかかったりして、ちっちゃなヴィッレをマッシュポテトにでもするつもり？」

ベングトがふりむくと、目のまえにいたのは、見たこともない女の子でした。なんと、まるで知《し》らない女の子が、自分《じぶん》のせなかをつついたとは。ベングトはちょっとのあいだぽかんとしていましたが、すぐににやにやとうすわらいをうかべて、いいました。

「おい、みんな！　ヴィッレなんかほっといて、こいつを見てみろ。めったに見られない見ものだぜ！」

ベングトはひざをたたいて、大声《おおごえ》でわらいだしました。あっというまに、五人の男の子が、ピッピのまわりをぐるっとかこみました。ヴィッレだけは、なみだをふきながら、こっそりトミーのそばへかけよりました。

「こんな赤毛《あかげ》、見たことあるか！　まるで火がもえてるみたいだぜ！　それに、このくつ、見ろよ！」

ベングトはべらべらしゃべっています。「かたっぽ、かしてくれねえかな？　ボートをこぎたいんだけど、ボートがないんでね」

そしてベングトは、ピッピのかたほうのおさげをつかんで、あわてたようすで手をはなすといいました。

「あっちち、やけどしたぜ！」
　五人の男の子たちは、ピッピのまわりでぴょんぴょん飛《と》びはねながら、「赤毛《あかげ》やーい！　赤毛《あかげ》やーい！」とわめきだしました。
　ピッピは輪《わ》の中で、にこにこしていました。ベングトは、ピッピがおこるか、泣《な》きだすか、少《すく》なくともこわがるだろう、と楽《たの》しみにしていました。けれど、何《なに》をしてもへいきそうなので、こんどはピッピをぐいっと、おしてみました。
「女の子へのマナーが、なってないみたいね」というと、ピッピはベングトを強《つよ》い両《りょう》うででたかだかともちあげ、そばのシラカバの木のところまで運《はこ》んでいき、えだにしっかりとひっかけました。

それから、つぎの男の子をもちあげると、べつのえだにひっかけました。つぎに三ばんめの子を、家《いえ》の門柱《もんちゅう》の上にのせ、四ばんめの子は、かきねのむこうに投《な》げこんだので、その子はその庭《にわ》の花《か》だんでしりもちをつきました。さいごのいじめっ子は、道《みち》ばたにあった小さなおもちゃの手おし車におしこまれました。

ピッピとトミーとアニカは、しばらく五人をながめていましたが、男の子たちはあまりのことに、口もきけないようすです。ピッピがいいました。

「あんたたち、ひきょうじゃないの。たったひとりに、五人してかかるなんて！　そんなのあんまりだわ。おまけに、かよわい小さな女の子をおしたり、ついたりするんだから。ほんと、さいていね！」

それからピッピは、トミーとアニカに、「さあ、もう家《いえ》に帰《かえ》りましょ」といい、ヴィッレには、「あの子たちがまた手を出してくるようなら、あたしに知《し》らせなさいね」といいました。

さいごにピッピは、木の上でじっとしたままのベングトにむかって、いいました。

「あたしの髪《かみ》の毛《け》やくつについて、何《なに》かいいたいことがあるんなら、いまのうちよ。もう家《いえ》に帰《かえ》るから」

でも、ベングトはピッピの髪《かみ》の毛《け》やくつについて、いいたいことなんて、何《なに》もありませんでした。

そこでピッピは、片手《かたて》にブリキ缶《かん》、片手《かたて》に糸まきをもって、トミーとアニカといっしょに帰《かえ》っていきました。

三人でピッピの家《いえ》の庭《にわ》までもどってくると、ピッピがいいました。

「あらあら、悪《わる》かったわね！　あたしはふたつもすてきなものを見つけたのに、あんたたちは、なんにも見つけてないなんて。もう少《すこ》しさがしてみなくちゃ。トミー、あそこの古《ふる》い木の穴《あな》をさがしてみたら？　古《ふる》い木の中って、見《み》つけ屋《や》さんにとっては、たいていいちばんいい場所《ばしょ》なのよ」

「アニカもぼくも、なんにも見つけられないや」といいながらも、トミーは、ピッピにいわれたとおり、古《ふる》い木のみきにあいている穴《あな》の中へ、手をつっこんでみました。

「あれっ」トミーはびっくりして、手をひっぱりだしました。

手には、すてきな革表紙《かわびょうし》の小さな手帳《てちょう》をにぎっています。手帳《てちょう》の背《せ》にあるえんぴつさしには、銀《ぎん》色《いろ》のえんぴつがさしてありました。

「おかしいなあ」トミーはいいました。

「ほら、わかったでしょ」ピッピがいいました。

「見《み》つけ屋《や》さんほどいいものはないのよ。この仕事《しごと》をする人がたくさんいないのは、ふしぎね。みんな、大工《だいく》さん、くつ屋《や》さん、エントツそうじ屋《や》さんにはなるけれど、見《み》つけ屋《や》さんには、ざんねんな

がら、ならないみたい」

それからピッピは、アニカにいいました。

「あの古《ふる》い切《き》りかぶの穴《あな》の中をさぐってみたら？　古《ふる》い切《き》りかぶって、いつも何《なに》か見つかるものよ」

アニカが切《き》りかぶの中へ手を入れてみると、すぐに、赤いサンゴのネックレスが手にふれました。

トミーとアニカはあんまりおどろいて、しばらく口をあけてつっ立っていました。そして、これからは、毎日《まいにち》見《み》つけ屋《や》さんになろう、と思《おも》いました。

ピッピはきのうの夜《よる》、おそくまでボール投《な》げをしていたので、きゅうにねむくなってきました。

「あたし、もうねたほうがよさそう」というと、ピッピはふたりにたのみました。「あんたたち、いっしょに来《き》て、おふとんをちゃんとかけてくれない？」

ピッピはベッドにすわって、くつをぬぐと、そのくつをじっと見つめました。

「ボートにして、こぎたいなんていってたね、あのベングトって子。いやなやつ！」といって、ピッピは鼻《はな》を鳴《な》らしました。「いつかあいつに、ボートのこぎ方《かた》を教《おし》えてやるわ！」

「ねえ、ピッピ」トミーが、えんりょがちにききました。「どうして、そんなに大きなくつをはいてるの？」

「決《き》まってるじゃない、足の指《ゆび》を自由《じゆう》に動《うご》かせるようによ」とこたえると、ピッピはベッドによこになりました。そしていつもどおりに、足をまくらの上にのせ、頭《あたま》からかけぶとんをかぶりました。

「グアテマラではみんな、こんなふうにしてねているのよ。これが正しい寝方《ねかた》なの。ほらっ、こんなふうに、ねていても足の指《ゆび》を動《うご》かせるでしょ？」

ピッピは自信《じしん》たっぷりにいってから、ききました。

「あんたたち、子守歌《こもりうた》なしで、ねむれる？　あたしはいつも、自分《じぶん》で自分《じぶん》に歌《うた》ってきかせるの。そうしないとねむれないから」

かけぶとんの下から、鼻歌《はなうた》がきこえてきました。ピッピが、自分《じぶん》のために子守歌《こもりうた》を歌《うた》っているのです。

トミーとアニカはじゃまをしないように、そっとベッドからはなれました。そして、ドアのところ

で立ちどまると、ピッピのほうをふり返《かえ》ってみました。見えるのは、まくらの上にのっかっている
ピッピの足だけ。足の指先《ゆびさき》は元気《げんき》に動《うご》いていました。
トミーとアニカはいそいで帰《かえ》りました。アニカは、サンゴのネックレスをしっかりにぎりしめてい
ます。
「なんだか、ふしぎ」アニカがいいました。「ねえ、トミー、これ、ピッピが先においといたんじゃ
ない？」
「わからないよ」トミーはいいました。「ピッピのことは、よくわからないや」

3 ピッピ、おまわりさんと鬼《おに》ごっこをする

ごたごた荘《そう》に、九歳《きゅうさい》の女の子がたったひとりでくらしていることは、すぐに、小さな町じゅうに知《し》れわたりました。するると、町のおばさんやおじさんたちが口々に、それはだめだ、といいだしました。子どもは、しかってくれる大人がひつようだし、学校に行《い》って、かけ算《ざん》の九九をならわなくてはならない、というのです。そこでみんなは、ごたごた荘《そう》にいる女の子を、すぐに「子どもの家《いえ》」に入れよう、と決《き》めました。

さて、あるはれた日の昼下《ひるさ》がり、トミーとアニカは、ごたごた荘《そう》のベランダのかいだんにすわっていました。

「コーヒーとシナモン・クッキーをいっしょにどう?」と、ピッピにさそわれたのです。

ピッピは、コーヒーをベランダのかいだんにならべていました。ここは、お日さまの光《ひかり》がいっぱいふりそそいで、庭《にわ》にさく花のかおりもただよってくる、とても気もちがいい場所《ばしょ》です。ニルソン氏《し》は、ベランダの手すりをのぼったり、おりたりしています。ウマもときどき、シナモン・クッキーをねだって、鼻《はな》をつきだしてきます。

「生きているって、いい気分《きぶん》ねえ」といって、ピッピは思《おも》いきり足をのばしました。

するとそのとき、制服《せいふく》を着《き》たおまわりさんがふたり、門《もん》から入ってきました。

「まあ、きょうは、運《うん》のいい日みたいね。あたし、おまわりさんって大好《だいす》きなの。ルバーブ(タデ科の多年草《たねんそう》で、葉《は》や茎《くき》でジャムなどを作る)のクリーム煮《に》のつぎにだけれど」といいながら、ピッピは顔《かお》じゅうでにっこりして、おまわりさんをむかえました。

「ごたごた荘《そう》へひっこしてきたという女の子は、きみかな?」おまわりさんのひとりがたずねました。

「いいえ、ちがいますわ。わたくしはあの子の小さな叔母《おば》で、町の反対側《はんたいがわ》の四階《よんかい》に住《す》んでいますの」

ピッピは、ちょっとふざけてこういったのですが、おまわりさんは、ちっともおもしろいとは思《おも》わなかったようでした。

「じょうだんはよしなさい。町の親切《しんせつ》な方々《かたがた》が、きみを『子どもの家《いえ》』に入れるように、とりはからってくれたんだよ」

「あたしはとっくに、子どもの家《いえ》に入っているけど」とピッピがいうと、おまわりさんはききました。

「なんだと？　もう入っているって？　どこにある子どもの家《いえ》だね？」

「ここよ」ピッピは、大いばりでいいました。「あたしは子どもでしょ。そして、ここはあたしの家《いえ》だから、子どもの家《いえ》でしょ？　あたしはここに住《す》んでいるの。広《ひろ》さもじゅうぶんよ」

するとおまわりさんはわらっていいました。

「いやはや。きみにはわからないだろうが、きみは、ほんものの『子どもの家《いえ》』に入らなくてはならんのだよ。世話《せわ》をしてくれる人がひつようだからな」

「その子どもの家《いえ》って、ウマをつれてってもいいの？」ピッピがきくと、おまわりさんはいいました。

「だめだ、決《き》まっているだろう」

「そうだと思《おも》った」ピッピはがっかりして、またききました。「じゃあ、おサルさんはどう？」

「もちろん、だめだ。それぐらい、わかるだろう」

「わかったわ」とピッピはいいました。「じゃあ、あんたたちの『子どもの家《いえ》』に入れる子どもは、どこかよそで見つけてちょうだい。あたしは、入る気はないから」

「ああ、だが、きみは学校へ行《い》かなくちゃならないだろう？」おまわりさんがいいました。

「どうして、学校へ行《い》かなくちゃならないの？」

「いろんなことをならうためだよ、もちろん」

「いろんなことって？」ピッピが首《くび》をかしげると、おまわりさんはいいました。

「ああ、役《やく》にたつことがいっぱいあるんだよ。たとえば、かけ算《ざん》の九九だとか……」

「あたしは、『たけちゃんのくつ』なんか知《し》らなくても、九年間《くねんかん》ちゃんとやってこられたわ。だから、これからも、なんとかなると思《おも》うの」と、ピッピはいいました。

「ああ、だが、いろんなことを知《し》らないと、つまらないだろう？　きみが大きくなったとき、だれかに、ポルトガルの首都《しゅと》はどこかときかれても、こたえられないぞ」

「こたえられるわ」とピッピはいいました。

「こんなふうにいえばいいのよ。『そんなにポルトガルの首都《しゅと》が知《し》りたいなら、じかにポルトガルに手紙《てがみ》を書《か》いて、きいたらいいわ！』って」

「だけど、自分《じぶん》が知《し》らないなんて、つまらないと思《おも》わないかい？」

「そうかもしれない。夜中《よなか》に目がさめて、ポルトガルの首都《しゅと》はいったいどこなんだろうって、なやむかもしれない。でも、いつも楽《たの》しいことばっかりじゃないでしょ」といって、ピッピは地面《じめん》に手をついて、さか立《だ》ちをしました。そして、「それに、じつはあたし、父《とう》さんといっしょに、ポルトガルの首都《しゅと》のリスボンへ行《い》ったことがあるの」と、さか立《だ》ちのままつづけました。ピッピは、さか立《だ》ちしながらでもしゃべれるのです。

けれどそのとき、もうひとりのおまわりさんが、口をはさみました。

「いつも自分《じぶん》のしたいようにはできんのだ。きみは『子どもの家《いえ》』に行《い》くんだ。いますぐに」

おまわりさんはピッピのうでをつかみましたが、ピッピはその手をするっとはずし、「鬼《おに》さんこちら！」といって、おまわりさんをぽんとたたきました。

そしてピッピは、おまわりさんがまばたきするより早く、ベランダの手すりにぴょんと飛《と》びのり、手の力だけでベランダの柱《はしら》をよじのぼったかと思《おも》うと、もう二階《にかい》のバルコニーにあがっていました。

おまわりさんたちは、ピッピとおなじようにベランダの柱《はしら》をよじのぼる気はないらしく、家《いえ》の中に飛《と》びこむと、階段《かいだん》をかけあがりました。

ところが、ふたりが二階《にかい》のバルコニーへ出てみると、ピッピはもう、かわら屋根《やね》を半分《はんぶん》くらいまでのぼっていました。そして、もとはサルだったみたいに、さらにかわら屋根《やね》をかけのぼっていきます。

あっというまに、屋根《やね》のてっぺんについたピッピは、ひょいとエントツの上に飛《と》びのりました。

バルコニーでは、ふたりのおまわりさんが頭《あたま》をかきむしっていました。トミーとアニカは芝生《しばふ》につっ立って、ピッピを見あげています。

ピッピは大きな声《こえ》でいいました。

「鬼《おに》ごっこって、とっても楽《たの》しいわね！　おまわりさんたち、来《き》てくれてありがとう。きょうはすごく運《うん》のいい日ね、まちがいないわ」

おまわりさんたちはちょっと考《かんが》えていましたが、やがて、ハシゴをとってきて、切妻屋根《きりづまやね》に立てかけると、ピッピをつかまえようと、じゅんばんにのぼっていきました。

ふたりは屋根《やね》のてっぺんを、へっぴりごしでバランスをとりながら、ピッピのほうへちかづいていきます。なんだか、ちょっとこわがっているようです。

「こわがらないで！」ピッピがどなりました。「ぜんぜんあぶなくないから。おもしろいだけよ」

そして、おまわりさんたちがピッピまであと二歩《にほ》、というところまでちかづくと、ピッピはエントツから飛《と》びおりて、大声《おおごえ》でわらいながら、屋根《やね》のもういっぽうのはしへと走《はし》っていきました。そこから二メートルほどはなれたところには、一本の木が立っています。

「行《い》くわよ！」とさけんで、ピッピはみどりの葉《は》っぱのしげる木のてっぺんに飛《と》びうつり、えだにしっかりつかまると、しばらくぶらんぶらんと体《からだ》をゆらしてから、地面《じめん》へ飛《と》びおりました。そして、家《いえ》の反対側《はんたいがわ》へとすっとんでいくと、ハシゴをはずしました。

おまわりさんたちは、ピッピが木に飛《と》びうつると、ちょっとがっかりした顔《かお》になり、屋根《やね》のてっぺんでバランスをとりながら、ハシゴのかけてあった屋根《やね》のはしへもどってきました。

ハシゴがはずされているのを見ると、ふたりはさらにがっかりした顔《かお》になり、それから、ひどくおこりだしました。

おまわりさんのひとりが、地面《じめん》から見あげているピッピにむかって、「すぐにハシゴをもとにもどさないと、ひどい目にあわせるぞ」と、どなりました。

「どうしてそんなにおこってるの？　あたしたち、友《とも》だちでしょう！　鬼《おに》ごっこしているだけじゃないの」

おまわりさんたちは、ちょっと考《かんが》えこみました。それから、ひとりがはずかしそうにいいました。

「なあ、いい子だから、わしらがおりられるように、ハシゴをもどしてくれないかい？」

「もちろん、いいわよー。じゃあ、このあとは、みんなで楽《たの》しくコーヒーを飲《の》みましょうね」というと、ピッピはすぐに、ハシゴをかけました。

ところが、おまわりさんたちはずるいことに、地面《じめん》におりてきたとたん、ピッピに飛《と》びかかって、どなったのです。

「さあつかまえたぞ、悪《わる》がきめ！」

すると、ピッピがいいました。

「だめだめ、もう、遊《あそ》んでいるひまはないの。すごくおもしろかったけど」

そしてピッピは、おまわりさんたちのこしのベルトを、片手《かたて》でひとりずつ、しっかりつかんでもちあげると、庭《にわ》の小道を、門《もん》のほうへと運《はこ》んでいきました。外《そと》の道路《どうろ》にどすんとおろされたおまわりさんたちは、あまりのことに、しばらくぼうっとなって、動《うご》くこともできませんでした。

「ちょっとまっててね」ピッピは大きな声《こえ》でいうと、台所《だいどころ》へかけこみ、ハート形《がた》のシナモン・クッキーを二《に》、三枚《さんまい》もって、もどってきました。

「これ、食《た》べてみて！　ちょっとこげているけれど、おいしいわよ」

そのあとピッピは、トミーとアニカのところへもどってきました。ふたりの目は、おどろきのあまり、まるくなっていました。

いっぽう、おまわりさんたちはあわてて町へもどり、ピッピを「子どもの家《いえ》」に入れるのは、いい考《かんが》えじゃありません、と町のおばさんやおじさんたちに報告《ほうこく》しました。もっとも、自分《じぶん》たちが屋根《やね》にのぼったことは、ないしょにしておきました。

そして町の大人たちも、ピッピはごたごた荘《そう》でこのままくらすのがいちばんよさそうだし、もし学

校へ行《い》きたくなったら、ピッピが自分《じぶん》でなんとかするだろう、と話《はな》しあいました。

ピッピとトミーとアニカにとっては、とても楽《たの》しい午後《ごご》になりました。三人は、とちゅうになっていたコーヒー・パーティーをつづけ、ピッピはシナモン・クッキーを十四枚《じゅうよんまい》も食《た》べました。それから、ピッピはいいました。

「あのふたり、あたしが思《おも》っているようなおまわりさんじゃなかった。まるでちがうわ！　子どもの家《いえ》とか、たけちゃんのくつとか、リスボンとか、おしゃべりばっかりしてたもの」

そのあとピッピはウマをもちあげ、ベランダから外《そと》へおろしました。そして、三人でウマに乗《の》りました。

さいしょアニカは、ウマがこわくて、乗《の》ろ

うとしなかったのですが、トミーとピッピが楽《たの》しそうにしているのを見て、あとから乗《の》せてもらったのです。ウマはパカパカと庭《にわ》の中を歩《ある》きまわり、トミーはこんな歌《うた》を歌《うた》いました。

ほらほら、スウェーデン人のおとおりだ、パッカパカ　パッカパカ！


その夜《よる》、トミーとアニカがベッドに入ったとき、トミーがききました。

「アニカ、ピッピがとなりにひっこしてきて、よかったと思《おも》わない？」

すると、アニカがこたえました。

「決《き》まってるじゃない」

「ピッピが来《く》るまで、何《なに》をして遊《あそ》んでいたのか、ぜんぜん思《おも》い出《だ》せないや。おぼえてる？」

「そうね、クロッケー（木づちでボールを打つ球技《きゅうぎ》）なんかしてたんじゃない？でも、ピッピといっしょだと、もっと楽《たの》しいわ。ウマもいるしね！」

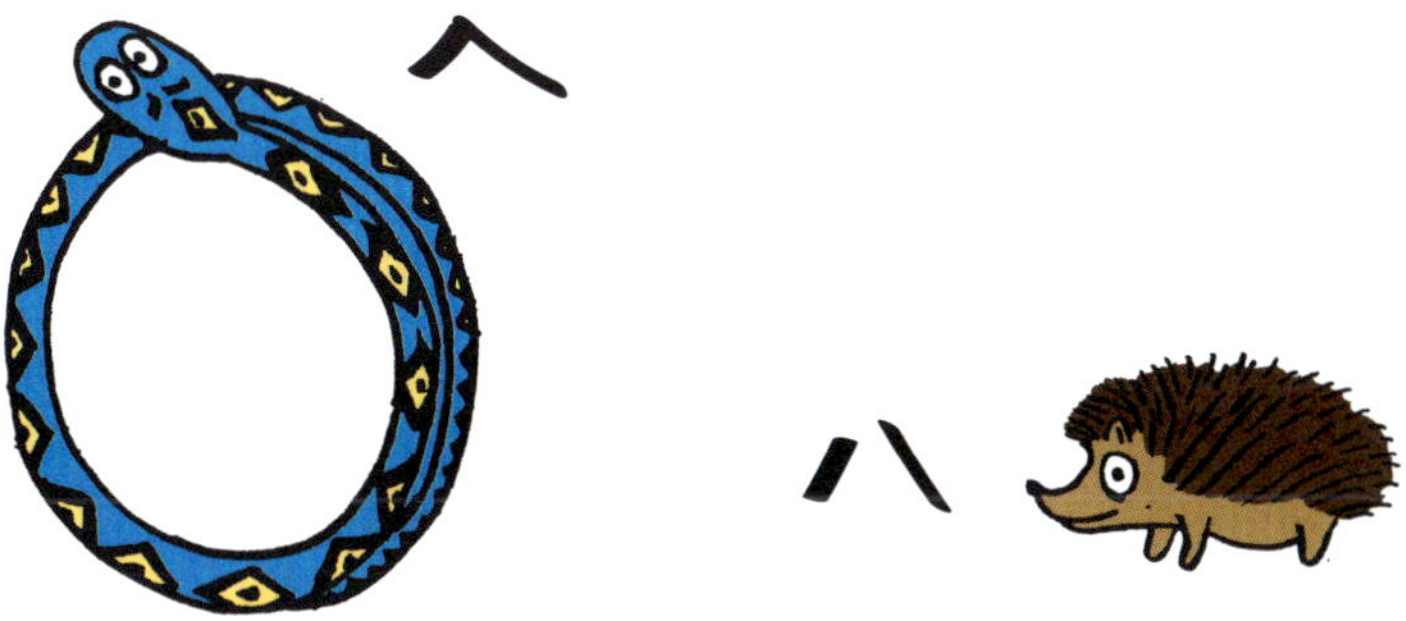

4 ピッピ、学校へ行《い》く

トミーとアニカは、もちろん、学校にかよっています。ふたりは毎《まい》朝八《あさはち》時《じ》に、教科書《きょうかしょ》をかかえ、手をつないで家《いえ》を出ます。

いっぽうピッピは、その時間《じかん》にはたいてい、ウマにブラシをかけたり、ニルソン氏《し》にちっちゃな服《ふく》を着《き》せたりしています。朝《あさ》の体操《たいそう》をしていることもあります。床《ゆか》の上にまっすぐ立って、連続《れんぞく》で四十三回《よんじゅうさんかい》も宙返《ちゅうがえ》りをするのです。

そのあとは、台所《だいどころ》のテーブルにつき、のんびりと大きなカップでコーヒーを飲《の》み、チーズをのせたパンを食《た》べます。

トミーとアニカは、学校へ行《い》くとき、いつもごたごた荘《そう》のほうをうらやましそうにながめます。学校に行《い》くより、ピッピと遊《あそ》びたいのです。ピッピも、学校へかよっていたらいいのに……。

「三人で学校から帰《かえ》れたら、いいのにな。きっとおもしろいよ」トミーがいうと、アニカもうなずきました。

「そうね、学校に行《い》くときもよ」

考《かん》えれば考《かん》えるほど、ふたりは、ピッピが学校に行《い》っていないことが、つまらなく思《おも》えてきました。そこでピッピに、学校へ行《い》くように話《はな》してみることにしました。

その日の午後《ごご》、宿題《しゅくだい》をすませてから、ふたりはごたごた荘《そう》にやってきました。まずトミーが、さそうようにいいました。

「ピッピは知《し》らないだろうけど、ぼくらの担任《たんにん》の先生は、すごくやさしいんだよ」

アニカも、ねっしんにいいました。

「学校はすごく楽《たの》しいって、ピッピにも、わかってもらえるといいんだけど。あたしなんか、学校へ行《い》けなかったら、おかしくなっちゃうわ」

ピッピはだまってまるイスにすわり、おけの中で足をあらっていました。足の指《ゆび》をくねくね動《うご》かすたびに、あたりに水が飛《と》びちります。

「学校には、そんなにおそくまでいなくてもいいんだ。お昼《ひる》の二時《にじ》までだよ」トミーがいうと、アニ

カがつけくわえました。

「それにね、クリスマス休みに復活祭《ふっかつさい》（キリスト教の春のおまつり）休《やす》みに夏休《なつやす》みもあるんだから」

ピッピは、よく考《かんが》えてみなくちゃ、というように、足の親指《おやゆび》をかみましたが、まだ、だまったままです。それからとつぜん、決心《けっしん》したかのように、おけの水をぜんぶぶちまけたので、床《ゆか》にすわってかがみで遊《あそ》んでいたニルソン氏《し》は、ズボンがびしょぬれになってしまいました。

「そんなの不公平《ふこうへい》よ」ピッピは、ニルソン氏《し》のズボンがぬれたことなんか気にもせずに、大声《おおごえ》でいいました。「ぜったいに不公平《ふこうへい》だわ！　がまんできない！」

「なんのこと？」トミーがきくと、ピッピは、悲《かな》しそうにこたえました。

「あと四カ月すると、クリスマスでしょ。そうすると、あんたたちは、クリスマス休みがもらえる。でも、あたしは何《なに》がもらえるの？　あたしには、クリスマス休みなんてぜんぜんないのよ。ほんのちょっぴりのクリスマス休みもないなんて！　なんとかしなくちゃ。あたし、あしたから学校へ行《い》くわ」

トミーとアニカは手をたたいて、よろこびました。

「やったあ！　じゃ、あした八時《はちじ》に、うちの門《もん》のまえでまってるね」

すると、ピッピがいいました。

「だめ、だめ。そんなに早くは行《い》けないわ。それに、あたし、ウマに乗《の》っていくから」

そして、ピッピは、いったとおりにしました。つぎの日の朝十時《あさじゅうじ》きっかりに、ウマをベランダからおろしたのです。そのすぐあと、小さな町の人たちは、あわててまどべにかけよりました。というのも、みんな、ウマがあばれていると思《おも》ったからです。でも、それは、ピッピがウマをいそがせて、学校にむかっていただけでした。

もうれつな早さでウマを走《はし》らせ、校庭《こうてい》にかけこんだピッピは、まだ走《はし》っているウマから、ひらりと飛《と》びおりて、ウマを木につなぎました。それから、ピッピが教室《きょうしつ》のドアをバタンと音をたててあけたので、トミーやアニカや、ほかのおりこうな子どもたちは、イスから飛《と》びあがってしまいました。

「こんちは！」ピッピは大声《おおごえ》であいさつをして、大きなぼうしをぬいで、ふりました。「あたし、『たけちゃんのくつ』にまにあったかしら？」

トミーとアニカは、まえもって先生に、ピッピ・ナガクツシタという女の子がきょうから学校に来《く》ることを、話《はな》しておきました。それに先生も、町でピッピのうわさをきいていました。先生はとてもやさしくて、楽《たの》しい人だったので、ピッピが学校を好《す》きになるように、どんなことでもしてあげよう、と心《こころ》に決《き》めていました。

ピッピは、先生がなんにもいわないうちに、あいている席《せき》にどさっとすわりました。でも先生は、

おぎょうぎが悪《わる》い、としかったりはせず、とてもやさしい声《こえ》で、こう話《はな》しかけました。

「学校へようこそ。ピッピが学校を好《す》きになって、たくさんお勉強《べんきょう》してくれるとうれしいわ」

「そうねえ、あたしは、クリスマス休みがほしいんだけど。そのために来《き》たんだから」と、ピッピはいいました。「ものごとは、公平《こうへい》でなくちゃ！」

「では、まず、あなたの名前《なまえ》を、りゃくさずに、ぜんぶ教《おし》えてくれる？　名簿《めいぼ》に書《か》きこみますからね」

「あたしの名前《なまえ》は、ピッピロッタ・タベモノッタ・ロールカーテン・クルクルハッカ・エフライムノムスメ・ナガクツシタ。エフライム・ナガクツシタっていうのは、むかしは海《うみ》の勇者《ゆうしゃ》で、いまは南《みなみ》の島《しま》の王さまの、エフライム・ナガクツシタ船長《せんちょう》のこと。ピッピっていうのは、ただのよび名よ。父《とう》さんが、ピッピロッタじゃ長《なが》すぎる、っていったから」

「そうなの。じゃあ、わたしたちも、ピッピとよぶことにしましょう。さて、あなたがどのくらい お勉強《べんきょう》ができるのか、見せてもらいましょうか。もう大きいんだから、いろんなことができるはずね。まず、算数《さんすう》からはじめましょう。ではピッピ、七たす五は、いくつかしら？」

ピッピはおどろいて、もんくがありそうな顔《かお》で先生を見ると、いいました。

「えっ、あんた、知《し》らないの？　教《おし》えてあげない！」

子どもたちはみんな、びっくりして、ピッピを見つめました。先生が説明《せつめい》しました。

「学校では、そんなふうにこたえてはいけないのよ。それに、先生のことは、あんたなんてよばずに、先生とよんでちょうだい」

「ごめんなさい。知《し》らなかったの。これからは気をつけます」ピッピは、悪《わる》いことをした、という顔《かお》であやまりました。

「そうね、そうしてちょうだい」

それから、先生はいいました。

「さっきの、七たす五のこたえは、十二ですよ」

「ほらね。やっぱりこたえを知《し》っていたんだ。なのにあんた、どうしてきいたの？　あっ、あたしってばかね。また、あんたっていっちゃった。ごめんなさい」といって、ピッピは自分《じぶん》の耳をぎゅっとつねりました。

先生はきこえなかったふりをして、つづけました。

「じゃあ、ピッピ、八たす四はいくつですか？」

「六十七ぐらいかな？」

「ちがいます。八たす四は、十二です」と、先生。

「まあ、おばちゃん、それはひどいわ。あんた、たったいま自分《じぶん》で、七たす五が十二だっていったじゃない。学校だからって、いいかげんなこと、いわないでほしいわ。それにもしも、あんたが、こんな子どもっぽい、ばからしいことが好《す》きなら、どうして、ひとりでどこかのすみっこで数《かず》をかぞえてて、あたしたちをほっておいてくれないの？　そうしたら、あたしたちは鬼《おに》ごっこして遊《あそ》べるのに。あっ、いけない、また『あんた』っていっちゃった」と、ピッピはおどろいたようにさけびました。

「これがさいごだから、ゆるしてくれる？　これからは、もっと気をつけるから」

先生は、そうしてほしいわね、といいました。そして先生は、これ以上《いじょう》ピッピに算数《さんすう》を教《おし》えるのは、やめることにして、ほかの子に質問《しつもん》しました。

「じゃあ、トミー、こたえてちょうだい。リーサがリンゴを七つ、アクセルが九つもっていたら、リンゴは、合《あ》わせていくつありますか？」

「さあ、トミー、こたえなさいよ」ピッピが話《はなし》にわりこみました。

「あたしの質問《しつもん》にも、こたえてほしいわ。もしも、リーサがおなかがいたくなって、アクセルがもっといたくなったら、だれのせい？　そして、ふたりはどこで、リンゴをぬすんできたのかしら？」

先生は、何《なに》もきこえなかったふりをして、こんどはアニカのほうをむいて、ききました。

「さあ、アニカ、問題《もんだい》です。グスタフは、友《とも》だちといっしょに、遠足《えんそく》に行《い》きました。出かけるときには、一クローナ（スウェーデンのお金の単位《たんい》。一クローナは百オーレ）もっていましたが、帰《かえ》ったときには、七オーレしかありませんでした。グスタフは、いくら使《つか》ったでしょう？」

「たしかに、あたしも知《し》りたいわ」と、ピッピがいいました。

「どうしてグスタフは、そんなむだづかいをしたのかしら？　飲《の》みものを買《か》ったのかな？　それに、出かけるまえに、グスタフがちゃんと耳のうしろをあらったのかも、知《し》りたいわ」

先生は、算数《さんすう》をすっかりあきらめました。ピッピは、国語《こくご》のほうが好《す》きかもしれません。そこで先生は、小さなきれいな絵《え》をとりだしました。絵《え》には、ハリネズミがかいてあり、鼻《はな》の先には、「ハ」という字が書《か》かれていました。先生は、はりきっていいました。

「さあ、ピッピ、これを見てちょうだい。これはハリネズミね。そしてこれが、ハリネズミの『ハ』という字よ」

「わあ、信《しん》じられない」ピッピはびっくりしたようにいいました。「まゆげみたいな形《かたち》の字ね。でも、これとハリネズミと、どんな関係《かんけい》があるの？」

先生はつぎに、ヘビの絵《え》を見せて、ヘビの「へ」という字を教《おし》えようとしました。

「ヘビといえば、あたし、インドで大蛇《だいじゃ》とたたかったことは、わすれられないわ」と、ピッピが口をはさみました。

「そりゃあ、すごいヘビでね、信《しん》じられないだろうけど、長《なが》さが十四メートルもあるの。そいつは、毎日大人《まいにち》を五人食《た》べて、デザートに子どもをふたり食《た》べるんだけれど、あるとき、あたしをデザートにしようと思《おも》って、ぎゅうぎゅうまきついてきたの。でも、あたしは、『こっちは世界《せかい》の海《うみ》を航海《こうかい》してるのよ』といって、ヘビの頭《あたま》をぼかんとなぐってやった。そしたらヘビが、シュッシュッて音を出したので、あたしはもう一度《いちど》、ヘビをぼかんとなぐったの。そしたら、プシューッといって、死《し》んじゃった。そうなの、その字がヘビの『へ』なの。すごくふしぎ！」

いっきにしゃべったので、ピッピはそこで、ひと息《いき》つきました。先生のほうは、ピッピがやかましくて、めんどうな子だ、と思《おも》いはじめていたので、みんなに、しばらく絵《え》をかかせることにしました。

絵《え》をかくのならきっと、ピッピもおとなしくしているだろう、と考《かんが》えたのです。

先生は、紙《かみ》とえんぴつを子どもたちにくばり、「かきたいものを、好《す》きなようにかいていいのよ」といいました。そして、教壇《きょうだん》のイスにすわって、子どもたちの書《か》きとり帳《ちょう》に、まるをつけはじめました。

しばらくして、先生は、みんなの絵《え》の進《すす》みぐあいを見ようと、目をあげました。すると、ピッピがはらばいになって、床《ゆか》に絵《え》をかいていて、ほかの生徒《せいと》たちがそれをぽかんと見ているのが、目に入りました。

「あらあら、ピッピ。どうして紙《かみ》にかかないの？」先生はがまんできなくなって、いいました。

「紙《かみ》は、いっぱいになっちゃった。あたしのウマをぜんぶかこうと思《おも》ったら、あの小さな紙《かみ》では、たりなくなったの。いま前足《まえあし》をかいているんだけど、しっぽをかくときには、ろうかまで行《い》っちゃうかも」

先生はちょっと考《かんが》えてから、いいました。

「じゃあ、みなさん、絵《え》はやめて、歌《うた》を歌《うた》いましょうか？」

子どもたちはつくえのよこに立ちましたが、ピッピだけはまだ、床《ゆか》にねころんだままでいいました。

「みんなは歌《うた》って。あたしはちょっと休むから。勉強《べんきょう》のしすぎは、体《からだ》によくないもの」

先生はとうとうがまんできなくなり、ほかの子どもたちには、校庭《こうてい》に出ていなさいといって、ピッピとふたりだけで話《はな》すことにしました。

先生とふたりきりになると、ピッピは立ちあがって、教壇《きょうだん》のまえへ歩《ある》いてきました。

「えーっと、あのね、先生。学校へ来《き》て、みんながしていることを見られて、すごくおもしろかったわ。でも、もう、学校へ来《き》たいとは思《おも》わないの。クリスマス休みのことも、もう、どうでもよくなったし。リンゴとか、ハリネズミとか、へビとか、いっぱい出てきて、頭《あたま》がくらくらしちゃった。先生が、がっかりしないといいんだけれど」

すると、先生はいいました。

「わたしは、ほんとうにがっかりしていますよ。なんといっても悲《かな》しいのは、ピッピが、ちゃんと勉強《べんきょう》しようとしなかったことよ。そんな態度《たいど》では、どんなに入りたいといっても、学校へは入れてもらえませんからね」

「あたし、ちゃんとしてなかった？　自分《じぶん》ではわからなかったわ」

ピッピはすごくびっくりして、悲《かな》しそうな顔《かお》になりました。ピッピほど、悲《かな》しいときに悲《かな》しそうになる子は、ほかにはいません。

しばらくだまって立っていたピッピは、やがて、ふるえる声《こえ》でいいました。

「ねえ先生、わかってほしいの。お母《かあ》さんは天使《てんし》で、お父《とう》さんは南《みなみ》の島《しま》の王さまで、あたしはというと、生まれてからずっと航海《こうかい》ばかりだったから、学校でリンゴとかハリネズミが出てきても、どうしたらいいか、わからなかったの」

先生はいいました。

「よくわかったわ。もう、ピッピにがっかりしてはいないわよ。もう少《すこ》し大きくなったら、また、学校へいらっしゃいね」

ピッピの顔《かお》が、うれしそうにかがやきました。

「先生は、とってもやさしいのね。これ、受《う》けとって！」

ピッピはポケットから、きれいな小さい金時計《きんどけい》をとりだして、教壇《きょうだん》におきました。先生は、こんな高《たか》そうなものを、もらうわけにはいかない、といいましたが、ピッピはききません。

「受《う》けとってくれなくちゃ！　でないと、あたし、あしたも来《く》るわよ。そしたら、また大さわぎになっちゃうから」

そういうと、ピッピは校庭《こうてい》へ飛《と》びだして、ひらりとウマに飛《と》びのりました。子どもたちはみんな、ピッピのまわりにあつまってきました。ウマにさわったり、ピッピを見おくったりしたかったからです。

「あたし、アルゼンチンの学校がどんなとこか知《し》っていて、よかったわ」ピッピは大いばりで、子どもたちを見おろしていいました。

「みんなも、あの学校へ行《い》ければいいのにね。あそこじゃ、クリスマス休みが終《お》わって三日めには、復活祭休《ふっかつさいやす》みがはじまるの。そして、復活祭休《ふっかつさいやす》みが終《お》わると、三日めには夏休《なつやす》み。夏休《なつやす》みは十一月一日《ついたち》に終《お》わるから、十一月十一日にクリスマス休みがはじまるまでのあいだは、ちょっとつらいわね。でも、宿題《しゅくだい》がないから、まあ、だいじょうぶよ。

アルゼンチンでは、家で勉強《べんきょう》するのは、ぜったいに禁止《きんし》されているの。たまにクローゼットの中で、こっそりかくれて勉強《べんきょう》する子もいるけれど、お母《かあ》さんに見つかったら、それこそたいへん。

学校では、算数《さんすう》なんて、まるでやらないの。七たす五のこたえを知《し》っている子が、もしうっかり先生にそのことをいったりしたら、ばつとして、一日じゅう教室《きょうしつ》のすみに立たされちゃうんだから。国語《こくご》があるのは金曜日《きんようび》だけで、それも、本があるときだけ。けど、本があったことなんて、一度《いちど》もないの」

「そんなら、生徒《せいと》は学校で、何《なに》をしてるの？」と、小さな男の子がききました。

するとピッピは、自信《じしん》たっぷりにこたえました。

「キャラメルを食《た》べてるの。ちかくのキャラメル工場《こうじょう》から教室《きょうしつ》まで、長《なが》いパイプがとおってて、一日じゅう、キャラメルがどんどん出てくるもんだから、子どもたちは、食《た》べるのにすごくいそがしいの」

「それじゃ、先生は何《なに》をしているの？」女の子がききました。

「子どもたちに、キャラメルの紙《かみ》をむいてやってるのよ、ばかね。あんた、子どもたちが自分《じぶん》でむくなんて、思《おも》わないでしょ？　それに子どもたちは、自分《じぶん》で学校に行《い》くことさえしないんだから。かわりに弟《おとうと》を行《い》かせるの」

ピッピは大きなぼうしをふると、楽《たの》しそうに大声《おおごえ》でいいました。

「みんな、さよなら。このつぎ会《あ》うまでね。でも、アクセルがいくつリンゴをもっていたかは、おぼえておくのよ。でないと、たいへんな目にあうわよ。はっはっは！」

わらい声《ごえ》をひびかせながら、ピッピがウマで校門《こうもん》をかけだしていくと、ウマのひづめに飛《と》ばされた小石が校舎《こうしゃ》のまどガラスにあたって、カチカチと音をたてました。

5 ピッピ、木にのぼる

ピッピとトミーとアニカは、ごたごた荘《そう》の門《もん》のところで遊《あそ》んでいました。八月の終《お》わりの、あたたかくて気もちのいい日です。ピッピはいっぽうの門柱《もんちゅう》に、アニカはもういっぽうの門柱《もんちゅう》に、トミーは門扉《もんぴ》の上にすわっています。

門《もん》のすぐそばには、八月ナシとよんでいるナシの木があって、子どもたちはすわったまま、のびたえだから、じゅくした小さくておいしいナシを、らくらくともぐことができました。三人は、むしゃむしゃナシを食《た》べては、しんを道《みち》にぷっと飛《と》ばしていました。

ごたごた荘《そう》は、小さな町のはずれにあり、そこから先は、きれいな田園風景《でんえんふうけい》が広《ひろ》がっています。ごたごた荘《そう》のまえの道《みち》をしばらく行《い》くと、都会《とかい》へつづく大きな道路《どうろ》と交差《こうさ》していました。

町の人たちは、ごたごた荘《そう》のほうへさんぽするのが、とても好《す》きでした。このあたりは、町でいちばんきれいなところだからです。

さて、三人がナシを食《た》べていると、女の子がひとり、町のほうから歩《ある》いてきました。その子は、三人を見ると、足をとめてたずねました。

「わたしのパパ、ここをとおらなかった？」

「そうねえ」と、ピッピ。「パパって、どんな人？　目は青い？」

「うん」女の子はこたえました。

「背《せ》は？　まあまあの高《たか》さ？　高《たか》くもないし、ひくくもない？」

「うん」

「黒《くろ》いぼうしに黒《くろ》いくつ？」

「そうそう、そうなの」女の子は、いきおいこんで

いいました。

「ざんねんだけど、見てないわ」ピッピは、あっさりこたえました。

女の子はがっかりして、何《なに》もいわずに、とおりすぎそうになりました。すると、ピッピが大声《おおごえ》でよびとめました。

「ちょっとまって。あんたのパパって、頭《あたま》がはげてる？」

「はげてないわ」女の子は、むっとしたようにいいました。

「よかったじゃない」といって、ピッピはナシのしんを、ぷっと飛《と》ばしました。

女の子はいそいで歩《ある》きだしましたが、ピッピがまた、大声《おおごえ》でよびとめました。

「あんたのパパ、見たこともないほど大きな、肩《かた》にとどくほど長《なが》い耳をしてる？」

女の子はびっくりして、ふり返《かえ》りました。

「まさか。そんな大きな耳で、ここを歩《ある》いていった人がいるの？」

「耳で歩《ある》く人なんて、見たことないけど」と、ピッピ。

「何《なに》、ばかなことをいってるの。あんたは、そんなに大きな耳の人を、ほんとうに見たのかときいてるの」

「見てないわ」と、ピッピはいいました。「そんな大きな耳の人なんて、いないわよ。だってへんで

しょ。どんなかっこうになると思《おも》うの？　そんな大きな耳なんて、ありえないわ」

ピッピはしばらく考《かんが》えてから、つけくわえました。

「少《すく》なくとも、この国《くに》ではね。でも、中国《ちゅうごく》ではちょっとちがうの。まえに上海《シャンハイ》で、ある中国人《ちゅうごくじん》を見たんだけれど、その人の耳はすごく大きくて、マントとして使《つか》えるほどだったわ。雨がふっても、耳の下にもぐりこむだけでいいの。あたたかくて、それは気もちがいいんですって。もちろん、耳はあたたかくはないでしょうけど。お天気がとくべつ悪《わる》いときなんかは、友《とも》だちや知《し》りあいも、耳の下に入れてあげてたの。雨風《あめかぜ》がおさまるまで、みんなで悲《かな》しい歌《うた》を歌《うた》ってね。

その人は耳のおかげで、みんなに好《す》かれていたわ。ハイシャンって名前《なまえ》だったんだけど、ハイシャンが毎朝《まいあさ》仕事場《しごとば》へ走《はし》っていくのを、あんたたちにも見せたかったわ！　ハイシャンは朝《あさ》ねぼうだから、いつもぎりぎりなの。ふたつの大きな耳を、黄色《きいろ》い帆《ほ》みたいに、うしろになびかせてかけていくハイシャンは、すごくかわいかったんだけど、あんたたちにはわからないでしょうね」

女の子は立ちどまり、口をぽかんとあけて、ピッピの話《はなし》をきいていました。トミーとアニカも、むちゅうになってきいていたので、ナシを食《た》べることもわすれていました。

「ハイシャンには、かぞえきれないくらいたくさんの子どもがいたんだけど、いちばん下の子は、ペッテルって名前《なまえ》だったの」と、ピッピがいうと、トミーが「そんなのおかしいや」と口をはさみました。

「そうなの、ハイシャンのおくさんも、まったくおなじことをいったの。中国《ちゅうごく》の子どもがペッテルって名前《なまえ》なんて、ありえないって。でもハイシャンは、おそろしくがんこで、『この子はペッテルという名前《なまえ》にするか、そうでなければ、名なしのままだ』といったんですって。そしてへやのすみっこで、耳を頭《あたま》の上にかぶって、すねてしまったの。気のどくなおくさんはあきらめるしかなくて、その子はペッテルって名前《なまえ》になった、ってわけ」

「へえ、そうなの」アニカがいいました。

「この子は、上海《シャンハイ》じゅうでいちばん手のかかる子でね」と、ピッピは話《はなし》をつづけました。

「食《た》べもののことに、そりゃあうるさくて、お母《かあ》さんはたいへんだったの。あんたたち、中国《ちゅうごく》ではツバメの巣《す》を食《た》べるって、きいたことあるでしょ？　お母《かあ》さんは、ツバメの巣《す》をおさらにいっぱい入れて、『さあ、ペッテル、ツバメの巣《す》をお食《た》べ、お父《とう》さんのためにひと口！』といったの。だけどペッテルは、口をぎゅっとむすんで、首《くび》をよこにふるばかり。とうとうハイシャンがおこって、お父《とう》さんのためにツバメの巣《す》をひと口食《た》べるまでは、ほかのものは何《なに》も食《た》べさせるな、といったの。

ハイシャンが一度《いちど》何《なに》かいうと、みんなかならず、そのとおりにしなくちゃならないの。だから、おなじツバメの巣《す》が、五月から十月まで、台所《だいどころ》から出たり入ったりすることになったわ。七月の十四日に、お母《かあ》さんが、ペッテルに肉《にく》だんごを二《に》、三個《さんこ》あげたい、とたのんだのだけれど、ハイシャンはだめだ、といったの」

「ばかみたい」道《みち》ばたに立っていた女の子はいいました。

「そうなの。ハイシャンも、おなじようにいったの。『ばかみたいだ。この子がこれほどいじっぱりでなかったら、ツバメの巣《す》を食《た》べられるに決《き》まってる』って。けどペッテルは、五月から十月まで、ずっと口をとじたままだったの」

「だけど、それで、どうして生きてられたの？」トミーが、おどろいてききました。

「生きてられなかったわ。その子、死《し》んじゃったの。いじっぱりだったせいでね。十月十八日のことよ。そして、十九日にはおそうしき。二十日《はつか》になったら、一羽《いちわ》のツバメがまどから入ってきて、テーブルにおいてあった巣《す》に、たまごをうんでいったの。そんなわけで、ツバメの巣《す》は、むだにはならなかったってわけ」

明《あか》るいちょうしでいうと、ピッピは、道《みち》ばたで目を白黒《しろくろ》させている女の子を見ました。

「あんた、へんな顔《かお》してるけど、どうかしたの？　まさか、あたしがうそをついてるなんて、思《おも》ってないでしょうね。どう？　はっきりいってちょうだい」ピッピはおどかすようにいって、うでまくりをしました。

「そんな……ちがうわ」女の子はびくびくして、いいました。「あんたがうそをついてるなんて、思《おも》ってないけど……」

「思《おも》ってないって？　でも、ほんとうは、ついたの。あたしは、舌《した》がまっ黒《くろ》になるほどうそをついたんだけど、わからなかった？　子どもが、五月から十月まで食《た》べないで、生きてられると思《おも》ってたの？　もちろん子どもは、三、四カ月食《た》べずにいられるけど、五月から十月なんて、ばかげてるわ。うそだって、わかるでしょ。なんでもかんでも、人のいうことを信用《しんよう》しちゃ、だめよ」

するりと女の子は歩《ある》きだして、もう、ふりむくことはありませんでした。

「なんて信《しん》じやすいのかしら。五月から十月だなんて、ばかげてるのに！」

それからピッピは、女の子のせなかにむかって、どなりました。

「見なかったわよ、あんたのパパは！　きょうは一日じゅう、はげ頭《あたま》の人なんて見なかったわ。だけど、きのうだったら、十七人もとおったのよ。うでを組《く》んでね！」

ピッピの庭《にわ》にいると、楽《たの》しくてわくわくします。たしかに、手入れのいきとどいた庭《にわ》ではないのですが、一度《いちど》も刈《か》られたことのない、気もちのいい芝生《しばふ》がありました。

それに、古《ふる》いバラのしげみには、白や黄《き》やピンクのバラの花がさきみだれていて、いまはもう、さかりはすぎていましたが、いいかおりがしています。また、くだものの木も、たくさんありました。

何《なに》よりすばらしいのは、木のぼりにもってこいの、すごく古《ふる》いオークの木や、ニレの木があることでした。

トミーとアニカの庭《にわ》には、木のぼりのできそうな木はありません。それなのにお母《かあ》さんはいつも、ふたりが木から落《お》ちてけがをしないかと、しんぱいばかりしています。そんなわけで、ふたりは、あまり木のぼりをしたことがありませんでした。

けれどピッピは、こういいました。

「あのオークの木に、のぼってみない？」

トミーはよろこんで、すぐに門《もん》のとびらから飛《と》びおりました。アニカは、ちょっとまよっていましたが、オークの木のみきに、足をかけられそうな大きなこぶがいくつもあるのを見て、のぼってみるのもおもしろそう、と思《おも》いました。

地面《じめん》から二メートルくらいのところで、オークの木のみきは、ふたつにわかれていて、そこはまるで、小さなへやのようになっていました。まもなく三人は、その小さなへやにすわっていました。頭《あたま》の上にはオークのえだが、大きなみどりの屋根《やね》のように広《ひろ》がっています。

「ここで、コーヒー飲《の》もうか？」ピッピがいいました。「あたし、いそいでいれてくるわ」

「わあ、うれしい！」トミーとアニカは手をたたいて、大よろこびしました。

ピッピはすぐに、コーヒーをいれ、きのうやいたシナモン・ロールパンもいっしょにもって、もどってきました。

そして、オークの木の下から、コーヒーカップをひとつずつ、ほうりあげました。トミーとアニカが、受《う》けとめます。でも、ときどきオークの木が受《う》けとめることになり、カップのうち、ふたつはわれてしまいました。でも、ピッピはすぐに走《はし》っていって、べつのカップをとってきました。

つぎは、シナモン・ロールパンのばんです。シナモン・ロールがぽんぽんと、たくさん空にまいあがりましたが、こちらは、われたりはしませんでした。

さいごにピッピが、片手《かたて》にコーヒーポットをもって、のぼってきました。クリームはビンに、さとうは小さな箱《はこ》に入れ、ポケットにつっこんであります。

こんなにおいしいコーヒーは飲《の》んだことがないと、トミーとアニカは思《おも》いました。ふたりはふだん、家《いえ》でコーヒーは飲《の》ませてもらえず、飲《の》んでもいいのは、およばれのときだけなのです。きょうは、と

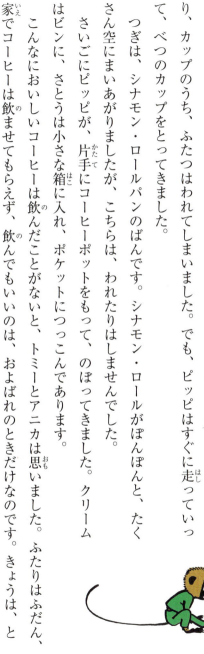

くべつなおよばれの日なのです。

アニカは、コーヒーを少《すこ》し、ひざにこぼしてしまいました。コーヒーはさいしょあたたかく、しだいにつめたくなっていきましたが、アニカは、「へいきよ」といいました。

コーヒー・パーティーが終《お》わると、ピッピは、カップやおさらを草の上にほうりなげました。

「ちかごろの陶器《とうき》がどれほどがんじょうなのか、見てみたいの」

おどろいたことに、カップがひとつと、おさらが三枚《さんまい》、われずにすみました。コーヒーポットも、口が欠《か》けただけでした。

ふいにピッピは、オークの木のみきを上のほうへのぼっていって、さけびました。

「わあ、おどろいた。この木、中ががらんどうよ！」

よく見ると、木のみきに、大きな穴《あな》があいていました。いままでは、しげった葉《は》っぱにかくれて、見えなかったのです。

「ぼくものぼってみたいんだけど、いいかな？」トミーはききました。

ピッピの返事《へんじ》はありません。

「ピッピ、どこにいるの？」トミーはしんぱいになって、さけびました。

すると、ピッピの返事《へんじ》がきこえました。でも、上からではなく、下からです。まるで、地下《ちか》の国《くに》から、声《こえ》がしているようでした。

「あたし、木の中にいるのよ。この穴《あな》、地面《じめん》までつづいているの。小さなわれ目からのぞいたら、外《そと》の草の上にあるコーヒーポットが見えるわ」

「まあ、どうやって上にあがってくるの？」アニカがさけびました。

「ぜったいにあがれないわね。あたしは、年金生活《ねんきんせいかつ》になるまで、ここにいることになるでしょうよ。あんたたち、上の穴《あな》から食《た》べものを投《な》げてね。一日に五回《ごかい》か六回《ろっかい》」

アニカは泣《な》きだしました。

「なんでめそめそしてるの？　何《なに》が悲《かな》しいの？　それより、あんたたちもおりてこない？　穴《あな》ぐらのろうやでよわっていく、っていう遊《あそ》びができるわ」

「ぜったい、いやよ」アニカはいって、ねんのため、木からおりてしまいました。

「アニカ、みきのわれ目から、あんたが見えるわよ」ピッピが大声《おおごえ》でいいました。

「コーヒーポットをふまないでね！　使《つか》いやすくて、ずっと使《つか》ってるんだから。そのポットは、いままでだれにも悪《わる》いことはしてないんだし、口が欠《か》けちゃったのも、ポットのせいじゃないからね」

アニカは、木のそばへ行《い》ってみました。小さなすきまから、ピッピの人《ひと》さし指《ゆび》の先がつきでているのが見えます。それで、少《すこ》しは安心《あんしん》できましたが、アニカはまだまだしんぱいで、ききました。

「ピッピ、ほんとうに、あがってこられないの？」

すると、ピッピの人《ひと》さし指《ゆび》がきえ、一分《いっぷん》もしないうちに、ピッピの顔《かお》が、木の上の穴《あな》からのぞきました。ピッピは、手で葉《は》っぱをかきわけながら、いいました。

「本気でやれば、できるみたいね」

「そんなにかんたんにあがれるんなら、ぼくもおりていって、穴《あな》ぐらのろうやでよわってみたいや」

まだ木の上にいたトミーが、いいました。

「あら、そう。じゃあ、ハシゴをもってくるわ」

ピッピは穴《あな》からはいだして、地面《じめん》にすべりおりました。そして、走《はし》っていってハシゴをもってくると、木の上へひきずりあげ、穴《あな》から底《そこ》にむかっておろしました。

トミーは穴《あな》の中へおりてみたいと、わくわくしています。上の穴《あな》までのぼるのはたいへんでしたが、トミーはがんばりました。暗《くら》い穴《あな》の中におりていくときも、こわがったりはしませんでした。

トミーが穴《あな》の中へきえていったのを見たアニカは、もう二度《にど》と会《あ》えないんじゃないかと、不安《ふあん》でたまらなくなり、みきのわれ目からのぞいてみました。

「アニカ」とよぶトミーの声《こえ》がしました。

「中は、すごくいい感《かん》じだよ。アニカもおりておいでよ。ハシゴがあるから、ぜんぜんあぶなくないよ。ここにおりたら、ほかの遊《あそ》びは、したくなくなるくらいだよ」

「ほんと？」アニカがきくと、「ぜったいほんとうさ」と、トミーはこたえました。

　そこで、アニカはふるえる足で、もう一度《いちど》木にのぼっていきました。さいごのむずかしいところは、ピッピがたすけてくれました。みきの中をのぞくと、まっ暗《くら》なので、ちょっとしりごみしてしまいましたが、ピッピが手をにぎって、元気《げんき》づけてくれました。トミーも、下から声《こえ》をかけてくれました。

「こわくないよ、アニカ。アニカの足が見えてるから、たとえ落《お》ちても、受《う》けとめてあげるよ」

　でも、アニカは落《お》ちたりしないで、ぶじにトミーのそばへおりていきました。あとからすぐに、ピッピもおりてきました。

「すごいなあ、ここは！」トミーがいいました。

　アニカも、ほんとにすごい、と思《おも》いました。木のわれ目から光《ひかり》が入ってくるので、思《おも》っていたほど暗《くら》くないのです。アニカは、われ目のそばへ行《い》き、外《そと》の草の上にコーヒーポットが見えるのを、たしかめました。

「ここを、ぼくたち三人のかくれ場所《ばしょ》にしようよ」トミーがいいました。

「ぼくらがここにいるなんて、だれにもわからないよ。でも、だれかがさがしにきて、うろうろしていたら、ぼくらにはここから見えるんだ。そしたら、わらってやろう」

「ほそいぼうを、われ目から出して、くすぐることもできるわ。そしたら、おばけが出たと思《おも》うでしょうね」ピッピもいいました。

そう考《かんが》えると、三人はすごく楽《たの》しくなって、肩《かた》をだきあいました。ちょうどそのとき、トミーとアニカのうちから、食事《しょくじ》の合図《あいず》のドラがきこえてきました。

「ちぇっ、つまんないな。ぼくたち、家《いえ》に帰《かえ》らなくちゃ。でも、あしたは、学校から帰《かえ》ったら、すぐに来《く》るからね」と、トミー。

「うん、そうして」ピッピがいいました。

三人は、さいしょにピッピ、つぎにアニカ、さいごはトミーのじゅんで、ハシゴをのぼっていきました。それから、木をおりました、さいしょにピッピ、つぎにアニカ、そしてさいごにトミーのじゅんで。

6 ピッピ、ピクニックに行《い》く

ある日、トミーがピッピにいいました。

「きょうは、学校に行《い》かなくっていいんだ。そうじ休みだから」

「えーっ！　また、不公平《ふこうへい》じゃない！」ピッピが、さけび声《ごえ》をあげました。

「そうじ休みがほんとうにひつようなのは、あたしなのに、あたしにはぜんぜんお休みがないのよ。ほらっ、見てよ、台所《だいどころ》の床《ゆか》！

でも、よく考《かんが》えてみたら、お休みがなくても、そうじはできるわね。そうじ休みだろうが、そうじゃなかろうが、あたしはいまからそうじをするから、とめないでよ。あんたたち、じゃまにならないように、テーブルの上にあがっててちょうだい」

トミーとアニカは、いわれたとおり、テーブルの上にあがりました。ニルソン氏《し》もテーブルの上に飛《と》びあがり、すぐに、アニカのひざの上でねむってしまいました。

ピッピは、大きななべにお湯《ゆ》をわかし、台所《だいどころ》の床《ゆか》に、ざーっとぶちまけました。そのあと、大きなくつをぬぎ、パンざらの上にきちんとおきました。そして、はだしに、床《ゆか》みがきブラシをしっかりくくりつけると、スケートをするみたいに、床《ゆか》のすみずみまですべってまわりました。ピッピが床《ゆか》の水をかきわけて進《すす》むと、シュルシュルと音がします。

「あたし、スケートの女王になればよかった」といって、ピッピが左足を高《たか》くあげたので、天井《てんじょう》からぶらさがっている電灯《でんとう》にブラシがあたり、かさがちょっとへこんでしまいました。

「だって、あたしは優雅《ゆうが》で、魅力的《みりょくてき》だもの」とつづけながら、ピッピは目のまえのじゃまになるイスを、ひらりと飛《と》びこえました。

「まあ、こんなとこかな。きれいになったでしょ」というと、ピッピは足につけていたブラシをとりました。

「床《ゆか》をふかなくてもいいの？」アニカはしんぱいになって、いいました。

「いいの。お日さまで、しぜんにかわくから」と、ピッピ。「しばらくぬれてたって、床《ゆか》がかぜをひくとは思《おも》えないし」

トミーとアニカは、用心深《ようじんぶか》くテーブルからおりると、足がびしょびしょにならないように、そろりそろりと歩《ある》きました。

家《いえ》の外《そと》では、空がまっ青《さお》で、お日さまの光《ひかり》がさんさんとふりそそいでいます。森の中を歩《ある》きたくなるような、九月の美《うつく》しい日でした。ピッピはいいことを思《おも》いつきました。

「ねえ、ピクニックに行《い》かない？　ニルソンちゃんもつれて」

「わーい、行《い》きたーい！」トミーとアニカは、よろこんでさけびました。

「じゃあ、あんたたち、うちへ走《はし》っていって、ピクニックに行《い》ってもいいか、お母《かあ》さんにきいてきたら？　そのあいだに、あたしがおべんとうの用意《ようい》をしておくから」と、ピッピがいいました。

トミーとアニカは、走《はし》って家《いえ》に帰《かえ》り、すぐにもどってきました。すると、ピッピはもう、ニルソン氏《し》を肩《かた》にのせて、門《もん》の外《そと》でまっていました。片手《かたて》にハイキング用《よう》のつえをもち、もう片手《かたて》には、大きなバスケットをさげています。

三人はさいしょ、大きな道路《どうろ》を歩《ある》いていきましたが、やがてその道《みち》をそれて、柵《さく》のある牧場《ぼくじょう》へ入りました。牧場《ぼくじょう》の中には、シラカバやハシバミのしげみの中をうねるようにつづく、すてきなさんぽ道《みち》がありました。

そこをしばらく歩《ある》くと、牧場《ぼくじょう》のとびらのまえへやってきました。柵《さく》のむこうには、またべつのきれいな牧場《ぼくじょう》が広《ひろ》がっています。

ところが、そのとびらの手前《てまえ》に、一頭《いっとう》の牝牛《めうし》がうろうろしていて、どこへも行《い》きそうにありません。アニカが牝牛《めうし》にむかって、シッとさけんだり、トミーがいさましくちかづいて、「どけよ！」といったりしましたが、牝牛《めうし》は動《うご》こうとせず、大きな目で、三人をにらみつけるばかりでした。

そこでピッピは、バスケットを地面《じめん》におき、牝牛《めうし》のまんまえまで行《い》くと、牝牛《めうし》をもちあげて、わきにどけました。牝牛《めうし》は、ばつが悪《わる》そうな顔《かお》になり、ようやく、ハシバミのしげみの中へのろのろと歩《ある》いていきました。

「牝牛《めうし》なのに、牡牛《おうし》のようにがんこだったわ」というと、ピッピは両足《りょうあし》をそろえたまま、ぴょんと柵《さく》のとびらを飛《と》びこえました。

「ということは、牡牛《おうし》はがんこじゃなくなるのかしら！　ややこしいわね」

つぎの牧場《ぼくじょう》に入ると、アニカが「まあ、なんてきれいな牧場《ぼくじょう》！」と、うれしそうにさけびました。

そして、あたりにある石に、かたっぱしからのぼってみました。

トミーは、ピッピからもらった短剣《たんけん》をもってきていたので、えだを切《き》って、アニカと自分《じぶん》のために、ハイキング用《よう》のつえを二本作《つく》りました。親指《おやゆび》もちょっと切《き》ってしまいましたが、たいしたことはありません。

「ちょっとキノコがりをしてみない？」ピッピが、きれいな赤いベニテングタケ（毒《どく》きのこ）をぽきんとおって、いいました。「これ、食《た》べられるかな？　飲《の》むものじゃないから、食《た》べるしかないわね。たぶん、だいじょうぶ！」

ピッピはベニテングタケをちょっとかじって、飲《の》みこんでしまいました。それから、うれしそうにいいました。

「だいじょうぶだった。でも、こんどはシチューにしようっと」そして、食《た》べかけのキノコを、高《たか》い木のてっぺんにむかってほうりなげました。

「ピッピ、そのバスケットには、何《なに》が入ってるの？

何《なに》かおいしいもの？」アニカがききました。

「千クローナもらっても、いまは教《おし》えられないわ」ピッピは、きっぱりといいました。「まず、なかみをちゃんとならべるのにふさわしい場所《ばしょ》を、見つけなくちゃ」

三人は、ぴったりの場所《ばしょ》をねっしんにさがしました。アニカは大きくてたいらな岩《いわ》を見つけて、ここがいい、といいましたが、そこには、赤アリがいっぱいはっていたので、ピッピがいいました。

「赤アリとは知《し》りあいじゃないから、そこにはすわりたくないわね」

「そうだよ、アリはかむから」と、トミーもいいました。

「かむの？　じゃあ、かみ返《かえ》してやればいいのよ！」と、ピッピ。

こんどはトミーが、ハシバミのしげみの中に、小さなあき地《ち》を見つけ、「ここがいいんじゃない？」といいました。

「うーん、どうかな。日あたりがよくないから、あたしのそばかすがふえないんじゃない？」と、ピッピ。「あたし、そばかすがあるのは、かっこいいと思《おも》っているの」
もう少《すこ》し行《い》くと、らくにのぼれそうな小山がありました。小山の上には、バルコニーのようにつきでた、日あたりのいい小さな岩《いわ》だながあったので、三人

は、そこにすわることにしました。

「あたしがごちそうをならべてるあいだ、ふたりは目をつぶっててね」

ピッピにいわれて、トミーとアニカは、ぎゅっと目をつぶりました。でも、ピッピがバスケットをあける音や、紙《かみ》がガサガサいう音はきこえます。

「一、二、十九。さあ、いいわよ！」

やっと、ピッピがそういったので、ふたりは目をあけました。そして、とたんに歓声《かんせい》をあげました。たいらな岩《いわ》の上には、ずらっとごちそうがならんでいたのです。肉《にく》だんごやハムをのせた小さなオープン・サンドイッチ、おさとうのかかったパンケーキの山、茶色《ちゃいろ》いソーセージがたくさん、それに、パイナップル・プリンが三つ。ピッピは、お父《とう》さんの船《ふね》のコックさんに、お料理《りょうり》をならったのです。

「そうじ休みって、なんてすてきなんだろう。毎日《まいにち》だったらいいのになあ」トミーが、パンケーキを口いっぱいほおばって、いいました。

「そんなの、だめよ。あたし、床《ゆか》みがきはそんなに好《す》きじゃないもの。そりゃ、たしかにおもしろいけど、毎日《まいにち》やったら、あきてくるわよ」ピッピがいいました。

やがて三人は、もう動《うご》けないほどおなかがいっぱいになり、お日さまの光《ひかり》をあびながら、しばらくしあわせな気もちにひたっていました。

ピッピが、岩《いわ》だなの先を夢見《ゆめみ》るようにながめながら、いいました。

「飛《と》ぶのって、むずかしいのかなあ」

岩《いわ》だなの下は、ちょっとしたがけになっていて、地面《じめん》まではかなりあります。

「飛《と》びおりるだけなら、できそう。飛《と》びあがるのはぜったいにむりだけど、かんたんなところから、はじめればいいのよ。あたし、やってみる！」

「だめ、ピッピ。おねがいだから、やめて！」トミーとアニカは、声《こえ》をそろえてさけびましたが、ピッピはもう、岩《いわ》だなのはしに立っていました。

「飛《と》べ、飛《と》べ、トンビ。とんまな、トンビが、飛《と》ーんだ！」

ピッピは、「飛《と》ーんだ！」といったとたん、両《りょう》うでを広《ひろ》げて、空中に足をふみだしました。すぐに、ドスーンという音がきこえました。ピッピが地面《じめん》に落《お》ちたのです。

トミーとアニカは、岩《いわ》だなにはらばいになり、こわごわ下をのぞきました。ピッピが立ちあがって、ひざのよごれをはらっているのが見えました。

「うでをぱたぱたさせるのをわすれちゃった。それに、パンケーキなんかもいっぱい食《た》べてるしね」

ピッピはうれしそうにいいました。

そのとき、みんなはふと、ニルソン氏《し》がいないことに気づきました。きっと、ひとりだけで、どこかへピクニックに行《い》ってしまったにちがいありません。三人とも、ニルソン氏《し》がうれしそうにバスケットをかじっていたのは、おぼえているのですが、ピッピが空を飛《と》ぶさわぎで、ニルソン氏《し》のことは、すっかりわすれていたのです。

ピッピはぷんぷんおこって、かたほうのくつを、大きくて深《ふか》そうな池《いけ》にほうりなげました。

「どこかへ行《い》くとき、サルをつれていくもんじゃないわね。家《いえ》で、ウマのノミでもとってればいいのよ。そうさせとけばよかった」といいながら、ピッピはくつをひろいに池《いけ》に入っていきました。水の深《ふか》さは、ピッピのこしまであります。

「ついでに、髪《かみ》の毛《け》もあらっちゃお」ピッピは、頭《あたま》をばしゃっと水の中につっこんで、しばらくそのままじっとしていました。それから、髪《かみ》の毛《け》をかきまぜると、ぶくぶくあわがあがってきました。

ピッピは、ようやく水から顔《かお》をあげ、まんぞくそうにいいました。

「さあ、これで、美容院《びよういん》へ行《い》かなくてすむでしょ」

ピッピが池《いけ》からはいだして、くつをはくと、三人はニルソン氏《し》をさがしに、歩《ある》きだしました。

「ほらっ、あたしが歩《ある》くと、ピチャピチャ音がする」ピッピはわらっていいました。「服《ふく》がピチャピチャ、くつはチャプチャプ。すごくおもしろいわ。あんたもやってみたらいいのに」と、ピッピはアニカにいいました。

アニカはというと、美《うつく》しい金色《きんいろ》の絹《きぬ》のような髪《かみ》の毛《け》をゆらしながら、赤いワンピースにかわぐつをはいて、歩《ある》いています。

おりこうなアニカは、「また、こんどね」と、ピッピにいいました。

三人はどんどん歩《ある》いていきました。

「まったくニルソンちゃんには、はらがたつわ。いつもこうなんだから。スラバヤにいるときも、一《いち》度《ど》にげだしてね、年よりの未亡人《みぼうじん》のところで、お手伝《てつだ》いさんをしてたことがあったの」ひと息《いき》ついて、ピッピはつけくわえました。「さいごのところは、もちろんうそよ」

「三人で、べつべつにさがしたらどうだろう」トミーがいいました。

アニカは、ひとりになるのはこわいので、さいしょは、いやだといいました。でも、トミーが、「まさか、こわがってるんじゃないよね！」と鼻《はな》でわらうと、がまんできませんでした。

そこで三人は、それぞれちがう方向《ほうこう》へ行《い》くことになりました。

トミーは、牧草地《ぼくそうち》をよこぎっていきました。ニルソン氏《し》は見つかりませんでしたが、ちがうものが見つかりました。牡牛《おうし》です！　正しくいうと、牡牛《おうし》のほうが、トミーを見つけたのです。おまけに牡《お》牛《うし》は、トミーが好《す》きじゃないようです。おこりっぽくて、子どもぎらいの牛《うし》だったのでしょう。

牡牛《おうし》は頭《あたま》をひくくして、ぞっとするようなうなり声《ごえ》をあげながら、トミーにむかって、突進《とっしん》してきました。トミーはおそろしさのあまり、森じゅうにきこえるようなひめいをあげました。

そのひめいをきいたピッピとアニカは、何《なに》ごとがおこったのかと、かけつけましたが、そのときにはもう、牡牛《おうし》がトミーを角《つの》でひっかけ、空高《そらたか》くほうりなげたあとでした。アニカは、こわくて泣《な》きだしてしまいました。

「まったく、わからずやの牡牛《おうし》ね」と、ピッピがアニカにいいました。「あんなことさせちゃ、だめよ。トミーのセーラー服《ふく》が、よごれるじゃないの。ばかな牡牛《おうし》に、ちょっと教《おし》えてやるわ」

ピッピはすぐに、牡牛《おうし》のところまで走《はし》っていって、ぐいっとしっぽをひっぱりました。

「おじゃまして、ごめんなさいね」

ピッピがきつくひっぱったので、牡牛《おうし》はふりむきました。そして、角《つの》でひっかけられる子どもが、もうひとりいることに気づきました。

「おじゃまして、ほんとに悪《わる》いわね」ピッピはもう一度《いちど》いいました。「それに、おっちゃうけど、ゆるしてね」ピッピは牡牛《おうし》の角《つの》を一本、おりました。「今年《ことし》は、二本の角《つの》は、はやってないのよ。まともな牡牛《おうし》はみんな、角《つの》が一本なの。どうしても角《つの》がいる、っていうならだけど……」といって、もう一本の角《つの》も、おってしまいました。

角《つの》には感覚《かんかく》がないので、牡牛《おうし》は、角《つの》がなくなったことに気づいていません。角《つの》でついてやろうと思《おも》って、ピッピを頭《あたま》でこづきます。

これがピッピでなく、ほかの子どもだったら、ぺっちゃんこになっていたところです。でも、ピッピは大声《おおごえ》でこういっただけでした。

「ハハハ、くすぐらないでよ。すごく、くすぐったいのよ、あんたにはわからないでしょう。ハッハッ、やめて、やめて、わらい死《じ》にしちゃうよ！」

けれど、牡牛《おうし》はつくのをやめません。そこでピッピは、しばらく休もうと思《おも》って、牡牛《おうし》のせなかに飛《と》びのりました。

けれども、たいして休めませんでした。というのは、牡牛《おうし》は、ピッピがせなかに乗っているのが気に入らず、ふりおとそうとして、体《からだ》をまげたり、よじったりしてあばれたからです。

ピッピは、両足《りょうあし》でしっかり牛《うし》の胴《どう》をしめつけて、せなかにすわりつづけています。牡牛《おうし》は鼻《はな》からゆげを立てて、うなり声《ごえ》をあげながら、牧草地《ぼくそうち》の中をあちこち突《とっ》進《しん》していきます。でも、ピッピはへいきで、わらったり、さけんだり、ポプラの葉《は》っぱのようにふるえているトミーとアニカに、手をふったりしています。牡牛《おうし》はピッピをふりおとそうとして、飛《と》びまわるのをやめません。

「あたし、かわいいお友《とも》だちと、おどってるのー」ピッピは、せなかにすわったまま、かってな歌《うた》を歌《うた》っています。

とうとう牡牛《おうし》は、へとへとになって、地面《じめん》にたおれてしまいました。たぶん、子どももなんかこの世《よ》からいなくなれ、と思《おも》っていたことでしょう。いままでだって牡牛《おうし》は、子どもがいてうれしいとは、思《おも》っていなかったでしょうけれど。

ピッピは牡牛《おうし》に、ていねいにたずねました。

「お昼寝《ひるね》がしたいの？　じゃあ、じゃまはしないことにするわ」

ピッピは牡牛《おうし》のせなかからおりて、トミーとアニカのところへもどってきました。トミーは、かたほうのうでにけがをしたので、さっきまで泣《な》いていましたが、いまは泣《な》きやんでいます。アニカがうでにハンカチをまいてくれたので、もう、いたくありません。

ピッピの顔《かお》を見ると、アニカは思《おも》わず大きな声《こえ》をあげました。

「ああ、ピッピ！」

「シーッ！　牡牛《おうし》がおきちゃう！」ピッピが、ひそひそ声《ごえ》でいいました。「せっかくねているのに、おこしたら、やっかいでしょ」

でもそのすぐあと、ピッピは、牡牛《おうし》の昼寝《ひるね》のことなどまるで気にせず、大声《おおごえ》をはりあげました。

「ニルソンちゃん、ニルソンちゃん、どこにいるの？　もう、おうちに帰《かえ》るわよ！」

すると、どうでしょう！　ニルソン氏《し》が、マツのえだの上にうずくまっているのが、見えたのです。悲《かな》しそうに、しっぽをしゃぶっています。小さなおサルさんにとっては、森の中でひとりぼっちでいるのは、楽《たの》しくなかったようです。

ニルソン氏《し》はすぐに、マツの木からピッピの肩《かた》に飛《と》びうつり、うれしいときにいつもするように、麦《むぎ》わらぼうしをふりました。

「そう、こんどは、お手伝《てつだ》いさんにはならなかったの」といって、ピッピはニルソン氏《し》のせなかをなでました。

「なーんだ、あの話《はなし》はうそだった、というのは、ほんとうなのよね！　でも、ほんとうだとすれば、うそじゃなかった、っていうことでしょ」

ピッピはあれこれ考《かんが》えています。

「つまり、ニルソンちゃんはスラバヤで、お手伝《てつだ》いさんをしていたかもしれない、ってことよね！　とすると、これからは、だれが肉《にく》だんごを作《つく》ることになるのか、よくわかったわ」

それから三人は、家《いえ》にむかって歩《ある》いていきました。あいかわらず、ピッピの服《ふく》はピチャピチャ、くつはチャプチャプ鳴《な》っています。

トミーとアニカは、牡牛《おうし》はちょっとこわかったけれど、おもしろい一日だった、と思《おも》いました。ふたりは、学校でならった歌《うた》を歌《うた》いました。それは夏《なつ》の歌《うた》で、もうすぐ秋《あき》になるのですが、きょう歌《うた》うのに、ぴったりの歌《うた》に思《おも》えたのです。

夏《なつ》のお日さま　かがやく日
森や牧場《まきば》を　とおりぬけ
歌《うた》っていれば　つらくない。
歩《ある》いていこうよ、ハロー、ハロー！
小さな子どもも　いっしょに行《い》こう
うちで　ぼんやりしてないで
いっしょに　歩《ある》こう、いっしょに　歌《うた》おう。

みんなの　歌《うた》う　その声《こえ》は
どんどん　小道《こみち》をのぼってく。
もうじき　丘《おか》のてっぺんだ。
夏《なつ》のお日さま　かがやく日
歩《ある》いていこうよ、ハロー、ハロー！

ピッピも、つづけて歌《うた》いました。ピッピは歌詞《かし》を知《し》らなかったので、こんなふうに歌《うた》いました。

夏《なつ》のお日さま　かがやく日
森や牧場《まきば》を　とおりぬけ
気のむくままに　歩《ある》いていこう。
あたしが　歩《ある》けば、服《ふく》は　ピチャピチャ！
くつは　チャプチャプ！
かわりばんこに　ピチャピチャ　チャプチャプ。
服《ふく》も　くつも　べしょべしょで

牡牛《おうし》は　ほんとに　おばかさん。
あたしは　おかゆが　だーい好《す》き。
夏《なつ》のお日さま　かがやく日
あたしが　歩《ある》けば
ピチャピチャ　チャプチャプチャプ！

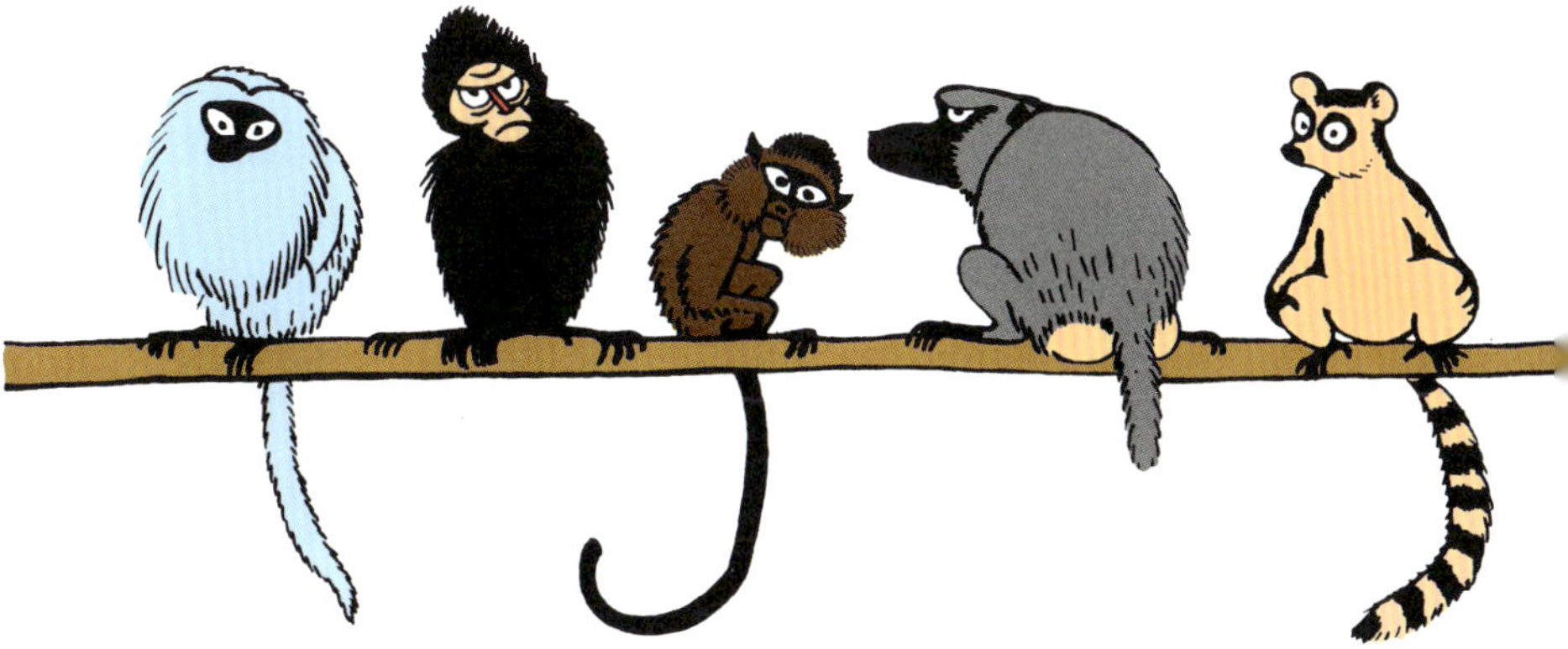

7 ピッピ、サーカスに行《い》く

ある日、ピッピの住《す》む小さな町に、サーカスがやってきました。

町の子どもたちはみんな、お父《とう》さんやお母《かあ》さんのところへ飛《と》んでいって、サーカスへ行《い》かせて、とおねだりしました。トミーとアニカもおねだりし、やさしいお父《とう》さんはすぐに、ぴかぴかの銀色《ぎんいろ》のコインと、ほかにも小さなコインをとりだして、ふたりにくれました。

ふたりはお金をしっかりにぎりしめて、ピッピのところへといそぎました。

ピッピはベランダで、ウマのしっぽの毛《け》をあんでいるところでした。三つあみを一本あむたびに、先っちょに赤いリボンをむすんでいます。ピッピがいいました。

「きょうは、このウマのおたんじょう日じゃないかと思《おも》うの。だから、きれいにしてあげなくちゃ」

トミーは大いそぎで走《はし》ってきたので、息《いき》を切《き》らしたまま、いいました。

「ねえ、ピッピ。いっしょにサーカスへ行《い》かない？」

「あたしは、どこへでもいっしょに行《い》けるわよ」ピッピはこたえました。

「でも、そのサークスとかいうのに行《い》けるかどうかは、わからないわ。だって、サークスって何《なに》か、知《し》らないんだもの。それって、いたいもの？」

「ばかだなあ。いたくないよ！」と、トミー。「すごく楽《たの》しいものだよ。ウマや、ピエロや、つなわたりするきれいな女の人が見られるんだ！」

「でもね、お金がいるの」といって、アニカはにぎりしめていた手をひらき、大きなぴかぴかの二クローナ玉《だま》と、五十オーレ玉《だま》が二枚《にまい》あるのを、たしかめました。

「あたしは、トロールのようにお金もちなのよ」と、ピッピがいいました。

「だからいつでも、そのサークスとやらを買《か》えるわ。でも、これ以上《いじょう》ウマがふえたら、うちがせまくなっちゃう。ピエロとかきれいな女の人は、せんたく小屋《ごや》につめこんでもいいけれど、ウマはかわいそうよ」

「ちがうんだよ。サーカスは、買《か》うものじゃないんだ。入って、見るのにお金がいるんだけど……わかるかな？」

「やめて！」ピッピはさけんで、目をかたくつぶりました。「見るのにお金がかかるんだって!? あたしは毎日毎日《まいにちまいにち》、いろんなものをじろじろ見ているのに！　いままでどれほど見たか、わからないくらいよ！」

しばらくしてからピッピは、そろそろと片目《かため》だけあけましたが、片目《かため》だけで見ていると、ぐるぐると目がまわってきました。

「もういい、いくらかかってもいいわ。ちゃんと目をあけて見ることにする」

トミーとアニカはようやく、サーカスがどんなものかをピッピに説明《せつめい》することができました。ピッピが、旅行《りょこう》かばんから金貨《きんか》を何枚《なんまい》かとりだし、水車の羽根《はね》ほどもある大きなぼうしをかぶると、三人は、サーカスへと歩《ある》いていきました。

サーカスのテントの外《そと》は、たくさんの人でごった返《がえ》していて、切符売り場《きっぷうりば》のまえには、長《なが》い列《れつ》ができていました。でも、しばらくまっていると、ピッピのばんになりました。ピッピは、窓口《まどぐち》に顔《かお》をつっこみ、すわっている、人のよさそうなおばさんをじっと見つめて、いいました。

「あなたを見るのに、いくらかかるの？」

でも、その人は外国《がいこく》から来《き》た人だったので、ピッピのいうことがよくわからず、こうこたえただけでした。

「おじょっちゃん、一等《いっとう》しぇきは五キュロネ、二等《にとう》しぇきは三キュロネ、立見《たちみ》しぇきは、一キュロネだよ」

「わかったわ。でも、おばさんもつなわたりをするってやくそくよ」

ここでトミーがわりこんで、「二等《にとう》の切符《きっぷ》を買《か》います」と、いいました。

ピッピが金貨《きんか》を一枚《いちまい》わたすと、おばさんはあやしむように見て、ほんものかどうかをたしかめるために、金貨《きんか》を歯《は》でかんでみました。ようやくほんものだとわかると、おばさんはピッピに切符《きっぷ》をわたし、おつりの銀貨《ぎんか》も、いっぱいくれました。

「こんな白いお金、もらってどうするの？」ピッピはきょうみなさそうにいいました。「とっておいてよ。そのかわりに、おばさんを二回《にかい》見せてね、立見席《たちみせき》で」

ピッピがどうしてもおつりを受《う》けとらないので、おばさんは、ピッピの切符《きっぷ》を一等《いっとう》にかえ、トミーとアニカにも、一等《いっとう》の切符《きっぷ》をくれました。

こうして、ピッピとトミーとアニカは、サーカスのまるい舞台《ぶたい》にいちばんちかい、りっぱな赤いイ

スにすわることになったのです。トミーとアニカは、なんどもうしろをふり返《かえ》って、ずっとうしろの席《せき》にいる学校の友《とも》だちに、手をふりました。

「このテント、なんだかへんね」といって、ピッピはあたりを見まわしています。

「舞台《ぶたい》の床《ゆか》は、おがくずだらけだし。あたし、口うるさいほうじゃないけど、これはちょっと、だらしないんじゃない？」

トミーは、サーカスでは、ウマのひづめにきずがつかないよう、いつもおがくずがまいてあるんだよ、と説明《せつめい》しました。

舞台《ぶたい》のおくの壇上《だんじょう》にじんどった楽団《がくだん》が、にぎやかなマーチをかなではじめると、ピッピは大よろこびで手をたたき、イスの上で飛《と》びはねました。

「きくのにもお金がかかるの？　それとも、ただ？」

と、ピッピがきいたちょうどそのとき、正面《しょうめん》のまくが左右にひかれ、黒《くろ》いえんび服《ふく》すがたのサーカス団長《だんちょう》が、ムチを片手《かたて》に、舞台《ぶたい》に走《はし》りでてきました。いっしょに、頭《あたま》に赤い羽根《はね》かざりをつけた、十頭《じっとう》の白いウマも飛《と》びだしてきました。

団長《だんちょう》がムチを鳴《な》らすと、ウマたちは円形《えんけい》の舞台《ぶたい》を、ぐるぐるかけまわりはじめました。団長《だんちょう》がもう一度《いちど》ムチを鳴《な》らすと、ウマたちはぴたりととまり、舞台《ぶたい》と観客席《かんきゃくせき》のさかいの手すりに、前足《まえあし》をかけました。

ウマの一頭《いっとう》は、ちょうど三人がすわっているまんまえにいました。アニカは、こんなにちかくにウマがいるのがこわくて、できるだけ座席《ざせき》のうしろにへばりつきました。いっぽうピッピは、手すりから身《み》をのりだして、ウマの前足《まえあし》をかたほうもちあげて、いいました。

「こんにちは！　うちのウマが、よろしくって。うちのウマは、きょうがおたんじょう日なの。頭《あたま》にじゃなくて、しっぽにリボンをつけてるんだけど……」

うまいぐあいに、団長《だんちょう》がつぎにピシャリとムチを鳴《な》らすまえに、ピッピはウマの足をはなしていました。というのは、ムチの合図《あいず》で、ウマたちはいっせいに手すりから前足《まえあし》をおろして、また走《はし》りはじめたからです。

ウマの芸《げい》が終《お》わると、団長《だんちょう》はていねいにおじぎをして、ウマたちは、舞台《ぶたい》のそでに走《はし》って帰《かえ》っていきました。

そのすぐあと、また、まくがあいて、こんどは、つやつやした黒《くろ》いウマが一頭《いっとう》、登場《とうじょう》しました。ウマの背《せ》には、みどり色《いろ》の絹《きぬ》の服《ふく》を着《き》た女の子が立っています。プログラムを見ると、「ミス・カルメンシータ」という名前《なまえ》のようです。

ウマは、おがくずのしかれた円形《えんけい》の舞台《ぶたい》を速足《はやあし》でまわり、ミス・カルメンシータは、ウマの背《せ》にゆうゆうと立ったまま、にこにこしていました。

ところがそのあと、たいへんなことになりました。ウマがちょうど、ピッピの席《せき》のまえをとおりすぎたとき、シュッと風《かぜ》を切《き》るような音がした、と思《おも》ったら、ピッピがウマの背《せ》に飛《と》びのり、ミス・カルメンシータのすぐうしろに立っていたのです。

さいしょ、ミス・カルメンシータはおどろいて、ウマから落《お》っこちそうになりましたが、そのあと、おこりだしました。ピッピをウマの背《せ》からつきおとそうと、両手《りょうて》をうしろにまわしていますが、うまくいきません。

「ちょっと、落《お》ちついてちょうだい」と、ピッピがいいました。「楽《たの》しみたいのは、あんただけじゃないのよ。ほかの人だって、お金をはらってるんだから！」

ミス・カルメンシータは、自分《じぶん》のほうがウマから飛《と》びおりようとしましたが、これも、うまくいきませんせん。ピッピに、こしのまわりをがっしりおさえられていたからです。

見ていた人たちはみんな、大わらいです。美《うつく》しいミス・カルメンシータが、大きなくつをはいた赤《あか》毛《げ》の小さな女の子に、しっかりつかまえられているようすは、ひどくこっけいだったのです。おまけに、その赤毛《あかげ》の子は、まるで生まれつきのサーカスの芸人《げいにん》のようなのです。

でも、サーカス団長《だんちょう》はわらいませんでした。

赤い制服《せいふく》の警備員《けいびいん》に合図《あいず》をして、いそいでウマをとめさせました。

「もう、終《お》わりなの？」ピッピは、がっかりしていいました。「ちょうど、おもしろくなってきたところなのに！」

「な、なんてえガキじゃあ。きえっちめええ！」団長《だんちょう》は、わかりにくいことばでののしりました。

ピッピは、悲《かな》しそうに団長《だんちょう》を見ました。

「どうして？　どうしてあたしにおこるの？　みんなで楽《たの》しくやろうと思《おも》っただけなのに」

ピッピはウマからおりて、自分《じぶん》の席《せき》にもどりました。そこへ、体《からだ》の大きな警備員《けいびいん》がふたり、ピッピをおいだそうとして、やってきました。ふたりはピッピの体《からだ》をつかんで、もちあげようとしました。

でも、うまくいきません。ピッピはただ、じっとすわっているだけなのに、びくともしないのです。ふたりがありったけの力をふりしぼっても、ピッピを動《うご》かすことは、できませんでした。ふたりは肩《かた》をすくめて、ひきあげていきました。

そのあいだに、もう、つぎのプログラムがはじまっていました。〈ミス・エルヴィラのつなわたり〉です。

ミス・エルヴィラは、赤いドレスを着《き》て、手に黄色《きいろ》の日がさをもち、ちょこちょことした足どりで、つなの上に走《はし》りでました。とてもかわいらしく見えます。足をあげたり、まわしたり、いろんな芸《げい》を

つぎつぎに見せていきます。

ほそいつなの上を、うしろむきに歩《ある》く芸《げい》もありました。ところが、うしろむきのまま、つなのはしの小さな台《だい》の上にもどって、ふり返《かえ》ると、そこにピッピが立っていたのです。

ピッピは、ミス・エルヴィラのびっくりした顔《かお》を見ると、うれしそうにいいました。

「びっくりした？」

ミス・エルヴィラは何《なに》もいわずに、つなからおりると、団長《だんちょう》の首《くび》にだきつきました。団長《だんちょう》は、ミス・エルヴィラのお父《とう》さんだったのです。

団長《だんちょう》は、ピッピをつまみだすようにと、ふたたび警備員《けいびいん》に合図《あいず》をしました。こんどは、五人の警備員《けいびいん》がちかづいてきます。

ところがそのとき、サーカスのお客《きゃく》さんたちが

みんな、大声《おおごえ》でさわぎだしました。
「その子に芸《げい》をさせろ！　赤毛《あかげ》の子が見たいんだ！」
お客《きゃく》さんたちは足をふみならし、手を打《う》っています。
ピッピは、つなの上に走《はし》りでました。ミス・エルヴィラの芸《げい》なんて、ピッピが見せたのとくらべたら、お話《はなし》になりません。ピッピはつなのまん中まで来《く》ると、片足《かたあし》を高《たか》くあげました。すると大きなつが、頭《あたま》の上にかぶさる屋根《やね》のように見えました。ピッピはそのまま、足先をちょっとまげて、耳のうしろをかいてみせました。

でも、サーカスの団長《だんちょう》にとっては、ピッピが自分《じぶん》のサーカスで芸《げい》を見せているなんて、まったく気に入らないことでした。どうしてもおいだしたい、と思《おも》った団長《だんちょう》は、つなをはっている装置《そうち》にこっそりとちかづき、つなをゆるめました。これで、ピッピは落《お》ちるものと思《おも》ったのです。

ところが、ピッピは落《お》ちませんでした。たるんだつなの上にすわって、ブランコのようにゆすりはじめました。そして、どんどん大きくゆすりだし、そのままぽーんと空中に飛《と》びだすと、団《だん》長《ちょう》の肩《かた》にのっかりました。団長《だんちょう》はこわさのあまり、走《はし》りだしました。

「おもしろいウマね。でも、どうして髪《かみ》の毛《け》に羽根《はね》かざりをつけていないの！」

そのあとピッピは、そろそろトミーとアニカのところへもどったほうがいいと思《おも》い、団長《だんちょう》の肩《かた》からすべりおりました。そして、自分《じぶん》の席《せき》について、つぎの出しものがはじまるのをまちました。

でも、団長《だんちょう》は、出てくるのがおくれました。まず水をコップ一杯《いっぱい》飲《の》み、髪《かみ》の毛《け》をとかさなくてはならなかったからです。やがてすがたを見せた団長《だんちょう》は、観客《かんきゃく》におじぎをして、こうあいさつしました。

「紳士淑女《しんししゅくじょ》のみなしゃま！　まもなく　しぇかい　しゃいだいの　きしぇき、しぇかいいち　強《つよ》い男、いまだ　かちゅて　まけたこと　ない、怪力《かいりき》アドルフの　登場《とうじょう》でしゅ。さあ、みなしゃま、怪力《かいりき》アドルフでーしゅ！」

大きな男が、のっそりと舞台《ぶたい》に出てきました。はだ色《いろ》のタイツをはき、赤い試合用《しあいよう》の服《ふく》を身《み》につけています。男はお客《きゃく》さんにむかっておじぎをし、とくいそうなわらいをうかべました。

「ごらんくだしゃれ、なんという筋肉《きんにく》でしょうか」といって、団長《だんちょう》は、怪力《かいりき》アドルフのうでをつかんでみせました。皮膚《ひふ》の下に、筋肉《きんにく》がボールのようにもりあがっているのが見えます。

「さて、みなしゃま。わたし、ここで　まことに　しゅばらしい　チャンス、あげましょう。だれか　怪力《かいりき》アドルフと　レスリング　しゅる人　いましぇんか？　しぇかいいち　強《つよ》い男　やっつけたい人　いないか？　怪力《かいりき》アドルフ　まかした人、百クローニャ　あげましゅぞ。さあ、いかがでしゅか、みなしゃま！　さあ、どうぞ！　だれか　やりたい人は　いましぇんか？」

でも、だれも名《な》のりでません。

「あの人、なんていってるの？」と、ピッピがききました。「どうして、あんなへんなしゃべり方《かた》をするの？」

「あの大きな怪力男《かいりきおとこ》をやっつけたら、百クローナもらえるんだって。しゃべり方《かた》が変《か》わっているのは、このサーカス団《だん》は、外国《がいこく》から来《き》たからだよ」と、トミーが教《おし》えました。

「あたし、やっつけられるけど。でも、やっつけるのは気のどくだな。あの人、やさしそうだから」と、ピッピ。

「むり、むり。やっつけられないわよ。世界一強《せかいいちつよ》い男なんだもの」と、アニカがいいました。

「世界一強《せかいいちつよ》い男？　でもね、あたしは世界一強《せかいいちつよ》い女の子よ」

三人が話《はな》しているあいだにも、怪力《かいりき》アドルフは、大きな鉄《てつ》の球《たま》をもちあげたり、太《ふと》い鉄《てつ》のぼうを何《なん》本《ぼん》もまげたりして、自分《じぶん》の強《つよ》さを見せつけています。

「さて、みなしゃま」団長《だんちょう》は、声《こえ》をはりあげました。

「百クローニャ　ほしい人、じっしゃい　だれも　いない？　いないなら　わたしが　しまっておくしか　ないか」団長《だんちょう》は、百クローナ札《さつ》をひらひらさせています。

「いいえ、じっしゃい、そんなことしなくてもいいと思《おも》うわ」といって、ピッピは手すりを乗《の》りこえて、舞台《ぶたい》へ出ていきました。

団長《だんちょう》はピッピに気づくと、見るからにおこりだしました。

「出てけ、きえうしぇろ。おまえの顔《かお》　見たくない！」

「どうしていつも、あたしにやさしくないの」ピッピは、せめるようにいいました。

「あたしは、怪力《かいりき》アドルフとたたかってみたいだけよ」

「じょうだんは　よしぇ。出ていけ！　怪力《かいりき》アドルフが　おまえの　じょうだん　きくまえに！」

けれどもピッピは、団長《だんちょう》のまえをとおりすぎ、怪力《かいりき》アドルフのまんまえに行《い》きました。そしてアドルフの大きな手をとると、したしみをこめて握手《あくしゅ》して、いいました。

「ねえ、ちょっと勝負《しょうぶ》しましょうよ、あんたとあたしで」

アドルフはピッピをじっと見ましたが、なんのことか、さっぱりわかっていないようです。

「一分《いっぷん》たったら、はじめるからね」ピッピはいいました。

そしてピッピは、ほんとうにはじめました。怪力《かいりき》アドルフとがっぷり組《く》みあったと思《おも》うと、アドルフがわけもわからないうちに、マットの上におしたおしました。怪力《かいりき》アドルフは、顔《かお》をまっ赤《か》にして、あわててがばっと立ちあがりました。

「いいぞ、ピッピ！」トミーとアニカが大声《おおごえ》でさけびました。その声《こえ》をきいたほかのお客《きゃく》さんたちも、「いいぞ、ピッピ！」とさけびだしました。団長《だんちょう》は手すりにこしかけて、しきりに両手《りょうて》をもみながら、おこっていました。

でも、怪力《かいりき》アドルフは、もっとおこっていました。いままで、こんなひどい目にあったことはなかったのです。さあ、目のまえのこの赤毛《あかげ》の女の子に、怪力《かいりき》アドルフがどれほど強《つよ》い男なのか、見せてやらなくては！

アドルフは、ピッピに飛《と》びかかると、ふたたびがっしり組《く》みあいました。ところがピッピときたら、まるで岩《いわ》のように、びくともしないのです。

「もっと力を入れて」ピッピは、アドルフをはげましました。そのあと、アドルフの手からするりとぬけだしたかと思《おも》うと、あっというまに、アドルフはまた、マットの上にたおされていました。

　ピッピは、アドルフがまたかかってくるのをまちました。長《なが》くはかかりませんでした。「ウォーオ！」というさけび声《ごえ》をあげて、アドルフがふたたび、ピッピにおそいかかったのです。

「あらら、まあまあ」と、ピッピ。

「いいぞ、ピッピ！」サーカスのお客《きゃく》さんはみんな、足をドンドンふみならし、ぼうしを高《たか》くほうりなげて、さけんでいます。

　怪力《かいりき》アドルフが三度《さんど》めにピッピにとびかかると、ピッピはアドルフをつかまえて、両《りょう》うでたかだかとさしあげ、舞台《ぶたい》のふちにそって一周《いっしゅう》しました。

それから、またアドルフをマットの上にたおし、しっかりとおさえつけました。

「ねえ、おじちゃん、もういいんじゃない？　これ以上《いじょう》、おもしろくならないでしょう」

「ピッピの勝《か》ちだ、ピッピの勝《か》ちだ」サーカスのお客《きゃく》さんが、みんなでどなりました。

怪力《かいりき》アドルフは、あわてて舞台《ぶたい》のおくへとひっこんでいきました。団《だん》長《ちょう》は、どうしてもピッピのところに行《い》って、百クローナ札《さつ》をわたさなくてはならなくなりました。顔《かお》には、ピッピを頭《あたま》から食《た》べてしまいたいほどくやしい、と書《か》いてあります。

「どうぞ、おじょうしゃん。百クローニャ。さあ、お受《う》けとりくだしゃーい！」

「それって、なんの役《やく》にたつの？」ピッピは、つまらなそうにいいました。「そんな紙《かみ》っきれ、ニシンをやくのにでも使《つか》うといいわ！」

席《せき》にもどってきたピッピは、トミーとアニカにいいました。

「このサークスって、長《なが》くかかるものなのね。ちょっとねてもいいかしら。でも、あたしの出番《でばん》があれば、おこしてね」

ピッピは、席《せき》の背《せ》にもたれて、すぐにねむってしまいました。そして、ピエロや剣《けん》をのむ男やヘビ使《つか》いが、つぎつぎとお客《きゃく》さんに芸《げい》を見せているあいだじゅう、いびきをかいてねむっていました。

「だけど、なんたって、ピッピの芸《げい》がいちばんよかったよね」トミーが小さな声《こえ》で、アニカにいいました。

8 ピッピ、どろぼうとダンスをする

ピッピがサーカスでかつやくしてからというもの、この小さな町の中では、ピッピがどれほど強《つよ》いのかを知《し》らない人は、ひとりもいなくなりました。ピッピのことは、新聞《しんぶん》にものったほどなのです。

けれど、ほかの町に住《す》む人たちは、やはりまだ、ピッピがどんな子なのかを知《し》りませんでした。

ある暗《くら》い秋《あき》の夜《よる》、ふたりの放浪者《ほうろうしゃ》が、ごたごた荘《そう》のまえの道《みち》をとおりかかりました。このふたり組《ぐみ》は、何《なに》かぬすむものはないかと国《くに》じゅうをまわっている、たちの悪《わる》いどろぼうでした。ふたりは、ごたごた荘《そう》のまどの明《あ》かりを見ると、中へ入って、チーズをのせたパンでもねだってみよう、と決《き》めました。

ところがその夜《よる》、ピッピは、旅行《りょこう》かばんに入れてあった金貨《きんか》を、台所《だいどころ》の床《ゆか》にぜんぶぶちまけて、かぞえているところでした。数《かず》をかぞえるのは、とくいではないのですが、たまにはかぞえてみなくちゃ、と思《おも》ったのです。どのぐらいあるのかを、ちゃんと知《し》っておくためです。

「……七十五、七十六、七十七、七十八、七十九、七十と十、七十と十一、七十と十二、七十と十三、七十と十七……もういやだ、声《こえ》がかすれて、のどがへんになっちゃう！　ほかにかぞえたぶんもあるし……。そうそう、思《おも》い出《だ》した。百四と、千。ほんとうにたくさん、お金があるわ」

ピッピがちょうどこうつぶやいたとき、げんかんのドアをたたく音がしました。

「入っても、入らなくても、どっちでも好《す》きにしてちょうだい。むりに入れとは、いわないわよ！」

と、ピッピは大声《おおごえ》でいいました。

ドアがあいて、ふたりの放浪者《ほうろうしゃ》が入ってきました。ふたりがどんなに目をまるくしたか、わかるでしょう？　小さな赤毛《あかげ》の女の子が、ひとりで床《ゆか》にすわって、金貨《きんか》をかぞえていたのですから。

「おまえさん、この家《いえ》に、ひとりでいるのかい？」ふたりは、うまくさぐりを入れるようにききました。

「そんなことないわ。ニルソン氏《し》もいるもの」ピッピはこたえました。

どろぼうたちは、ニルソン氏《し》というのが、みどり色《いろ》にぬったベッドで、おなかに人形用《にんぎょうよう》のふとんをかけてねている、小さなサルのことだとは知《し》りません。きっと、ニルソン氏《し》というのは、この家《いえ》の主人《しゅじん》だろう、と思《おも》ったふたりは、意味《いみ》ありげに、たがいに目くばせしました。目くばせの意味《いみ》は、「夜《よる》おそくなってから、また来《こ》ようぜ」ということだったのですが、ふたりは、ピッピには、こういいました。

「そうさな、おれたちは、時計《とけい》のようすをききたくて、ちょっとよっただけさ」

ふたりは、金貨《きんか》のことで頭《あたま》がいっぱいになり、チーズのせパンのことなどわすれていました。

「大《だい》の男が、時計《とけい》も知《し》らないの？　ちゃんと勉強《べんきょう》をしてこなかったの？　時計《とけい》ってね、まるくて小さなもので、チックタックと音をたてながら、どんどん進《すす》んでいくんだけれど、ドアにはぜったいにたどりつかないものよ。ほかにもなぞなぞがあるんなら、いってみて」ピッピは、楽《たの》しそうにいいました。

ふたりの放浪者《ほうろうしゃ》は、この子は小さくて時間《じかん》のことがわからないのだ、と思《おも》い、何《なに》もいわずに、くるっとむきを変《か》えて、出ていきました。

「タック（スウェーデン語《ご》でありがとうという意味《いみ》）といって、とはたのまないけれど、チックぐらいは、いってもいいんじゃない？　あんたたちは、時計《とけい》が何《なに》かもわかってないんだから！　でも、まあ、元気でね」といって、ピッピはまた、金貨をかぞえはじめました。

外へ出た放浪者たちは、うれしさのあまり、両手をこすりあわせました。

「見たか、あのすげえ金貨《きんか》！　おどろいたな！」ひとりがいうと、もうひとりも、あいづちをうちました。

「ああ、たまには、運《うん》がむくってこともあるんだな。あとはただ、あのがきと、ニルソンとやらがねむっちまうのをまつだけだ。そしたら、しのびこんで、ごっそりぜんぶ、いただきだ」

ふたりは、庭《にわ》のオークの木の下にこしをおろして、まちました。雨がしとしとふっていて、おなかもぺこぺこだったので、ほんとうにいやな感《かん》じでしたが、あのすごい金貨《きんか》のことを考《かんが》えると、ふたりとも、ごきげんでいられました。

まわりの家《いえ》の明《あ》かりは、少《すこ》しずつきえていきましたが、ごたごた荘《そう》には、おそくまで明《あ》かりがついていました。ピッピが、ポルカににた、「ショッティッシュ」というダンスの練習《れんしゅう》をしていて、ちゃんとおどれるようになるまではねないでいよう、と思《おも》ったからです。それでも、ようやくごたごた荘《そう》のまども、暗《くら》くなりました。

放浪者《ほうろうしゃ》たちは、そろそろニルソン氏《し》もねむったことだろう、と思《おも》えるまで、かなり長《なが》いこと、まちました。それからついに、台所《だいどころ》にある勝手口《かってぐち》へしのびより、どろぼう用《よう》の道具《どうぐ》であける準備《じゅんび》をしました。そのとき、どろぼうのかたほうが――ブロムという名前《なまえ》でした――ぐうぜん、ドアをちょっとおしました。すると、なんと、カギがかかっていなかったらしく、ドアがあきました。

「ばかじゃないか。あけっぱなしだぜ！」ブロムは、なかまにささやきました。

「こっちにとっちゃ、ありがてえや」もうひとりの、黒《くろ》い髪《かみ》のどろぼうがこたえました。この男は、なかまうちでは、「雷《かみなり》のカールソン」とよばれていました。

雷《かみなり》のカールソンが懐中電灯《かいちゅうでんとう》をつけ、ふたりは台所《だいどころ》へとしのびこみました。

そこには、だれもいませんでした。そのとなりのへやが、ピッピの寝室《しんしつ》で、ニルソン氏《し》の人形用《にんぎょうよう》の小さなベッドも、ここにあります。

雷《かみなり》のカールソンはドアをあけて、寝室《しんしつ》をのぞきこみました。しーんとしずかです。雷《かみなり》のカールソンは懐中電灯《かいちゅうでんとう》で、部屋《へや》の中をぐるりとてらし、その光《ひかり》が、ピッピのベッドにあたりました。

すると、まくらの上に二本の足がのっているのが見えたので、どろぼうたちは、ぎくっとしました。

ピッピはいつものように、さかさまにベッドに入って、頭《あたま》には、ふとんをかぶっていたのです。

「あれが、さっきの女の子にちがいあんめえ」雷《かみなり》のカールソンが、ブロムにささやきました。「ぐっすりねむりこんでるぜ。だが、ニルソンはどこだ？」

「ニルソン氏《し》はね、よかったら教《おし》えてあげるけど」と、ふとんの下から、ピッピの落《お》ちついた声《こえ》がき

こえました。

「ニルソン氏《し》は、そこの小さなみどり色《いろ》の人形《にんぎょう》のベッドで、ねてるわよ」

どろぼうたちは、とっさににげだしそうになったほど、びっくりしました。けれど、ピッピのいったことが耳に入ると――ニルソン氏《し》は人形《にんぎょう》のベッドでねている、だって？ 雷《かみなり》のカールソンは、わらいだしました。

「ブロムよう。ニルソンってのは、サルだぜ、はっはっはっ！」

「そうよ、なんだと思《おも》ってたの？」

ピッピの落《お》ちついた声《こえ》が、またきこえました。「芝《しば》刈《か》り機《き》だとでも思《おも》ってた？」

「あんたの母《かあ》さんや父《とう》さんは、家《いえ》にいないのかい？」と、ブロムがたずねました。

「いないわ。ふたりともいないの！　ぜんぜんいないのよ！」

雷《かみなり》のカールソンとブロムは、すっかりうれしくなって、くっくっとわらいました。カールソンがいいました。

「なあ、じょうちゃんや、おきてこないか。話《はなし》がしてえんだが！」

「いやよ。あたし、ねてるんだもの。また、なぞなぞがしたいの？　そんなら、まず、これにこたえてよ。進《すす》んでも進《すす》んでも、ドアにたどりつけない時計《とけい》って、いったいどんなものでしょう？」

ピッピがこういっているのに、ブロムは、ピッピのふとんを、いきおいよくはがしてしまいました。

するとピッピは、しんけんな顔《かお》でブロムの目を見て、ききました。

「あんた、ショッティッシュ・ダンスがおどれる？　あたし、おどれるの！」

「おまえさんは、あれこれきいてばかりじゃないか」雷《かみなり》のカールソンがいいました。

「おれたちにも、質問《しつもん》させてもらいたいね。たとえば、さっき床《ゆか》においてた金貨《きんか》は、どこにやった？」

「タンスの上の旅行《りょこう》かばんの中よ」ピッピは、ほんとうのことをいいました。

雷《かみなり》のカールソンとブロムは、にやっとわらいました。

「おれたちが、あれをいただいても、もんくはないだろうな?」雷《かみなり》のカールソンがいいました。

「あら、どうぞ。もちろん、もんくなんかないわ!」と、ピッピ。

そこで、ブロムはタンスのところへ行《い》って、旅行《りょこう》かばんをおろしました。

「あんたたちも、あたしがそれをとり返《かえ》しても、もんくはないわよね」というと、ピッピはベッドからおりて、ブロムのまえに行《い》きました。

ブロムが、いったい何《なに》がどうなったのか、さっぱりわからないうちに、ふしぎなことに、旅行《りょこう》かばんはたちまち、ピッピの手にうつっていました。

「じょうだんは、よせ。かばんをこっちへよこすんだ!」雷《かみなり》のカールソンがおこって、ピッピのうでをつかみ、金貨《きんか》のかばんをひったくろうとしました。

ピッピは、「あっちでふざけて、こっちでふざけて、ホイ、ホイ、ホイ」といいながら、雷《かみなり》のカールソンをもちあげて、タンスの上にのせてしまいました。つぎには、ブロムもおなじように、タンスの上へ。

こうなると、ふたりのどろぼうは、すっかりこわくなってしまいました。ピッピはふつうの女の子じゃない、とようやくわかってきたからです。けれどどろぼうたちは、金貨《きんか》のつまった旅行《りょこう》かばんに目がくらんで、こわさをわすれました。

「いっしょに飛《と》びかかろうぜ、ブロム！」雷《かみなり》のカールソンがさけんだかと思《おも》うと、ふたりはタンスの上から、ピッピに飛《と》びかかったのです。

でも、ピッピが人《ひと》さし指《ゆび》でちょっとつつくと、ふたりは、へやのべつべつのすみっこで、たおれていました。

ふたりがおきあがるまえに、ピッピはなわをとりだして、どろぼうたちの手足をぐるぐるまきにしばりあげてしまいました。

こうなると、どろぼうたちの声《こえ》のちょうしが変《か》わりました。雷《かみなり》のカールソンが、たのむようにいいました。

「やさしい、おりこうなじょうちゃんや。ゆるしておくれ、ちょっと、ふざけただけなんだから！ひどい目にあわせないでおくれ。おれたちゃ、まずしい、あわれな放浪者《ほうろうしゃ》で、食《く》いもんをちょっともらいにきただけなんだよ」

ブロムは、ちょっぴりなみだを流《なが》して、泣《な》いています。

ピッピは、旅行《りょこう》かばんをタンスの上におきなおしました。それから、ふたりにむかってききました。

「おじちゃんたち、どちらか、ショッティッシュ、おどれる？」

「はあ、まあね。わしらふたりとも、おどれると思《おも》うがなあ」と、雷《かみなり》のカールソン。

「わあ、うれしい」といって、ピッピは手をたたきました。「それじゃ、ちょっとだけ、おどってみない？　あたし、おぼえたてなんだけど」

「へえ、ようがすよ」雷《かみなり》のカールソンは、とまどいながらもこたえました。

そこで、ピッピは大きなハサミをとってきて、ふたりをしばっていたなわを切《き》りました。

「だけど、音楽《おんがく》がないわね」ピッピはこまったようにいいましたが、そこで、いい考《かんが》えがうかびました。ピッピはブロムに、「おじちゃん、クシをふいて、音楽《おんがく》を鳴《な》らせない？　そしたらあたし、あのおじちゃんとおどるから」といって、カールソンを指《ゆび》さしました。

たしかに、そのとおり。ブロムはクシをふいて、音楽《おんがく》を鳴《な》らせるのでした。ブロムがクシにまきタバコ用のうすい紙《かみ》をあてて、ふきだすと、音楽《おんがく》は家《いえ》じゅうにひびきました。

ニルソン氏《し》が、ねぼけまなこでベッドの上でおきあがると、ちょうどピッピが、雷《かみなり》のカールソンとくるくるおどっているのが見えました。ピッピは、まるでいのちがけのようないきおいで、大まじめにおどっています。

やがてブロムが、口がひどくしびれてきた、もうふきたくない、といいだしました。雷《かみなり》のカールソンのほうも、一日じゅう歩《ある》きまわっていたので足がつかれた、といいました。

「おねがい、もうちょっとだけ」ピッピはふたりにたのんで、さらにおどりつづけました。ブロムと雷《かみなり》のカールソンも、つづけないわけにはいきません。

夜中《よなか》の三時《さんじ》になったとき、ピッピがいいました。

「ああ、あたし、木曜日《もくようび》までだって、おどっていられるわ！　でも、おじちゃんたちは、もうつかれて、おなかもすいたでしょう？」

ふたりは、そうだとはいいませんでしたが、まさにそのとおりでした。ピッピが食料置《しょくりょうお》き場《ば》から、パン、チーズ、バター、ハム、つめたいステーキ肉《にく》、ミルクなどを出してきて、台所《だいどころ》のテーブルにならべました。ブロムと雷《かみなり》のカールソンとピッピは、いっしょにすわって、おなかがぱんぱんになるまで食《た》べました。

そのあと、ピッピはミルクをちょっぴり、かたほうの耳に入れて、いいました。

「耳がいたいときにきくのよ」

「かわいそうに、耳がいたいのかい？」ブロムがたずねました。

「ううん。でも、そのうち、いたくなるかもしれないもの！」

やがて、ふたりの放浪者《ほうろうしゃ》は立ちあがり、ごちそうさまでした、となんどもお礼《れい》をいって、帰《かえ》ることにしました。

「おじちゃんたちが来《き》てくれて、とっても楽《たの》しかった！　ほんとに、もう帰《かえ》らなくちゃならないの？」

と、ピッピはなごりおしそうにいいました。そして、雷《かみなり》のカールソンには、こういいました。

「おじちゃんみたいに、じょうずにショッティッシュをおどる人は、はじめてよ。すてきだったわ」

それから、ブロムにもいいました。

「がんばってクシをふく練習《れんしゅう》をしてね。じょうずにふけば、口がしびれたりしなくなるから」

ふたりがげんかんから出ようとしたとき、ピッピはかけよって、金貨《きんか》を一枚《いちまい》ずつわたしました。

「これは、おじちゃんたちがちゃんと働《はたら》いたぶんよ」

9　ピッピ、おたんじょう日をいわう

ある日、トミーとアニカは、郵便受《ゆうびんう》けの中に一通《いっつう》の手紙《てがみ》を見つけました。ふうとうには、「トミとアニーカえ」と書《か》いてあります。

あけてみると、中にはカードが入っていて、こう書《か》いてありました。

「トミとアニーカ、あしたのひるから、たんじょびパーチ、ピッピんちへくる。ふくはなんでもオーケ」

トミーとアニカは、うれしさのあまり、思《おも》わず飛《と》びあがって、おどってしまいました。手紙《てがみ》に書《か》いてある字は、ちょっとまちがっていましたが、ふたりには、何《なに》が書《か》いてあるのかよくわかりました。ピッピはこれを書《か》くのに、おそろしく苦労《くろう》したにちがいありません。

学校へ行《い》ったとき、たしかにピッピは、「ハリネズミのハ」の字を知《し》らなかったのですが、じつは少《すこ》しなら、字が書《か》けたのです。ピッピがまだお父《とう》さんの船《ふね》に乗《の》っていたころ、船員《せんいん》のひとりが、ときどき夕方《ゆうがた》になると、うしろの甲板《かんぱん》で、字を教《おし》えてくれたからです。

ところが、ざんねんながらピッピは、いい生徒《せいと》ではありませんでした。とつぜん、こんなことをいいだしたりするのですから。

「だめだめ、フリードルフ（この船員《せんいん》の名前《なまえ》はフリードルフでした）、もうだめ、フリードルフ。こんなの、もうやめましょ。あたし、マストのてっぺんにのぼって、あしたのお天気がどうなりそうか、見てくるわ」

そんなわけで、ピッピが字を書《か》くのに時間《じかん》がかかるのも、しかたのないことでした。あのしょうたい状《じょう》を書《か》くのに、ひと晩《ばん》じゅう、うんうんいいながら格闘《かくとう》するはめになったのです。そして、夜明《よあ》けまえ、星《ほし》がごたごた荘《そう》の屋根《やね》の上できらめきをうしなうころになって、ようやくピッピは、足音をしのばせて、トミーとアニカの家《いえ》の郵便《ゆうびん》受けに、手紙《てがみ》を入れにいったのです。

トミーとアニカは、学校から帰《かえ》るとすぐに、パーティーに行《い》くしたくをはじめました。

アニカはお母《かあ》さんに、髪《かみ》の毛《け》をカールして、とたのみました。お母《かあ》さんは、アニ

カのいうとおりにしてくれて、大きな赤い絹《きぬ》のリボンもむすんでくれました。

トミーのほうは、髪《かみ》の毛《け》をカールさせたいとは、ぜんぜん思《おも》わなかったので、クシに水をつけて、きれいにとかしつけました。

それからアニカは、いちばんきれいなワンピースを着《き》たい、といったのですが、それはやめておいたほうがいいわ、とお母《かあ》さんにいわれました。ピッピの家《いえ》から帰《かえ》ってくると、アニカの服《ふく》はたいてい、よごれていたからです。それでアニカは、二ばんめにきれいな服《ふく》を着《き》ることにしました。

トミーは、何《なに》を着《き》るかなんて、気にしていませんでした。こざっぱりしていれば、なんでもよかったのです。

もちろん、ピッピへのプレゼントも、買《か》ってありました。ふたりは、ブタの貯金箱《ちょきんばこ》からお金を出して、学校からの帰《かえ》り道《みち》に、大通《おおどお》りのおもちゃ屋《や》さんへかけこみ、とてもすてきなものを買《か》ったのです……。でも、いまはまだ、なんなのかひみつにしておきましょう。プレゼントはみどり色《いろ》の紙《かみ》につつまれて、リボンがかけてあります。

したくが終《お》わると、トミーがプレゼントのつつみをもち、ふたりは家《いえ》を出ました。お母《かあ》さんがうしろから、「服《ふく》をよごさないようにね」と、やきもきしたちょうしでいっているのが聞《き》こえます。アニカもとちゅうで少《すこ》し、プレゼントをもたせてもらうことになっていましたし、ピッピにわたすときには、ふたりでもつことも、決《き》めていました。

もう十一月なので、早くも日がくれかかっていました。ごたごた荘《そう》の門《もん》から中へ入ったとたん、ふたりはぎゅっと手をにぎりあいました。ピッピの庭《にわ》はすっかりうす暗《ぐら》くなっていて、さいごの葉《は》っぱを落《お》とそうとしている古《ふる》い木々が、ザワザワときみの悪《わる》い音をたてていたからです。

「秋《あき》らしいや」トミーはいいました。

庭《にわ》がそんなようすだったせいで、ごたごた荘《そう》のまどの明《あ》かりを見て、これからあそこへおたんじょう日パーティーに行《い》くんだ、と思《おも》うと、よけいにわくわくしてきました。

トミーとアニカは、いつもなら、台所《だいどころ》の勝手口《かってぐち》のほうへかけていくのですが、きょうはちゃんと、げんかんのほうへむかいました。ベランダに、ウマのすがたはありません。トミーは、ドアをぎょうぎよくノックしました。

すると、中からおもおもしい声《こえ》がきこえてきました。

こんな暗《くら》い夜《よる》に、
うちに来《き》たのはだーれだ？
おばけかな、それとも

ただのあわれなネズミかな？

「いいえ、ピッピ。あたしたちよ。あけて！」アニカが大きな声《こえ》でいいました。

すると、ピッピがドアをあけてくれました。

「ああ、ピッピ、どうして『おばけ』なんていったの？　すごくこわかったわ」アニカは、ピッピにまず、おたんじょう日おめでとう、というつもりだったのに、わすれてしまいました。

ピッピはうれしそうにわらって、台所《だいどころ》のドアをパーンとあけました。おたんじょう日パーティーは、台所《だいどころ》でするようです。

わあ、明《あか》るくて、あたたかくて、なんて気もちがいいのでしょう！　たしかにここは、いちばんいごこちがいいへやなのです。一階《いっかい》には、台所《だいどころ》のほかには、へやはふたつしかありません。ひとつは客間《きゃくま》で、家具《かぐ》がひとつしかありませんし、もうひとつは、ピッピの寝室《しんしつ》です。

でも、台所《だいどころ》は大きくて、ゆったりしています。ピッピはここを、パーティーのために、とてもすてきにかざってくれていました。床《ゆか》には、マットがしいてありますし、テーブルには、ピッピのぬったテーブルクロスがかけられています。ピッピが自分で、テーブルクロスにししゅうした花は、とても変《か》わっていましたが、ピッピが、インドネシアにはこんな花がさいているのよ、というのですから、そのとおりなのでしょう。

カーテンはひかれていて、かまどではあかあかと火がもえ、パチパチと音をたてていました。たきぎ入れの箱《はこ》の上では、ニルソン氏《し》が両手《りょうて》になべのふたをもって、シンバルのように鳴《な》らしていますし、いちばんおくのすみには、ウマもいます。もちろんウマも、パーティーによばれているのです。

ここでようやく、トミーとアニカは、ピッピにおいわいをいうことを思《おも》い出《だ》しました。トミーはおじぎをし、アニカはひざをまげ、「おたんじょう日おめでとう！」といって、ふたりはいっしょに、みどり色《いろ》のつつみをピッピにわたしました。

ピッピは、「ありがとう！」といって、すぐにつつみをあけました。なんと、中に入っていたのは、オルゴールでした！

ピッピはとてもよろこんで、大はしゃぎで、トミーをぽんぽんたたき、アニカをぽんぽんたたき、オルゴールとつつみ紙《がみ》も、ぽんぽんたたきました。それから、オルゴールの取《と》っ手《て》をまわすと、ポンポロリンと音が鳴《な》りだし、〈ああ、いとしのオーガスティン〉らしいメロディが流《なが》れました。

ピッピはくり返《かえ》しオルゴールを鳴《な》らし、ほかのことはぜんぶ、わすれてしまったかのようです。けれどふいに、思《おも》い出《だ》したようにいいました。

「そうだ、あんたたちにも、おたんじょう日プレゼントをあげなくちゃ」

「でも、ぼくたちは、おたんじょう日じゃないよ」と、トミーとアニカがいうと、ピッピはおどろいて、ふたりを見ました。

「たしかに、きょうはあたしのおたんじょう日よ。だったら、あたしからあんたたちに、おたんじょう日のプレゼントをあげてもいいんじゃない？　それとも、そんなことしちゃいけないって、あんたたちの教科書《きょうかしょ》には書《か》いてあるの？　『たけちゃんのくつ』では、してはいけないことになってるの？」

「ううん、もちろん、プレゼントできるよ。ふつうは、そんなことしないっていうだけ。でも、ぼくはプレゼントがほしいや」トミーがいうと、アニカもすかさずいいました。

「あたしも」

するとピッピは客間《きゃくま》へ飛《と》んでいって、タンスの上においてあった、ふたつのつつみをとってきました。トミーが、もらったつつみをあけてみると、象牙《ぞうげ》の小さな笛《ふえ》が入っていました。アニカのつつみには、チョウの形《かたち》のきれいなブローチが入っていて、チョウの羽《はね》には、赤や青やみどりの石がはめこまれています。

三人が、それぞれおたんじょう日プレゼントをもらったところで、いよいよテーブルにつくことになりました。テーブルには、たくさんのやきがしや、シナモン・ロールがならんでいます。やきがしはとても変《か》わった形《かたち》でしたが、ピッピは、これは中国《ちゅうごく》によくある形《かたち》なの、といいました。

ピッピが、カップにココアをそそぎ、ホイップクリームをのせると、パーティーのはじまりです。

ニルソン氏《し》は、イスにすわるのをいやがり、テーブルの上にすわっています。ホイップクリームをのせたココアも、ほしがらなかったのですが、ピッピがコップに水を入れてやると、両手《りょうて》でもって飲《の》みました。

アニカとトミーとピッピは、ぱくぱくとおいしそうに食《た》べました。とくにアニカは、こんなおいしいおかしがあるんなら、大きくなったら中国《ちゅうごく》へひっこしたい、といいました。

ニルソン氏《し》は、コップがからになると、ひっくり返《かえ》して頭《あたま》の上にのっけました。それを見たピッピは、まねをしたのですが、まだコップにはココアが残《のこ》っていたので、ココアはほそいすじになってピッピのおでこをつたい、鼻《はな》へとたれてきました。ピッピは、たれてきたしずくを、舌《した》を出して受《う》けとめました。

「むだにはならなかったでしょ」

トミーとアニカは、カップの中をちゃんとなめてから、頭《あたま》にのせました。

みんなのおなかがいっぱいになると、ピッピはテーブルクロスの四《よ》すみをつかんで、もちあげました。まるで、カップやケーキのおさらを、ふくろの中へほうりこんだようになりました。ピッピはそれをそのまま、たきぎ入れの箱《はこ》の中につっこんで、いいました。

「いつも、食《た》べおわったらすぐに、きれいにかたづけるの」

さあ、これからは遊《あそ》びの時間《じかん》です。ピッピが、「床《ゆか》におりない遊《あそ》び」をしよう、といいだしました。

この遊《あそ》びは、すごくかんたんです。床《ゆか》に一度《いちど》も足をつけないで、台所《だいどころ》をぐるっとひとまわりすればいいのです。ピッピはあっというまに、まわってみせましたし、トミーとアニカも、だいたいうまくまわれました。

まず、流《なが》し台《だい》にのぼり、足を思《おも》いっきりのばすと、かまどへとわたることができます。つぎに、かまどからたきぎ入れの箱《はこ》へと飛《と》びうつり、そこから、ぼうしのたなによじのぼり、そのあとテーブルの上におりて、ふたつのイスをぽんぽんとわたって、へやのすみの三角形《さんかくけい》のコーナー戸《と》だなへとうつります。

三角形《さんかくけい》の戸《と》だなと流《なが》し台《だい》のあいだは、かなりはなれていましたが、うまいぐあいに、そこにはウマが立っていました。しっぽのほうからウマのせなかにのぼって、ウマが頭《あたま》をさげたらすべりおり、床《ゆか》に落《お》ちるまえに、流《なが》し台《だい》へむかって、それっ、と飛《と》びうつればいいのです。

しばらく遊《あそ》んでいるうちに、アニカのワンピースはもう、二ばんめにきれいなのではなく、三ばんめか、四ばんめか、五ばんめぐらいのワンピースになってしまいました。トミーのほうは、まるでエントツそうじ屋《や》さんのように、まっ黒《くろ》になっています。そこで三人は、何《なに》かほかの遊《あそ》びをすることにしました。

「やねうらへ行《い》って、おばけにあいさつしようか？」と、ピッピがいいだしました。

アニカは、まだはあはあと息《いき》をはずませたまま、ききました。

「やねうらに、おばけが、いるの？」

「いっぱい、いるわよ！　いろんなおばけがうようよしているの。歩《ある》くと、ふみつけそうになっちゃうくらい。行《い》ってみる？」

「ええっ……」アニカはいやそうな顔《かお》で、ピッピを見ました。

「おばけやゆうれいなんて、いないって、お母《かあ》さんがいってたよ」トミーもきっぱりといいました。

「そうなの、ここ以外《いがい》にはいないのよ。おばけというおばけはみんな、うちのやねうらに住《す》んでるんだから。どこかよそへ行《い》って、とたのんでも、きき目がないの。でもね、おばけって、こわくないのよ。人のうでをつねってあざをつけたり、大声《おおごえ》でわめいたりするだけよ。それと、自分《じぶん》たちの頭《あたま》をころがして、ボーリングもするわね」ピッピがいうと、アニカが小さな声《こえ》でいいました。

「自分《じぶん》たちの頭《あたま》で、ボーリングを……するの？」

「そうよ。さあ、上へあがって、おばけたちとおしゃべりしようよ。あたし、ボーリングがうまいんだから」

トミーは、こわがっていると思《おも》われたくありませんでしたし、心《こころ》のどこかで、おばけを見たいとも思《おも》っていました。もし見られたら、学校で、男の子たちにじまんすることができますからね。それに、おばけたちだってピッピには手を出さないだろう、と思《おも》うと、安心《あんしん》できました。そんなわけで、トミーは、いっしょに行《い》くことに決《き》めたのです。

アニカも、ひとりきりで台所《だいどころ》に残《のこ》るのは、いやでした。もし、おばけがこっそりやねうらをぬけだして、台所《だいどころ》へやってきたら……？　それで決心《けっしん》がつきました！　たとえおばけが何千《なんぜん》もいる中に行《い》くとしても、ピッピとトミーといっしょのほうが、いちばん小さなおばけの子と、台所《だいどころ》でふたりきりになるよりはましです！

ピッピが先頭《せんとう》に立ち、やねうらへの階段《かいだん》につづくとびらをあけました。まっ暗《くら》です。トミーは、ぎゅっとピッピの手をにぎり、アニカはもっとぎゅっと、トミーの手をにぎっています。

三人は、いっしょに階段《かいだん》をあがっていきました。一段《いちだん》あがるたびに、ギシギシと音がします。トミーは、よしたほうがよかったかな、とまよいはじめました。いっぽうアニカは、まよったりはしませんでした。やめたほうがよかった、とはっきり思《おも》っていたからです。

やがて階段《かいだん》をのぼりきると、三人は、やねうらに出ました。やねうらは暗《くら》く、まどからあわい月の光《ひかり》が、床《ゆか》にさしこんでいるだけです。かべのすきまから風《かぜ》がふきこむと、あっちこっちのすみから、ため息《いき》みたいなフゥーッという音や、ひめいのようなピューッという音が聞《き》こえてきます。

「おばけのみなさーん、こんにちは！」ピッピが声《こえ》をはりあげました。

でも、おばけは、たとえいたとしても、返事《へんじ》はしないでしょう。

「やっぱり、しんぱいしていたとおりね」と、ピッピがいいました。「きょうはみんな、おばけ・ゆうれい組合《くみあい》の会議《かいぎ》に出かけてるんだ」

アニカはほっとして、ため息《いき》をつきました。その会議《かいぎ》が、できるだけ長《なが》くつづいてくれるといいんだけど！　でもそのとき、やねうらのかたすみから、「ギャーッ」と、きみの悪《わる》いさけび声《ごえ》があがりました。

そのすぐあとでトミーは、まっ暗《くら》な中を、何《なに》かがヒュッと音をたてて、自分《じぶん》のほうにむかってくるのを感《かん》じました。おでこのあたりにシュッと風《かぜ》があたったかと思《おも》うと、何《なに》か黒《くろ》いものが、あけっぱなしのまどから出ていくのが見えました。

トミーは声《こえ》をかぎりにわめきました。

「おばけだ、おばけだ！」

アニカも、「きゃーっ！」とさけびました。

「かわいそうに、会議《かいぎ》におくれちゃうわね。もしもあれがフクロウじゃなく、おばけだったとすれば、だけど！　だって、おばけなんて、いないんだから」といって、ピッピはしばらくあいだをあけてから、いいました。

「そう、よくよく考《かんが》えてみると、あれはフクロウだったと思《おも》うわ。フクロウのメスは、ああいうけたたましい声《こえ》を出すものなの。ホーホーと鳴《な》くのは、オスよ。おばけがほんとうにいる、なんていう人がいたら、あたしが鼻《はな》をひねってやるわ」

「だけど、そういったのは、ピッピでしょ」アニカがいいました。

「そうだった、あたし、そんなことといったっけ。それじゃ、鼻《はな》をひねってやらなくちゃ」というと、ピッピは自分《じぶん》の鼻《はな》をぎゅっとひねりました。

トミーとアニカは、ようやく少《すこ》し落《お》ちついて、まどのところへ行《い》って庭《にわ》をながめる勇気《ゆうき》が出てきました。大きな黒《くろ》い雲《くも》が、つぎつぎ流《なが》れてきては、月をかくします。庭《にわ》の木々は、ざわざわとゆれています。

トミーとアニカは、やねうらべやのほうを、ふりむきました。すると――なんと、おそろしいことに、ふたりにむかってちかづいてくる、白いおばけが見えたのです！

「おばけだ！」トミーがわめきました。

アニカはあんまりこわくて、声《こえ》も出ません。白いおばけは、どんどんちかづいてきます。ふたりはだきあい、目をつぶりました。でもそのとき、おばけがこんなことをいうのがきこえたのです。

「これ、見つけたの！　父《とう》さんが着《き》てた、すその長《なが》いパジャマよ。むこうにある、水夫用《すいふよう》の古《ふる》い長持《ながもち》に入ってたの。すそをあげれば、あたしが着《き》てもぴったりよ」

　目をあけてよく見ると、それは、白いパジャマのすそが足にからまりそうになっている、ピッピでした。

「ああ、ピッピ、あたし、こわくて死《し》にそうだった」と、アニカ。

「そうだったの？　でも、パジャマなんか、ぜんぜんこわくないじゃない。かんだりしないし。自分《じぶん》をまもるときは、かむかもしれないけど」

　そのあとピッピは、長持《ながもち》をちゃんとしらべてみることにしました。長《なが》持《もち》をもちあげて、まどのそばまで運《はこ》び、ふたをあけると、あわい月の光《ひかり》が、長持《ながもち》の中をてらしました。古《ふる》い服《ふく》がたくさん入っていましたが、ピッピはぜんぶ床《ゆか》の上にほっぽりだしました。その下には、望遠鏡《ぼうえんきょう》がひとつ、古《ふる》い本が二《に》、三冊《さんさつ》、ピストルが三丁《さんちょう》、剣《けん》が一本、それに、金《きん》

貨《か》の入ったふくろがありました。

「キャッホー、ヤッホー！」ピッピは、まんぞくそうにいいました。

「わあ、すごいや」トミーもいいました。

ピッピは、古《ふる》い服以外《ふくいがい》のものをぜんぶ、パジャマのすそにつつみ、みんなはまた、台所《だいどころ》へとおりていきました。やねうらからおりてこられたので、アニカはすごく安心《あんしん》しました。

ピッピは、両手《りょうて》に一丁《いっちょう》ずつピストルをもち、「子どもはぜったいに銃《じゅう》にさわらないこと。事故《じこ》がおこりやすいからね」というと、両手《りょうて》でいっぺんにひき金をひきました。

「すごい音がしたわね」といって、ピッピは天井《てんじょう》をじろじろ見ています。たまがつきぬけた穴《あな》がふたつ見えました。ピッピは、わくわくしたようにいいました。

「ひょっとしたら、たまは天井《てんじょう》をつきぬけて、おばけの足にあたったかもしれない。そしたらおばけたちも、つぎには、罪《つみ》のない子どもをおどかすまえに、少《すこ》しは考《かんが》えるようになるかもしれないわよ。たとえ、おばけなんていないとしても、人をこわがらせたりしちゃだめよ。あんたたち、ピストル、ほしい？」

トミーは、こおどりしてよろこびました。アニカも、たまがこめられていないなら、ほしい、といいました。

「これで、あたしたち、やろうと思《おも》えば、盗賊団《とうぞくだん》が作《つく》れるわ」といって、ピッピは望遠鏡《ぼうえんきょう》を目にあてました。

「これで見ると、南《みなみ》アメリカにいるノミまで見えちゃうの。これも、盗賊団《とうぞくだん》を作《つく》るときに、もっててそんはないわ」

そのとき、ドアをたたく音がしました。トミーとアニカのお父《とう》さんが、ふたりをむかえにきたのです。お父《とう》さんは、「とっくにねる時間《じかん》をすぎてるよ」といいました。

トミーとアニカは、大いそぎでピッピに「ありがとう」とお礼《れい》をいったり、「さよなら」とあいさつしたり、笛《ふえ》やブローチやピストルをもってかえるために、あつめたりしました。

ピッピは、ベランダに出て、お客《きゃく》さまが庭《にわ》の小道《こみち》のむこうへきえていくのを、見おくりました。

トミーとアニカはふりむいて、ピッピに手をふりました。ピッピは家《いえ》の中の明《あ》かりで、うしろからてらされています。かたくあんだ赤毛《あかげ》の三つあみがよこにつきだし、お父《とう》さんの長《なが》いパジャマを足もとにひきずっています。ピッピは、片手《かたて》にピストル、片手《かたて》に剣《けん》を体《からだ》のまえにたてにもち、敬礼《けいれい》のまねをしていました。

トミーとアニカとお父《とう》さんが門《もん》のところまで来《き》たとき、ピッピが何《なに》かさけぶ声《こえ》がきこえました。三人は立ちどまって、耳をすましました。庭《にわ》の木々がザワザワと風《かぜ》にゆれる音で、ピッピの声《こえ》はよくはきこえなかったのですが、何《なに》をいっているのかはわかりました。

「あたし、大きくなったら、海賊《かいぞく》になるわー。あんたたちはー?」

10 ピッピ、お買《か》いものに行《い》く

　ある美《うつく》しい春《はる》の日のことでした。お日さまがかがやき、小鳥《ことり》はさえずり、小川には水がさらさらと流《なが》れていました。

　トミーとアニカは、飛《と》びはねながら、ピッピの家《いえ》にやってきました。トミーはまず、ベランダにいたウマに、もってきた角《かく》ざとうを二《に》、三個《さんこ》やりました。そして、アニカといっしょに、しばらくウマをなでました。

　家《いえ》の中に入ってみると、ピッピはまだねていました。足をまくらにのっけて、頭《あたま》はふとんの中です。アニカが、ピッピの足の親指《おやゆび》をひねって、声《こえ》をかけました。

「ねえ、おきて！」

ニルソン氏《し》は、とっくにおきていて、天井《てんじょう》からぶらさがった電灯《でんとう》のかさにすわっていました。やがて、ふとんがもそもそ動《うご》きだしたかと思《おも》うと、赤毛《あかげ》の頭《あたま》が、にゅっとつきだしました。ピッピは、目をあけると、にっこりわらって明《あか》るくいいました。

「なーんだ、あんたたちだったの、親指《おやゆび》をひねったのは！　父《とう》さんが、あたしの足にウオノメがないか、しらべてる夢《ゆめ》を見たわ」

ピッピは、ベッドのはしにすわって、くつ下をはきました。かたっぽは黄色《きいろ》で、もうかたっぽは黒《くろ》です。

「いやあね、このくつをはいてれば、ウオノメなんて、できっこないのに」といいながら、ピッピは大きな黒《くろ》いくつをはきました。ピッピの足の倍《ばい》もある、大きなくつです。

トミーがききました。

「ピッピ、きょうは、何《なに》をする？　ぼくたち、学校が休みなんだ！」

「そう、じゃ、考《かんが》えなくちゃ」と、ピッピ。

「クリスマス・ツリーは、三月《みつき》もまえにすてちゃったから、ツリーのまわりでおどるのは、むりね。ツリーさえあれば、〈キツネが氷《こおり》の上を走《はし》る〉の歌《うた》に合わせて、ツリーのまわりを、お昼《ひる》になるまでおどってまわれたんだけど。金《きん》をほりだすのも、きっとおもしろいわね。でも、これもむりだわ。

だって、金《きん》は、アラスカにあるらしいけど、どこをほればいいのか、わからないもの。それに、金《きん》をさがすためだけに、アラスカに行《い》くわけにはいかないでしょ。だめだめ、何《なに》かほかのことを見つけなくちゃ」

「そうよ、何《なに》かおもしろいことをね」と、アニカ。

ピッピが、髪《かみ》の毛《け》をふたつにわけ、ぎゅっとかたくあむと、三つあみが頭《あたま》の両側《りょうがわ》にぴんとつきだしました。

ピッピは、じっくり考《かんが》えてからいいました。

「町でお買《か》いものをするのは、どう?」

「だけど、ぼくたち、お金がないや」と、トミー。

「あたしがもってる」

ピッピは、旅行《りょこう》かばんをもってきて、あけてみせました。中には、金貨《きんか》がぎっしりつまっています。

ピッピは金貨《きんか》をひとつかみとると、エプロンのポケットに入れて、いいました。

「さあ、あとは、ぼうしがあれば、出かけられるんだけど」

ところが、ぼうしはどこにも見あたりません。ピッピはまず、たきぎ入れの箱《はこ》の中をさがしました。

でも、ふしぎなことに、ぼうしはありません。

それから、食料置き場《しょくりょうおきば》に行《い》って、パンを入れておく缶《かん》の中を見ました。でも、缶《かん》の中には、くつ下どめと、こわれた目ざまし時計《どけい》と、小さなラスクがあっただけでした。

さいごに、ぼうしのたなも見たのですが、そこにあったのは、フライパンと、ねじまわしと、チーズのかけらだけでした。

「どこもかしこも、めちゃくちゃだから、なんにも見つけられないじゃない」ピッピは、ぷんぷんおこっていいました。

「だけど、このチーズはずっとさがしていたから、出てきてよかったわ」

それから、ピッピは声《こえ》をはりあげました。

「おーい、ぼうしさん！　いっしょにお店屋《みせや》さんへ行《い》くの、行《い》かないの、どっち？　すぐに出てこないと、おいていくわよ！」

ぼうしは出てきません。ピッピは、きっぱりといいました。

「わかったわ、ぼうしさん。そんなにわからず屋《や》なら、あんたが悪《わる》いのよ。あたしがお買《か》いものから帰《かえ》ってきたときに、いっしょに行《い》きたかった、って泣《な》きごとをいっても、知《し》らないよ」

そのあと、トミーとアニカ、そしてニルソン氏《し》を肩《かた》にのせたピッピは、町のほうへ、うきうきした足どりで歩《ある》いていきました。お日さまは、まばゆくかがやき、空はまっ青《さお》。三人はうれしくてたまりません。道《みち》のわきの小川には、たっぷりした水が、さらさらと音をたてて流《なが》れています。

ピッピは、「あたし、小川が大好《だいす》きなの」というと、よく考《かんが》えもしないで、いきなりぱちゃぱちゃと、水の中へ入っていきました。水は、ピッピのひざの上までありました。ピッピが飛《と》びはねると、しぶきがぴしゃぴしゃと、トミーとアニカにかかります。

「あたしは、船《ふね》よ」といって、ピッピは、水をかきわけてまえに進《すす》もうとしました。ところがそのとたん、つまずいて、どぶーんと水の中にたおれてしまいました。でも、すぐに水の上に顔《かお》を出すと、落《お》ちつきはらっていいました。

「これじゃ、船《ふね》ではなく、潜水艦《せんすいかん》ね」

「ピッピったら、びしょぬれじゃない」アニカがしんぱいそうにいいました。

「びしょぬれじゃ、だめなの？」と、ピッピ。

「子どもはいつも、かわいていなくちゃだめだなんて、だれがいったの？　冷水《れいすい》まさつは体《からだ》にいいって、きいたことがあるけど。子どもが小川に入っちゃいけないなんて、この国《くに》だけよ。

アメリカじゃ、小川は子どもたちでいっぱいで、水が入るすきまがないほどらしいわ。子どもたちは、年じゅう小川の中にいるの。冬《ふゆ》になると、頭《あたま》だけ出したままこおっちゃって、動《うご》けなくなるんだって。子どもたちが、ごはんのときに家《いえ》へ帰《かえ》れないもんだから、お母《かあ》さんたちは、あまいスープやミートボールなんかをもっていって、食《た》べさせてやるそうよ。でも子どもたちは、クルミの実《み》のように元気《げんき》なんですって！　ほんとよ！」

小さな町は、春《はる》の日ざしの中、ほんとうにきれいに見えました。丸石《まるいし》をしきつめたほそい道《みち》が、家々《いえいえ》のあいだを、まがりくねってのびています。どの家《いえ》にもたいてい、小さな花《か》だんがあり、スノードロップやクロッカスが芽《め》を出していました。

この町には、お店《みせ》がいくつもありました。はれた美《うつく》しい春《はる》の日なので、たくさんの人が買《か》いものに出ていて、しょっちゅう、だれかがお店《みせ》のドアを出たり入ったりするため、ドアについた鈴《すず》が、チリンチリンと鳴《な》りっぱなしです。買《か》いものかごをうでにかけた女の人たちは、コーヒーやさとう、せっけんやバターを買《か》っています。キャラメルやガムを買《か》いにきた子どももいます。でも、たいていの子どもは、お金がないので、おかし屋《や》さんのガラスまどごしに、おいしそうなおかしをながめているだけでした。

ちょうど、お日さまがいちばんきれいにかがやいているころ、そんな町の大通《おおどお》りに、三つの小さな人かげがあらわれました。それは、トミーとアニカとピッピでしたが、ピッピはあいかわらずびしょぬれでしたから、歩《ある》いたあとには、ぽたぽたと落《お》ちた水のあとが残《のこ》っていました。

アニカがいいました。

「なんて、すてきなんでしょう！　こんなにたくさんお店《みせ》があって、ピッピのポケットには、金貨《きんか》がいっぱいあるなんて！」

トミーも、金貨《きんか》がいっぱいあると思《おも》うと、うれしくて、ぴょーんと飛《と》びはねました。

すると、ピッピがいいました。

「それじゃいいよ、お買《か》いものをはじめようか。なんといっても、まず、あたし、ピアノが買《か》いたいの」

「でもさ、ピッピは、ピアノひけないだろ？」と、トミー。

「ひけるかどうかなんて、ひいたことがないから、わからないじゃない」と、ピッピ。「いままで、ピアノがなかったんだから。いいこと、トミー、ピアノなしで、ピアノをひけるようになるには、すごく練習《れんしゅう》しなきゃならないのよ」

でもあいにく、ピアノを売《う》っているお店《みせ》は、見つかりませんでした。

三人は、化粧品屋《けしょうひんや》さんのまえにやってきました。ショーウィンドウには、そばかす用《よう》のぬりぐすりの大きなビンがおいてあって、そばにはってあるポスターには、「そばかすでおこまりですか？」と、書《か》いてありました。

ピッピがききました。

「あの紙《かみ》には、なんて書《か》いてあるの？」

ほかの子どもたちのようには、学校へ行《い》っていないので、ピッピはあまり字が読《よ》めないのです。

「『そばかすでおこまりですか？』って、書《か》いてあるのよ」アニカがこたえました。

ピッピは少《すこ》し考《かんが》えてから、いいました。

「まったく、そうよね。そりゃ、ていねいにきかれたら、ていねいにこたえなくちゃ。さあ、中へ入りましょう！」

ピッピがドアをあけて、お店《みせ》に入っていったので、トミーとアニカもついていきました。カウンターのうしろには、ちょっと年のいった女の人がいました。ピッピは、その人のまんまえまでまっすぐ歩《ある》いていって、はっきりといいました。

「いいえ」

「何《なに》をおさがしでしょうか？」女の人がたずねました。

「いいえ」もう一度《いちど》、ピッピがいうと、女の人はいいました。

「なんのことか、わかりませんけど」

「いいえ、あたし、そばかすでこまってはいません」と、ピッピ。

すると女の人は、ようやく意味《いみ》がわかったようでしたが、ちらっとピッピを見たとたん、思《おも》わず、こういってしまいました。

「だけど、おじょうちゃん、顔《かお》じゅうそばかすだらけじゃないの!」

「ええ、そうよ。でもね、あたし、そばかすでこまってはいないの。そばかすが好《す》きだから! ごきげんよう!」

ピッピはお店《みせ》を出ていこうとしましたが、ドアのところでくるっとふりむくと、大きな声《こえ》でこういいました。

「でもね、もしも、そばかすがふえるぬりぐすりがうまく手に入ったら、あたしんちへ、七《しち》、八《はち》個《こ》おくってもらえる?」

ピッピは、トミーとアニカの先に立って歩《ある》いていきましたが、おかし屋《や》さんのまえへ来《く》ると、ぴたりと足をとめました。

お店《みせ》のまえでは、たくさんの子どもたちが、ガラスまどにはりついて、おいしそうなおかしをむちゅうで見つめています。赤や青やみどりのあめ玉がいっぱい入った、いくつもの大きなビンや、ずらりとならんだ板《いた》チョコや、チューインガムの山や、みんなの大好《だいす》きな、ぼうつきのペロペロキャンディーなんかのおかしです。

ええ、そりゃ、この子たちが、そんなおかしをながめては、ときどき大きなため息《いき》をつくのも、ふ

しぎではありません。だって、だれも、五オーレ玉一枚《いちまい》さえ、もっていないのですから。

「ピッピ、このお店《みせ》に入ろうよ」トミーが、ピッピの服《ふく》をひっぱって、ねっしんにいうと、ピッピもいいました。

「ええ、いいわよ。おくまでどんどん、入っていきましょ！」

そこで三人は、おかし屋《や》さんに、どんどん入っていきました。

ピッピはお店《みせ》の人にむかって、金貨《きんか》を一枚《いちまい》、ひらひらさせながらいいました。

「あめを十八キロ、おねがいします」

お店《みせ》の人は、ぽかんと口をあけています。一度《いちど》にそんなにたくさんのあめを買《か》うお客《きゃく》さんなんて、めったにいないのです。お店《みせ》の人はたずねました。

「あめを十八個《こ》、ですか？」

「あめを十八キロ、っていったのよ」

ピッピはこたえると、金貨《きんか》をカウンターの上におきました。お店《みせ》の人はあわてて、大きなふくろをいくつも用意《ようい》して、あめをすくって入れはじめました。

トミーとアニカは、ふたりで、どのあめがおいしそうかと、指《ゆび》でさして話しています。たとえば、おいしそうな赤いあめ玉。これは、しばらくなめていると、ふいに中から、あまいクリームがとろりと出てくるのです。それから、みどり色《いろ》の少《すこ》しすっぱいのも悪《わる》くないし、キイチゴのジェリーや、ボートの形《かたち》をした甘草《かんぞう》入りの黒《くろ》いあめも、おいしいのです。

アニカが、「どれも三キロずつ買《か》いましょうよ」というと、ピッピとトミーも、さんせいしました。

さらに、ピッピが追加《ついか》しました。

「それから、ペロペロキャンディーを六十本と、キャラメルを七十二《ななじゅうに》箱《はこ》、それに、パイプ形《がた》のチョコレートを百三本買《か》ったら、きょうのところは、じゅうぶんだと思《おも》うわ。ぜんぶ運《はこ》ぶには、荷台《にだい》つきの車がいるわね」

荷台《にだい》つきの車は、すぐとなりのおもちゃ屋《や》さんで売《う》っていますよ、とお店《みせ》の人が教《おし》えてくれました。

おかし屋《や》さんのガラスまどの外《そと》で、ピッピのお買《か》いものを見ていた子どもたちは、あんまりわくわくしすぎて、気がとおくなりそうでした。

ピッピは大いそぎで、となりのおもちゃ屋《や》さんへとびこむと、荷台《にだい》つきの車を買《か》ってきて、おかしのふくろをぜんぶ、つみこみました。そして、外《そと》へ出ると、まわりを見まわし、大きな声《こえ》をはりあげました。

「おかしを食《た》べたくない子は、いる？　いたら、まえに出てちょうだい！」

だれも出てきません。ピッピはつづけて、ききました。

「あーら、ふしぎね。じゃあ、おかしを食《た》べたい子は？」

すると、二十三人の子がまえに出ました。もちろんその中には、トミーとアニカもいます。

「トミー、ふくろをあけてちょうだいな」と、ピッピ。

トミーはふくろをあけました。さあ、いよいよ、この小さな町では見たこともない、おかしの食《た》べほうだいのはじまり、はじまり！

どの子も口いっぱいに、クリームの入った赤いあめ玉や、みどり色《いろ》のすっぱいあめ玉や、ボートの形《かたち》の甘草《かんぞう》あめや、キイチゴのジェリーをほおばっています。そのうえ、パイプ形《がた》のチョコレートを、口のはしにくわえている子もいます。だって、チョコレートとキイチゴのジェリーの味《あじ》は、とてもよく合うのです。

あっちからもこっちからも、子どもたちがたくさんかけてきます。ピッピは両手《りょうて》いっぱいにおかしをすくっては、どんどんわけていきました。それから、いいました。

「あと十八キロ、買《か》わなくちゃ。でないと、あしたのぶんがないもの」

ピッピはもう十八キロ買《か》いましたが、それでも、おかしはたいして残《のこ》りませんでした。

「さあ、つぎのお店《みせ》へ行《い》きましょう」といって、ピッピは、となりのおもちゃ屋《や》さんへ入っていきました。子どもたちもみんな、うしろからついていきます。

おもちゃ屋《や》さんには、楽《たの》しそうなものがいっぱいありました。ゼンマイをまくと動《うご》く汽車《きしゃ》や自動車《じどうしゃ》、きれいなワンピースを着《き》た小さなかわいらしいお人形《にんぎょう》、おままごとの食器《しょっき》、バーンと音の出るピストル、すずの兵隊《へいたい》、ぬいぐるみのイヌやゾウ、それに、本のしおりや、あやつり人形《にんぎょう》など。

「何《なに》をおさがしですか?」店員《てんいん》さんがたずねました。

「どれもこれも、少《すこ》しずつほしいんだけど」ピッピはたなの上をじろじろと見ながら、いいました。

「たとえば、あやつり人形《にんぎょう》なんか、ぜんぜんたらないし、音のするピストルも、ちょっとしかないのね。たらないとこまるんだけど、まあ、なんとかなるかな」

ピッピが金貨《きんか》をひとつかみ、ポケットからとりだすと、子どもたちは、どれでも自分《じぶん》のほしいおもちゃをえらんでいいことになりました。

アニカは、バラ色《いろ》の絹《きぬ》のワンピースを着《き》た、カールした金髪《きんぱつ》の、すてきな人形《にんぎょう》に決《き》めました。おなかをおさえると、「ママー」と声《こえ》が出るのです。トミーは、空気銃《くうきじゅう》と蒸気機関車《じょうききかんしゃ》がほしい、といいました。そして、ふたつとも買《か》ってもらえました。ほかの子どもたちもみんな、それぞれほしいものをえらびました。

ピッピが買《か》いものをしたあとは、お店《みせ》には、ほとんどおもちゃがなくなって、しおりが何枚《なんまい》かと、つみきがいくつか、残《のこ》っているだけでした。ピッピは、自分《じぶん》のためには何《なに》も買《か》いませんでしたが、ニルソン氏《し》に小さなかがみを買《か》いました。

みんなが帰《かえ》ろうとしたとき、店員《てんいん》さんが、オカリナが倉庫《そうこ》に残《のこ》っていた、といって、たくさん出してきました。ピッピは、子どもたち全員《ぜんいん》に、オカリナをひとつずつ買《か》いました。

みんなは、通《とお》りに出ると、オカリナをふきはじめました。ピッピが指揮棒《しきぼう》をふりました。大通《おおどお》りは、もうたいへんなさわぎになり、ついに、おまわりさんがやってきました。

「いったいこれは、なんのさわぎだ？」

ピッピがこたえました。

「〈クロノベリイ連隊行進曲《れんたいこうしんきょく》〉よ。でも、小さい子たちは、その曲《きょく》をふいていると思《おも》っているかどうか、自信《じしん》がないけど。何人《なんにん》かは、〈兄弟《きょうだい》よ、雷《かみなり》のように大きな音を〉って曲《きょく》を、ふいているつもりなのかもしれないわ」

「すぐに、やめるんだ」おまわりさんはどなって、手で耳をふさぎました。

ピッピは、おまわりさんをなぐさめようとして、せなかをぽんぽんとたたくと、いいました。

「あたしたちがラッパを買《か》わなくて、よかったでしょ」

オカリナの音はひとつ、またひとつと、しずかになっていき、とうとうトミーが小さくピーピーとふいているだけになりました。おまわりさんは、こわい声《こえ》でいいました。

「大通《おおどお》りで、こんなふうにさわいではいかん。さあ、みんな、家《いえ》に帰《かえ》るんだ」

子どもたちもじつは、家《いえ》に帰《かえ》るのは、すごくうれしかったのです。早く、おもちゃの汽車《きしゃ》を動《うご》かしたり、自動車《じどうしゃ》を走《はし》らせたり、あたらしいお人形《にんぎょう》をベッドにねかせたりしたかったからです。みんなはよろこびいさんで、家《いえ》へ帰《かえ》っていきました。そしてこの日、町の子どもたちは、だれも晩《ばん》ごはんを食《た》べませんでした。

さて、ピッピとトミーとアニカも、家《いえ》に帰《かえ》ることにしました。ピッピは荷台《にだい》つきの車をひっぱりながら、目についた看板《かんばん》を、かたっぱしから読《よ》んでいきました。

「やっ……きょ……く、あらっ、ここは、おくしゅりを買《か》うところじゃなかった？」

アニカがこたえました。

「そう、おくすりを買《か》うところよ」

「じゃ、すぐに中へ入りましょう。ちょっと買《か》うものがあるの」と、ピッピ。

「だけど、ピッピ、病気《びょうき》じゃないだろ？」トミーがたずねると、ピッピはいいました。

「いまはちがうけど、病気《びょうき》になるかもしれないでしょ。毎年《まいとし》、たくさんの人が病気《びょうき》になって、死《し》んじゃってるのよ。ちゃんとしたときに、おくしゅりを買《か》わなかったばっかりにね。あたしはぜったいに、そんな目にあいたくないわ」

店《みせ》の中では、くすり屋《や》さんがくすりをまるめて、丸薬《がんやく》を作《つく》っていました。でも、あと二《に》、三個《さんこ》で終《お》わりにして、そろそろお店《みせ》をしめよう、と思《おも》っていたところでした。ところがそこへ、ピッピたちが入ってきたのです。

ピッピは、すぐに注文《ちゅうもん》しました。

「おくしゅりを、四リットルほしいの」

「どんなくすりが、ご入《い》り用《よう》なんですか？」くすり屋《や》さんは、いらいらしてききました。

「ええっと、病気《びょうき》にきくのがいいんだけど」と、ピッピ。

「どんな病気《びょうき》にでしょうか？」くすり屋《や》さんはますますいらいらして、ききました。

「そうねえ、百日ぜきと、くつずれと、はらいたと、風《ふう》しんと、あと、エンドウ豆《まめ》を鼻《はな》におしこんじゃったときなんかに、きくのがいいわ。ついでに、家具《かぐ》もみがけるといいわね。それだと、ほんとうにすばらしいおくしゅりでしょ」

くすり屋《や》さんは、そんなすばらしいくすりはない、といい、それぞれの病気《びょうき》には、それぞれのくすりがあるのだと、説明《せつめい》しました。

ピッピが、ほかにもなおしたい病気《びょうき》を十個《じっこ》ほどつけくわえると、くすり屋《や》さんは、カウンターの上に、くすりのビンをずらりとならべました。そして、いくつかのビンには、「外用《がいよう》」と書《か》きました。

このくすりは体《からだ》にぬるもので、飲《の》んではいけません、という意味《いみ》です。

ピッピはお金をはらって、ビンをぜんぶかかえると、お礼《れい》をいって、お店《みせ》を出ました。トミーとアニカも、うしろからついていきました。

三人が出ていくと、くすり屋《や》さんは、時計《とけい》を見ました。ちょうど、店《みせ》をしめる時間《じかん》です。くすり屋《や》さんは、店《みせ》のドアにきっちりとカギをかけ、さあ、家《いえ》に帰《かえ》って晩《ばん》ごはんを食《た》べるのが楽《たの》しみだ、と思《おも》いました。

いっぽうピッピは、外《そと》に出ると、かかえていたビンをおろして、いいました。

「あら、あら、いちばんだいじなことを、わすれるところだった」

ドアには、もうカギがか

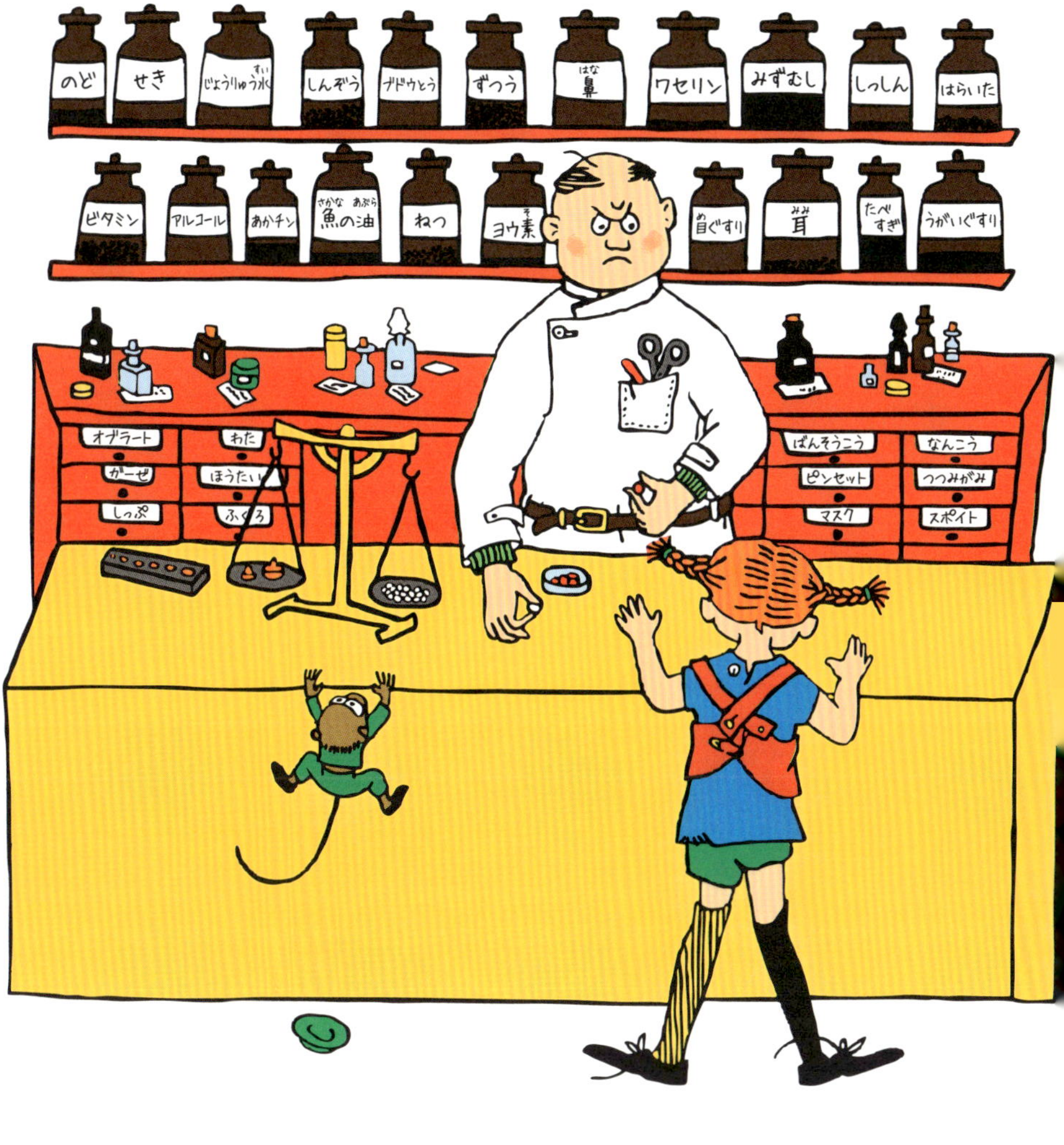

かっていたので、ピッピは呼《よ》び鈴《りん》を人《ひと》さし指《ゆび》でなんども強《つよ》くおしました。トミーとアニカにも、お店《みせ》の中で呼《よ》び鈴《りん》がやかましく鳴《な》っているのが、きこえました。

しばらくすると、ドアについている小さなのぞきまどがあきました——この小さなまどは、夜中《よなか》に病気《びょうき》になった人がくすりを買《か》えるように、ついているのです。くすり屋《や》さんが、まどから顔《かお》をのぞかせ、まっ赤《か》な顔《かお》をして、おこった声《こえ》でききました。

「まだ、何《なに》かいるのかね？」

「あのね、ごめんなさい、おくしゅり屋《や》さん。ちょっと、気になることがあって。おくしゅり屋《や》さんは、病気《びょうき》のことをよく知《し》っているでしょう？——おなかがいたいときには、あたたかいジャガイモだんごを食《た》べるのと、つめたい水におなかをつけるのと、ほんとはどっちがいいの？」

くすり屋《や》さんはますます赤い顔《かお》になって、「とっとと帰《かえ》れ！　いますぐにだ、さもないと……！」

とさけぶと、のぞきまどをぴしゃりとしめてしまいました。

「まあ、おこりっぽいのね。まるであたしが、何《なに》か悪《わる》いことでもしたみたい」というと、ピッピはもう一度《いちど》、呼《よ》び鈴《りん》をおしました。

すぐにくすり屋《や》さんが、のぞきまどに顔《かお》を見せました。おそろしく赤い顔《かお》をしています。

「もしかして、あたたかいだんごは、消化《しょうか》に悪《わる》いかもしれない？」といって、ピッピはしたたしみをこめた目で、くすり屋《や》さんを見あげました。

くすり屋《や》さんは何《なに》もいわずに、ぴしゃりとのぞきまどをしめました。

ピッピは肩《かた》をすくめました。

「わかったわ。じゃ、とにかく、あたたかいだんごを食《た》べてみることにするわ。うまくいかなかったら、おくしゅり屋《や》さんのせいよ」

それからピッピは、やっきょくのまえのかいだんにこしをおろして、ビンをぜんぶ、一列《いちれつ》にならべました。

「ねえねえ、大人って、なんてむだなことをするのかしら。ほら、ここにビンが八本もあるけど、一本の中に、ぜんぶ入っちゃうわ。あたしに、あたりまえの常識《じょうしき》があって、よかったわ」

ピッピはそういいながら、ビンのコルクをつぎつぎにぬいて、なかみをいちばん大きなビンに流《なが》しこみました。そして、それを力いっぱいふってまぜると、口をつけて、ごくりと飲《の》みました。

アニカは、ビンのいくつかはぬりぐすりだ、と知《し》っていたので、ちょっぴりしんぱいになって、ききました。

「でもね、ピッピ、そのくすりが毒《どく》じゃないって、どうしてわかるの？」

ピッピは、明《あか》るくこたえました。

「そりゃ、わかるわよ。どんなにおそくても、あしたにはわかるわ。あしたになって、あたしがまだ生きていたら、これは毒《どく》じゃない、ってこと。そしたら、小さな子どもでも飲《の》めるわよ」

トミーとアニカは、やっぱり気がかりでした。しばらくすると、こんどはトミーが、おそるおそるききました。

「でもさ、もしもこれが毒《どく》だったら、どうなるの？」

「そのときには、あんたたちが、ビンに残《のこ》っているぶんを使《つか》って、食堂《しょくどう》のテーブルやイスをみがけるじゃない。毒《どく》でも、毒《どく》じゃなくても、このおくしゅりは、むだにはならないでしょ」

ピッピは、ビンを車の荷台《にだい》にのせました。荷台《にだい》にはもう、トミーの蒸気機関車《じょうききかんしゃ》と空気銃《くうきじゅう》、アニカのお人形《にんぎょう》、赤いあめ玉が五つ入ったふくろがのっていました。二回《にかい》めに買《か》った十八キロのあめの、残《のこ》りです。ニルソン氏《し》も、荷台《にだい》にすわっていました。ニルソン氏《し》はくたびれたので、車に乗《の》って帰《かえ》りたいのです。

ピッピがいいました。

「それにね、これは、とってもいいおくしゅりだと思《おも》うわ。だって、あたし、もう、すごく元気《げんき》になってきた感《かん》じがするもの。とくに、おしりのあたりが、もりもり元気《げんき》になってきた」

ピッピは小さなおしりを、まえやうしろにゆすってみせました。こうしてピッピは、荷台《にだい》つきの車をひっぱって、おしりをふりふり、ごたごた荘《そう》へとむかいました。

けれども、そばを歩《ある》いていたトミーとアニカは、ほんのちょっぴり、おなかがいたいような気がしました。

11 ピッピ、小島《こじま》で難破《なんぱ》する

毎日《まいにち》、学校が終《お》わると、トミーとアニカは大いそぎで、ごたごた荘《そう》へやってきます。宿題《しゅくだい》も、家《いえ》ではやりたくないので、ピッピのところへかかえてくるのです。

ピッピはいいました。

「あんたたちが、ここで勉強《べんきょう》してくれるのは、いいことよ。そしたらあたしも、少《すこ》しはお勉強《べんきょう》が身《み》につくかもしれないもの。お勉強《べんきょう》しなくちゃなんて、ぜんぜん思《おも》わないけど、オーストラリアに何人《なんにん》の先《せん》住民《じゅうみん》がいるのかぐらい、勉強《べんきょう》しておかないと、すてきな大人の女性《じょせい》にはなれないだろうから」

トミーとアニカは、台所《だいどころ》のテーブルで地理《ちり》の本を広《ひろ》げ、ピッピはテーブルのまん中で、あぐらをかいていました。

「でも、どうかな？」ピッピは考《かんが》えこむように、鼻《はな》に指《ゆび》をあてて、つづけます。

「あたしが、何人《なんにん》の先住民《せんじゅうみん》がいるかをおぼえたとしても、もしもそのうちのひとりが、肺炎《はいえん》で死《し》んじゃったら、何《なに》もかもパーになって、あたしもすてきな大人の女性《じょせい》じゃなくなる、ってことじゃない？　あんたたちの宿題《しゅくだい》がパーにならないように、先住民《せんじゅうみん》の人たちには、気をつけてくらしてもらうように、だれかがいってくれないと」

トミーとアニカの宿題《しゅくだい》が終《お》わると、楽《たの》しい時間《じかん》のはじまりです。お天気がいいと、庭《にわ》に出て、ちょっとウマに乗《の》ったり、せんたく小屋《ごや》の屋根《やね》にのぼって、そこでコーヒーを飲《の》んだり、中ががらんどうになっている古《ふる》いオークの木にのぼって、みきの中へおりていったりします。

この木はすごくふしぎな木だと、ピッピはいいます。だって、レモネードがなるんです。木の中に、レモネードがなるなんて。でも、それはきっと、ほんとうのことなのでしょう。三人が、オークの木の中のかくれ場所《ばしょ》へおりていくと、いつもレモネードが三本、見つかるのですから。

トミーとアニカは、飲《の》んだあと、からのビンはどうなるんだろう、と思《おも》いましたが、ピッピは、なかみを飲《の》んでしまうと、ビンはかれちゃうのよ、といいました。

たしかにふしぎな木だと、トミーとアニカは思《おも》いました。ときどき板《いた》チョコがなることもあるけれど、木曜日《もくようび》だけだ、とピッピがいったので、トミーとアニカは、毎週木曜日《まいしゅうもくようび》には、わすれずに、板《いた》チョコをとりにいくことにしていました。きちんと水やりをすれば、フランスパンがなることもあるし、ビーフステーキだってとれるかもしれない、とピッピはいっていました。

雨の日は家《いえ》の中ですごしますが、それも、たいくつではありません。ピッピのタンスのひきだしに入っている、すてきなものを出して見たり、かまどのまえにすわって、ピッピがワッフルやリンゴをやくのをながめたり、たきぎ入れの箱《はこ》の中にもぐりこんで、ピッピが船《ふね》に乗《の》って航海《こうかい》していたころの、はらはらする冒険《ぼうけん》の話《はなし》をきいたりするのですから。

たとえばピッピは、こんなふうに話《はな》しました。

「海《うみ》であらしにあったら、そりゃあたいへんよ。魚《さかな》でさえ、船酔《ふなよ》いでふらふらになって、りくにあがりたくなるほどなんだから。サメが顔《かお》をまっ青《さお》にしているのや、タコがあのたくさんの足で頭《あたま》をかかえているのも、この目で見たわ。まあ、まあ、なんてあらしだったことかしら！」

「ああ、ピッピ、こわくなかったの？」アニカがききます。

「決《き》まってら、あらしにあったりしたら、こわいだろう」と、トミー。

「そうねえ、あらしにあったことは、なんどもあるけど、こわくはなかったわ」と、ピッピ。「とくに、さいしょのころはね。みんなで夕食《ゆうしょく》を食《た》べてるときに、フルーツのスープの中のレーズンが、風《かぜ》で飛《と》んでいっちゃったときも、コックさんの入《い》れ歯《ば》が、風《かぜ》で口からふきとばされたときも、こわくなかった。だけど、船《ふね》で飼《か》ってたネコが、皮《かわ》だけ残《のこ》して、はだかで極東《きょくとう》のほうへすっとんでいったときには、さすがにちょっとときみが悪《わる》かったわ」

「ぼく、難破《なんぱ》のことが書《か》いてある本をもってるよ。『ロビンソン・クルーソー』っていうんだけど」

トミーがいうと、アニカもうなずきました。

「そう、あれは、すごくいい本ね。ロビンソンは、無人島《むじんとう》へたどりつくのよ」

「ねえ、ピッピ。難破《なんぱ》したことってある？　無人島《むじんとう》へたどりついたことは？」トミーはたきぎ入れの箱《はこ》の中で、ごそごそとすわりなおしながら、ききました。

ピッピは、はりきってこたえました。

「もちろんよ。あたしほど難破《なんぱ》した人も、そうはいないわ。ロビンソンもまっ青《さお》ね。大西洋《たいせいよう》と太平洋《たいへいよう》の島《しま》の中で、あたしが難破《なんぱ》して流《なが》れついてない島《しま》なんて、八つか十しかないと思《おも》うわ。そういう島《しま》は、旅行《りょこう》ガイドに、ピッピが流《なが》れついていない島《しま》、としてのってるのよ」

「無人島《むじんとう》でくらすなんて、すごくおもしろそうだな。ぼくも行《い》ってみたいな」トミーがいいました。

「あら、そんなの、かんたんよ。島《しま》なんて、ごろごろあるんだから」と、ピッピ。

「そうだ、ぼく、このちかくにある島《しま》を知《し》ってるよ」トミーがいうと、ピッピがききました。

「それって、湖《みずうみ》の中にあるの？」

「もちろんさ」と、トミー。

すると、ピッピがいいました。

「すてき！　りくにあるんだったら、役《やく》にたたないもの」

トミーはすっかりむちゅうになって、大声《おおごえ》でいいました。

「行《い》こうよ。お休みになったら、すぐに出発《しゅっぱつ》だ！」

あと二日で、トミーとアニカは夏休《なつやす》みになり、同時《どうじ》に、お父《とう》さんとお母《かあ》さんは、旅行《りょこう》に出かけることになっていました。ロビンソンごっこをするのに、こんなにいい機会《きかい》は、めったにありません。

「難破《なんぱ》するなら、まず、船《ふね》がなくちゃね」とピッピがいいました。

「船《ふね》なんて、あたしたち、もってないけど」アニカがいうと、ピッピが、いいことを思《おも》い出《だ》しました。

「そうだ、川の底《そこ》に、こわれたボートがしずんでいるのを見たわ」

「でも、それって、もう難破《なんぱ》してるんじゃない」と、アニカ。

「だから、いいのよ。そのボートは、難破《なんぱ》のしかたを知《し》ってるんだから」と、ピッピ。

ピッピにとっては、しずんだボートをひきあげるのなんて、かんたんなことでした。

そのあとピッピは、一日じゅう川岸《かわぎし》で、船体《せんたい》にタールをぬったり、すきまに麻《あさ》くずをつめたりしました。そして、つぎの日は雨だったので、お昼《ひる》まで木工小屋《もっこうごや》にこもって、木をけずり、オールを二本作《つく》りました。

いよいよ、トミーとアニカの夏休《なつやす》みがはじまり、ふたりの両親《りょうしん》は、旅行《りょこう》に出かけていきました。お母《かあ》さんはふたりに、こういいのこしました。

「あさってには、帰《かえ》ってきますからね。いいつけをまもって、おりこうにしているのよ。エッラのいうことをきくのを、わすれないでね」

エッラというのは、トミーたちの家《いえ》のお手伝《てつだ》いさんで、お母《かあ》さんとお父《とう》さんが出かけるときには、トミーとアニカのめんどうをみてくれるのです。けれども、エッラと三人きりになると、トミーとアニカはいいました。

「エッラ、ぼくたちの世話《せわ》は、しなくていいよ。だって、ぼくたちずっと、ピッピのところにいるから」

「あたしたち、自分《じぶん》のめんどうぐらい、みられるから。ピッピには、世話《せわ》をしてくれる人なんて、ぜんぜんいないのよ。たった二日間《ふつかかん》ぐらい、あたしたちのことをかまわなくても、いいでしょう?」

エッラにしても、二日間《ふつかかん》お休みがとれることに、もんくはありません。トミーとアニカがしつこくたのんだり、せがんだりすると、しまいにはエッラも、母親《ははおや》に会《あ》いに家《いえ》に帰《かえ》ってくる、といってくれました。でも、そのまえに、ふたりに、きちんと食《た》べて、よくねむること、夕方《ゆうがた》、外《そと》に出るときには、かならずあたたかいセーターを着《き》ることを、やくそくさせました。トミーは、エッラが出かけてくれるんなら、セーターを一ダースだって、よろこんで着《き》るよ、といいました。

ようやく、うまくいきました。エッラが出かけると、その二時間《にじかん》あとには、ピッピとトミーとアニカ、ウマとニルソン氏《し》は、無人島《むじんとう》めざして出発《しゅっぱつ》しました。

気もちのいい初夏《しょか》の夕ぐれでした。くもってはいましたが、風《かぜ》はあたたかでした。一行《いっこう》は、無人島《むじんとう》のある湖《みずうみ》まで、かなりの道《みち》のりを歩《ある》いていきました。ピッピはボートをひっくり返《かえ》して、頭《あたま》にのせてかついでいます。ウマのせなかには、大きなふくろとたたんだテントがのせてあります。

「あのふくろには、何《なに》が入ってるの?」トミーがきくと、ピッピがこたえました。

「食料《しょくりょう》と、ピストルと、もうふと、あきビン。あんたたちにとっては、はじめての難破《なんぱ》でしょ。だから、あるていど、気もちのいい難破《なんぱ》にしようと思《おも》ったの。あたしがひとりで難波《なんぱ》するんなら、シカとかラマをうって、生《なま》で食《た》べるんだけれど、これから行《い》く島《しま》には、シカやラマがいないかもしれないしね。そんなつまらないことでうえ死《じ》にしたら、わらわれちゃう」

「だけど、あきビンは何《なに》に使《つか》うの？」アニカがききました。

「あきビンを何《なに》に使《つか》うのか、って？　どうして、そんなばかなことをきくの？　難破《なんぱ》するときに、いちばんだいじなのは、船《ふね》でしょ。そのつぎにだいじなのは、あきビンなの。あたしがまだゆりかごにねているときから、父《とう》さんは教《おし》えてくれたわ。『ピッピや、宮殿《きゅうでん》へあがるときに足をあらうのをわすれたって、なんでもない。だけど、難破《なんぱ》するときにあきビンをわすれたら、おしまいだ』って」

「でも、どんなふうに使《つか》うの？」アニカは、くわしくききたがりました。

「ビンの中の手紙《てがみ》って、きいたことない？　紙《かみ》に、『たすけて！』って書《か》いて、あきビンの中に入れて、コルクでせんをして、海《うみ》に投《な》げるの。そのあきビンが、だれかのところへ流《なが》れていくと、そのだれかが、たすけにきてくれるってわけ。

そうでもしなきゃ、難破《なんぱ》したとき、いったい、どんなふうにして命《いのち》がたすかると思《おも》ってたの？　何《なに》もかもすべて、運《うん》にまかせるの？　だめだめ！」

「そう、そんなふうに使《つか》うのね」アニカはいいました。

しばらくして、みんなは、小さな湖《みずうみ》に着《つ》きました。湖《みずうみ》のまん中に、たしかに、島《しま》が見えました。雲《くも》のあいだからお日さまが顔《かお》を出し、初夏《しょか》のみずみずしい木々のみどりを、やさしくてらしています。

「まったく、いままで見たうちで、いちばんすてきな無人島《むじんとう》ね」ピッピがいいました。

ピッピは、ボートをひっくり返《かえ》して湖《みずうみ》にうかべ、ウマのせなかの荷物《にもつ》をおろし、それをぜんぶ、ボートの底《そこ》につみこみました。アニカとトミーとニルソン氏《し》が飛《と》びのると、ピッピは、ウマをぽんぽんとなでて、いいました。

「ねえ、大好《だいす》きなウマちゃん、あんたもボートに乗《の》せてあげたいんだけど、ちょっとむりなのよ。あんたが泳《およ》いでくれると、うれしいな。泳《およ》ぐのって、かんたんよ。こうすりゃいいのよ！」

ピッピは、服《ふく》を着《き》たまま湖《みずうみ》に飛《と》びこむと、二《に》、三回《さんかい》、水をかいてみせました。

「すごく楽《たの》しいんだから。もっと楽《たの》しくしたけりゃ、くじらごっこをすればいいのよ。こんなふうにね！」

ピッピは、水を口にいっぱい入れて、あおむけになると、噴水《ふんすい》のように口からふきあげました。ウマはかくべつ、ゆかいだと思《おも》っているようには見えませんでしたが、ピッピがボートに乗《の》りこみ、オールをもってこぎだすと、ウマも水に飛《と》びこみ、ボートのあとについて泳《およ》いできました。もっともウマは、くじらごっこはしませんでした。

ボートが島《しま》のちかくまでやってくると、ピッピが大声《おおごえ》でいいました。

「みんなー、水をかきだせー！」

そして一秒後《いちびょうご》には、こうつづけました。

「むだだ！　われわれは、船《ふね》をすてなくてはならん！　みんなそれぞれ、たすかる道《みち》をさぐってくれ！」

ピッピは、ボートのとも（後方《こうほう》）で立ちあがると、頭《あたま》から湖《みずうみ》に飛《と》びこみました。そして、すぐにうかびあがり、ボートのもやいづなをにぎって、島《しま》にむかって泳《およ》いでいきました。

「あたしはまず、食料《しょくりょう》を救《すく》いださなくてはならないけど、乗組員《のりくみいん》は、船《ふね》に残《のこ》っていてもよし」といって、ピッピは、ボートを岩《いわ》にしっかりつなぎました。

それから、トミーとアニカの手をとって、じょうりくをたすけました。ニルソン氏《し》は、ひとりで岸《きし》に飛《と》びうつりました。

「奇跡《きせき》がおこった」ピッピがさけびました。「たすかったのだ。とりあえず、いまのところは。人食《ひとく》い人種《じんしゅ》やライオンがいないとすればだが」

ウマもようやく島《しま》にたどりつき、りくにあがってくると、みぶるいして、体《からだ》の水を飛《と》ばしました。

ピッピは気をよくして、いいました。

「さあ、一等航海士《いっとうこうかいし》も到着《とうちゃく》したことだし、作戦会議《さくせんかいぎ》をひらくことにしよう!」

ピッピはふくろの中から、ピストルをとりだしました。これは以前《いぜん》、ごたごた荘《そう》のやねうらにあった、水夫用《すいふよう》の長持《ながもち》の中で見つけたものです。

ピッピは、あらゆる方向《ほうこう》に注意《ちゅうい》をはらいながら、ピストルをいつでもうてるようにかまえて、しのび足で進《すす》んでいきます。アニカはしんぱいになって、ききました。

「どうしたの、ピッピ?」

「人食《ひとく》い人種《じんしゅ》のうなる声《こえ》が、きこえたような気がしたの。用心《ようじん》しすぎることはないから。せっかく、おぼれずにたすかったというのに、人食《ひとく》い人種《じんしゅ》の晩《ばん》ごはんに、にこんだ野菜《やさい》といっしょに食《た》べられたんじゃ、元《もと》も子《こ》もないでしょう!」

けれど、人食《ひとく》い人種《じんしゅ》のすがたは、どこにも見えません。

「どうも、かくれて、まちぶせしているようね。それとも、あたしたちをどんなふうに料理《りょうり》しようかと、料理《りょうり》の本でも見ているのかな。いっとくけど、にこんだニンジンといっしょに出したりしたら、ぜったいにゆるさないから。ニンジンは大きらいなの」と、ピッピ。

「やめて、ピッピ。そんなこといわないで」

アニカはふるえだしました。

「そうか、あんたも、ニンジンが好《す》きじゃないの？　それじゃ、ともかく、テントをはろうか」

ピッピは、テントはりにとりかかりました。まもなく、安全《あんぜん》な場所《ばしょ》にテントが立つと、トミーとアニカは大よろこびで、出たり入ったりしました。

ピッピは、テントから少《すこ》しはなれたところに、いくつかの石をまるくならべ、その中に、

小えだや木ぎれをあつめてきて、おきました。

「わあ、すてき！　火をおこすのね」アニカがいいました。

「そうよ」ピッピは二本の木ぎれをもって、こすりあわせはじめました。トミーは、きょうみしんしんでいいました。

「すごいや、ピッピ！　原始人《げんしじん》がしていたみたいにして、火をおこすんだね」

「ちがうの。あたし、指《ゆび》がつめたいから、こうしてると、あたたかくなるのよ。さあて、マッチ箱《ばこ》はどこにおいたかしら？」

しばらくして、たき火がいきおいよく、あかあかともえだすと、トミーがいいました。

「すごく気もちいいね。落《お》ちつくよ」

「ほんと。それに、たき火があると、野生《やせい》の動物《どうぶつ》もちかづかないしね」ピッピがいうと、アニカはこわくなって、ふるえる声《こえ》でききました。

「野生《やせい》の動物《どうぶつ》って、どんな動物《どうぶつ》？」

「カのことよ」といいながら、ピッピは、考《かんが》えこんだようすで、足のカにかまれたところをかいています。

アニカはほっとひと安心《あんしん》したのですが、ピッピはつづけていいました。

「もちろん、ライオンだって、よってこないわよ。でも、ニシキヘビやアメリカ・バイソンには、効果《こうか》がないらしいけど」

それから、ピストルをぽんぽんとたたいて、いいました。

「しんぱいしないで、アニカ。ハタネズミが出てきたって、ちゃんとやっつけてあげるから」

ピッピがコーヒーをいれ、オープン・サンドイッチを作《つく》ってならべると、三人はたき火のまわりにすわり、飲《の》んだり食《た》べたりして、楽《たの》しくすごしました。

ニルソン氏《し》も、ピッピの肩《かた》にすわって、いっしょに食《た》べましたし、ウマもときどき、鼻《はな》をつきだしては、パンや角《かく》ざとうをもらいました。それにウマは、あたりのおいしそうなみどりの草も、いっぱい食《た》べました。

空がくもっていたので、しげみの中は、暗《くら》くなってきました。アニカは、できるだけピッピのそばへよりました。

たき火のほのおは、ゆらゆらときみょうな影《かげ》をうつしだします。ほのおにてらされたまん中だけは、まるく明《あか》るいのですが、その外《そと》では、暗《くら》やみが、まるで生きているかのように思《おも》えます。

アニカは、ふるえていました。もしも、あのネズのしげみのうしろに、人食《ひとく》い人種《じんしゅ》がいたら？　それとも、あの大きな石のかげに、ライオンがかくれていたら？

ピッピはコーヒーカップをおくと、ひくいかすれた声《こえ》で歌《うた》いはじめました。

死人《しにん》のかんおけ島《とう》にゃ、たすかった十五人の船乗《ふなの》りがよー、
歌《うた》いおどってエッサッサー、それにラム酒《しゅ》が一本きり。

アニカは、よけいにふるえだしました。

「その歌《うた》、ぼくのもってる、スティーヴンソンの『宝島《たからじま》』にものってるよ」トミーは、わくわくした表情《ひょうじょう》でいいました。

「そうなの、ほんと？　じゃ、その本を書《か》いたのはきっと、フリードルフね。だって、この歌《うた》を教《おし》えてくれたのは、フリードルフなんだから。父《とう》さんの船《ふね》のうしろの甲板《かんぱん》にすわって、フリードルフがこの歌《うた》を歌《うた》ってくれるのを、なんどきいたかしら。頭《あたま》のまっすぐ上には、すみきった夜空《よぞら》に、南十字星《みなみじゅうじせい》がかがやいていたっけ」

死人《しにん》のかんおけ島《とう》にゃ、たすかった十五人の船乗《ふなの》りがよー、
歌《うた》いおどってエッサッサー、それにラム酒《しゅ》が一本きり。

ピッピが、まえよりもひくいかすれ声《ごえ》で、もう一度《いちど》歌《うた》うと、トミーがいいました。

「ピッピ、そんな声《こえ》で歌《うた》うと、なんだかふしぎな感《かん》じがするよ。ぞっとする気もちと、すごくいいと思《おも》う気もちを、同時《どうじ》に感《かん》じるんだ」

「あたしは、ぞっとする気もちだけ。ちょっとはいいと思《おも》うけど」アニカがいいました。

「ねえ、ピッピ、ぼく、大きくなったら海《うみ》に出るんだ。ピッピみたいに、海賊《かいぞく》になるよ」トミーがきっぱりといいました。

「いいわね。トミーとあたしで、『カリブ海《かい》の恐怖《きょうふ》』ってよばれるようになりましょう。金銀財宝《きんぎんざいほう》に、宝石《ほうせき》なんかをうばって、その宝《たから》もののかくし場所《ばしょ》は、太平洋《たいへいよう》の無人島《むじんとう》にある、ほら穴《あな》のおくにするの。三体《さんたい》のがいこつに、ほら穴《あな》を見はらせるのよ。しゃれこうべに二本のほねを組《く》みあわせたはたをなびかせ、〈十五人の船乗《ふなの》り〉の歌《うた》を、大西洋《たいせいよう》のはしからはしまできこえるほど、大声《おおごえ》で歌《うた》うの。その歌《うた》をきいた船乗《ふなの》りはみんな、まっ青《さお》になって、あたしたちの、血《ち》にまみれた、血《ち》なまぐさい復讐《ふくしゅう》をのがれるために、海《うみ》に飛《と》びこもうかと、なやんじゃうの！」

「じゃ、あたしはどうなるの。海賊《かいぞく》には、なれないもの。どうしたらいいの？」アニカが、うったえるようにいいました。

「まあ、とにかく、いっしょに来《く》ればいいじゃない。古《ふる》いピアノのほこりでも、はらうことにすれば！」ピッピがいいました。

そのうちに、たき火は小さくなり、きえていきました。

「そろそろねる時間《じかん》ね」ピッピがいいました。

ピッピはもう、テントの中の地面《じめん》に、モミの小えだをしき、その上に厚《あつ》いもうふを何枚《なんまい》もかさねて、ベッドを作《つく》ってくれていました。ピッピはウマに話《はな》しかけました。

「ウマちゃん、テントの中で、あたしとたがいちがいになってねる？　それとも、ウマ用《よう》のもうふをかけて、外《そと》の木の下でねる？　テントの中でねると、いつも気分《きぶん》が悪《わる》くなるって？　それじゃ、お好《す》きにどうぞ！」

ピッピはウマを、やさしくなでました。

まもなく、三人とニルソン氏《し》は、テントの中でもうふにくるまっていました。外《そと》では波《なみ》がチャプーン、チャプーンと岸《きし》べに打《う》ちよせていました。

「ほら、きいて！　波《なみ》のくだける音……」ピッピが夢見《ゆめみ》ごこちでいいました。

ふくろの中にいるようにまっ暗《くら》だったので、アニカは、ピッピの手をぎゅっとにぎっていました。こうしていると、こわい気もちが、やわらいでいくようです。

と、とつぜん、雨がふってきました。雨は、テントの生地《きじ》にザーザーあたりましたが、テントの中はぬれずに、あたたかいままでした。こうして雨音《あまおと》をきいていると、楽《たの》しいくらいです。

ピッピはテントから出て、ウマにもうふをもう一枚《いちまい》、かけてやりました。ウマは、葉《は》のびっしりしげったモミの木の下にいたので、こまってはいませんでした。

ピッピがテントにもどってくると、トミーがため息《いき》をついて、いいました。

「なんて気もちがいいんだろう」

「ほんとね。見て、石の下で見つけたの。板《いた》チョコが三枚《さんまい》！」

三分後《さんぷんご》、アニカは、口の中をチョコでいっぱいにしたまま、ピッピの手をにぎって、ねむっていました。

トミーは、「ねるまえに歯《は》をみがくの、わすれちゃった」といいましたが、こちらも、すぐにねむってしまいました。

トミーとアニカが目をさますと、ピッピはいませんでした。あわててテントからはいだしてみると、もうお日さまがてっていました。

テントのまえでは、あたらしいたき火がもえていて、そこでピッピが、ハムをやいて、コーヒーをいれていました。トミーとアニカを見ると、ピッピはいいました。

「復活祭《ふっかつさい》、おめでとう！」

「ええっ、きょうは復活祭《ふっかつさい》じゃないだろ」トミーがおどろくと、ピッピはいいました。

「おやっ、そうだった？　じゃ、おめでとうは、来年《らいねん》までとっといて！」

ハムやコーヒーのおいしそうなにおいが、ふたりの鼻《はな》をくすぐります。火のそばにすわると、ピッピが、ハムとゆでたまごとやいたジャガイモをわたしてくれました。そのあとで、シナモン・クッキーを食《た》べながら、コーヒーを飲《の》みました。こんなにおいしい朝《ちょう》食《しょく》は、はじめてです。

トミーがいいました。

「これなら、ロビンソンより、うんといいよね」

「そうよ。あとは、夕食用《ゆうしょくよう》に、ちょっとしんせんな魚《さかな》でもとれれば、ロビンソンはうらやましくて、青くなるんじゃないかな」と、ピッピ。

「ウェッ、ぼく、魚《さかな》はきらいだ」トミーがいうと、アニカも、「あたしも、きらい」といいました。

ピッピは、それには耳をかさず、長《なが》ほそいえだを切《き》って、はしにひもをくくりつけ、かぎ型《がた》にまげたピンにパンくずをつけたものをむすびつけると、岸《きし》べの大きな石の上にすわりこみました。

「うまくいくかな？」と、ピッピ。

「何《なに》をつるつもり？」と、トミー。

「タコよ。タコほどおいしいものは、ないんだから」

ピッピはたっぷり一時間《いちじかん》も、そうやってすわっていましたが、タコはかかりませんでした。淡水《たんすい》スズキがやってきて、パンくずをつつくと、ピッピはあわてて、つりばりをひきあげました。

「ごめんね、ちびのスズキくん。タコっていったでしょう？　あたしは、タコがつりたいの。だから、パンはあげない」

でも、しばらくすると、ピッピはつりざおをそっくり、湖《みずうみ》にほうりこんでしまいました。

「きょうは、タコが、いじをはってるみたい。つりがうまくいかなくて、あんたたち、ラッキーだったわよ。夕食《ゆうしょく》は、ベーコン入りのパンケーキになりそう」

トミーとアニカは、大よろこびです。湖《みずうみ》は、日の光《ひかり》

できらきらかがやき、子どもたちをさそっているように見えました。

「水遊《みずあそ》びしない？」トミーがいいました。

ピッピとアニカも、さんせいしました。けれども、水はとてもつめたく、トミーとアニカは、足の親指《おやゆび》をつけただけで、すぐにひっこめてしまいました。

すると、ピッピがいいました。

「いい方法《ほうほう》があるわ」

岸《きし》べには大きな岩山《いわやま》があり、てっぺんに一本の木が生えていて、そのえだが、水の上までのびていました。ピッピは木にのぼり、えだにロープをしっかりむすびつけました。

「こうするのよ、わかる？」といって、ピッピはロープをにぎりしめ、空中へぐいっと飛《と》びだし、水の上に来《く》ると、手をはなして飛《と》びこみました。

「ほらね、いっきに水の中よ」ピッピは水からあがりながら、大声《おおごえ》でいいました。

トミーとアニカはさいしょ、ちょっとためらいましたが、楽《たの》しそうなので、やってみることにしました。そして、一度《いちど》やってみると、やめられなくなりました。見ているより、じっさいにやるほうが、だんぜんおもしろいのです。

ニルソン氏《し》も、いっしょにやりたがりました。けれどもニルソン氏《し》は、ロープをすべりおりていっても、水にどぼんと落《お》ちるすんぜんに、むきを変《か》え、すごいいきおいでロープをのぼってきてしまうのです。

三人は、「ニルソンちゃんのこわがり！」と、はやしたてましたが、ニルソン氏《し》はなんべんもおなじことをくり返《かえ》していました。

そのあとピッピは、木の板《いた》をそりがわりにして、岩山《いわやま》のてっぺんから、水の中にすべりおりる遊《あそ》びをはじめました。これも、水につっこむと、信《しん》じられないほどしぶきがあがって、楽《たの》しいのでした。

「ロビンソンって人も、板《いた》ですべって遊《あそ》んだの？」ピッピは岩山《いわやま》のてっぺんで、もう一度《いちど》すべりおりようとしながら、ききました。

「いいや。ともかく、本には書《か》いてなかった」と、トミー。

「そうだと思《おも》った。ロビンソンの難破《なんぱ》って、そのていどよね。一日じゅう、何《なに》をしてたのかしら？しじゅうでもしてたのかな？　ワーイ、さあ、行《い》くよ！」

ピッピがすべりおりていくと、赤いおさげが、頭《あたま》の両側《りょうがわ》でぱたぱたとゆれました。

水遊《みずあそ》びのあと、子どもたちは、無人島《むじんとう》をくまなく探検《たんけん》することに決《き》めました。三人がウマのせなかに乗《の》ると、ウマは落《お》ちついた足どりで、パカパカと進《すす》んでいきました。

丘《おか》をのぼったりくだったり、やぶにおおわれた小さな森や、モミの木がびっしり生えた林をとおったり、沼地《ぬまち》をぬけたり、野花《のばな》がいちめんにさいている、森の中の美《うつく》しいあき地を歩《ある》いていったりもしました。

ピッピは、ピストルをいつでも使《つか》えるようにかまえ、ときどきうったので、ウマはそのたびにびっくりして、はねあがりました。

ピッピは、「あそこで、ライオンが死《し》んだ」とか、「あの人食《ひとく》い人種《じんしゅ》は、これであたしたちを食《た》べるのをあきらめたでしょうよ！」などと、まんぞくそうにいいました。

テントへもどり、ピッピがベーコン入りパンケーキをやきはじめると、トミーがいいました。

「ここが、いつまでもぼくらの島《しま》になったらいいな」

ピッピとアニカも、さんせいしました。

できたてほやほやの熱《あつ》いベーコン入りパンケーキは、とてもおいしそうでした。でも、おさらも、フォークも、ナイフももってきていないので、アニカがたずねました。

「手で食《た》べてもいいかしら？」

「いいよ、どうぞ。でも、あたしはむかしながらのやり方《かた》で、口で食《た》べることにするわ」と、ピッピ。

「まあ、あたしのいう意味《いみ》、わかっているくせに」アニカは、小さな手でパンケーキをつかんで、まんぞくそうに口に入れました。

また、夜《よる》になりました。たき火がきえてしまうと、三人は、顔《かお》じゅうパンケーキの油《あぶら》だらけのまま、もうふにくるまり、体《からだ》をぴったりよせあって、ねることにしました。

テントのすきまから、大きな星《ほし》がひとつ、かがやいているのが見えました。岸《きし》に打《う》ちよせる大海《たいかい》の白波《しらなみ》の音をきいているうちに、みんなはぐっすりねむってしまいました。

翌朝《よくあさ》、トミーは、ふまんそうにいいました。

「きょうは、家《いえ》に帰《かえ》らなきゃならないんだな」

「つまんないの。あたし、夏《なつ》じゅうここにいたいのに。でもきょうは、お父《とう》さんとお

母《かあ》さんが帰《かえ》ってくるのよね」アニカもいいました。

朝《あさ》ごはんのあと、トミーは岸《きし》べのほうへ、ぶらぶらと歩《ある》いていきました。と、とつぜんトミーは、すさまじい声《こえ》でさけびました。

「ボート！　ボートがない！」

アニカはふるえあがりました。いったいどうやって、島《しま》から帰《かえ》ればいいのでしょう？　たしかにアニカは、夏《なつ》じゅうここにいたい、といいましたが、家《いえ》に帰《かえ》れないとなると、また話《はなし》はべつでした。トミーとアニカがいなくなったと知《し》ったら、かわいそうなお母《かあ》さんは、なんというでしょう？　考《かんが》えているうちに、アニカの目には、なみだがうかんできました。

「どうしたのよ、アニカ。難破《なんぱ》するって、どんなことだと思《おも》ってたの？　ロビンソンが難破《なんぱ》して二日《ふつか》後《ご》に、救助《きゅうじょ》の船《ふね》が来《き》て、『クルーソーさん、さあ、船《ふね》に乗《の》ってください。たすかったのですよ。おふろに入って、ヒゲをそって、足のつめを切《き》って！』なんていわれたら、なんていったと思《おも》う？『けっこうです！』っていって、走《はし》ってにげだして、やぶの中にかくれたと思《おも》うわ。だって、ようやく無人島《むじんとう》にたどりつけたんだもの。少《すく》なくとも七年ぐらいは、そこにいたいでしょうよ」

「七年！」アニカはみぶるいし、トミーも考《かんが》えこんでしまいました。

「あのね、いつまでもここにいようって、いってるわけじゃないの」ピッピは、なぐさめるようにいいました。

「トミーが兵隊《へいたい》さんになるころには、出ていかなきゃならないでしょう？　でも、きっと、兵隊《へいたい》に行《い》くのは、一、二年はのばしてもらえるわよ」

アニカは、どんどんひどい気分《きぶん》になってきました。ピッピはアニカを見て、いいました。

「わかったわ。あんたがそんな気もちなら、あきビンに手紙《てがみ》を入れて、流《なが》すしかないわね」

ピッピは、ふくろの中から、あきビンをひっぱりだしました。紙《かみ》とえんぴつもなんとか見つけると、ピッピは、トミーのまえの石の上において、いいました。

「さあ、書《か》いてちょうだい。あんたのほうが、書《か》くのになれてるでしょ」

「うん、でも、なんて書《か》けばいい？」と、トミー。

「そうねえ」ピッピは考《かんが》えこみました。

「こう書《か》いたら、どう？　『われわれが死《し》なないうちに、たすけにきてください！　この二日《ふつか》、かぎタバコもなく、われわれはこの島《しま》でよわりつつある』」

「だめだよ、ピッピ。そんなこと書《か》けないよ。だって、ほんとうのことじゃないもん」とがめるように、トミーがいいました。

「ほんとうじゃないって、どこが？」ピッピがききました。

「『かぎタバコもなく』なんて、書《か》けないよ」

「あら、そう。あんた、かぎタバコ、もってる？」と、ピッピ。

「もってないよ」

「アニカは、かぎタバコ、もってるかしら？」

「もちろんアニカも、もってないさ。だけど……」

「あたしは、かぎタバコ、もってる？」ピッピがまた、ききました。

「もってないだろ。だってぼくたち、かぎタバコなんて、やらないもの」トミーはいいました。

「そうでしょ。だから、『この二日《ふつか》、かぎタバコもなく……』って、書《か》いてほしいのよ」

「ああ、だけど、もしそんなこと書《か》いたら、読《よ》んだ人は、ぼくたちがかぎタバコをやっていると思《おも》うよ。ぜったいだ」トミーはいいはりました。

ピッピがききました。

「いいこと、トミー。この質問《しつもん》にこたえて！　かぎタバコをやっている人と、やっていない人とでは、どちらが、『かぎタバコなし』でいることが多《おお》いと思《おも》う？」

「もちろん、やらない人だろ」と、トミー。

「じゃあ、なんでごたごたもんくをいうの。あたしのいうとおりに書《か》いてよ！」

そこでトミーは、ピッピのいうとおり、『われわれが死《し》なないうちに、たすけにきてください！この二日《ふつか》、かぎタバコもなく、われわれはこの島《しま》でよわりつつある』と、書《か》きました。

ピッピはその紙《かみ》をあきビンに入れ、コルクでせんをすると、水に投《な》げこみました。

「さあ、もうすぐ、あたしたちをたすけに、救助隊《きゅうじょたい》が来《く》るよ」

ビンはぷかぷかとういていましたが、そのうちに、岸《きし》べに生えているハンノキの根《ね》もとに、ひっかかってしまいました。

「もっと遠《とお》くに投《な》げなきゃ」トミーがいいました。

「そんなの、とってもばかなことよ」ピッピがいいました。

「だって、もしもこのビンが、遠《とお》くへ流《なが》れていっちゃったら、救助隊《きゅうじょたい》の人は、どこをさがせばいいのか、わからないじゃない。でも、近《ちか》くにあれば、救助隊《きゅうじょたい》がビンを見つけたら、あたしたちはその人たちにむかって、わめけばいいでしょ。そしたら、あっというまに、たすけてもらえるってわけ」

ピッピは、岸《きし》べにこしをおろして、いいました。

「ビンから目をはなさないのが、いちばんんね」

トミーとアニカも、ピッピのそばにすわりました。

十分《じっぷん》ほどすると、ピッピは、歯《は》がゆそうにいいました。

「あたしたちが、ぼんやりすわって救助《きゅうじょ》をまっているだけだと、あの人たちに思《おも》われてるんじゃないといいけど。いったい、どこにいるのかしら？」

「だれのこと？」アニカがたずねました。

「あたしたちをたすけるはずの人たちのことよ。人命《じんめい》にかかわることだっていうのに、ぞっとするほど不注意《ふちゅうい》で、むとんちゃくじゃない？」

アニカは、自分《じぶん》たちはこの島《しま》でほんとうによわっていくのか、と思《おも》いはじめました。

でもそのとき、ふいにピッピが人《ひと》さし指《ゆび》を立てて、さけんだのです。

「まあ、なんてこと！　うっかりしてた！　どうしてわすれていたんだろ？」

「なんのこと？」トミーがききました。

「ボートよ。きのうの晩《ばん》、あんたたちがねてから、りくへひきあげておいたんだった！」

「だけど、どうしてそんなことしたの？」アニカが、せめるようにいいました。

「ぬれるんじゃないかと、しんぱいだったの」

ピッピはあっというまに、モミの木の下にうまくかくしてあったボートを、かついできました。

「ほうら、どう？　これでもう、救助隊《きゅうじょたい》はいつ来《き》てくれてもいいわ！　あたしたちをたすけにきても、むだ足になるってわけ。だってあたしたちは、自分《じぶん》でたすかるんだから。つぎからはあの連中《れんちゅう》も、ちょっとは早くかけつけるでしょうよ」

みんなでボートに乗《の》り、ピッピがりくにむかって力《ちから》強《づよ》くこいでいるとき、アニカがいいました。

「お父《とう》さんやお母《かあ》さんより先に、うちに帰《かえ》ればいいんだけど。でないと、お母《かあ》さんがしんぱいするわ！」

すると、ピッピがいいました。

「しんぱいしてないと思《おも》うな」

じっさい、セッテルグレーン夫妻《ふさい》は、子どもたちよりも三十分《さんじっぷん》もまえに、家《いえ》に着《つ》きました。トミーとアニカのすがたは、ありませんでした。でも、郵便受《ゆうびんう》けに、紙《かみ》きれが入っていて、こんなふうに書《か》いてあったのです。

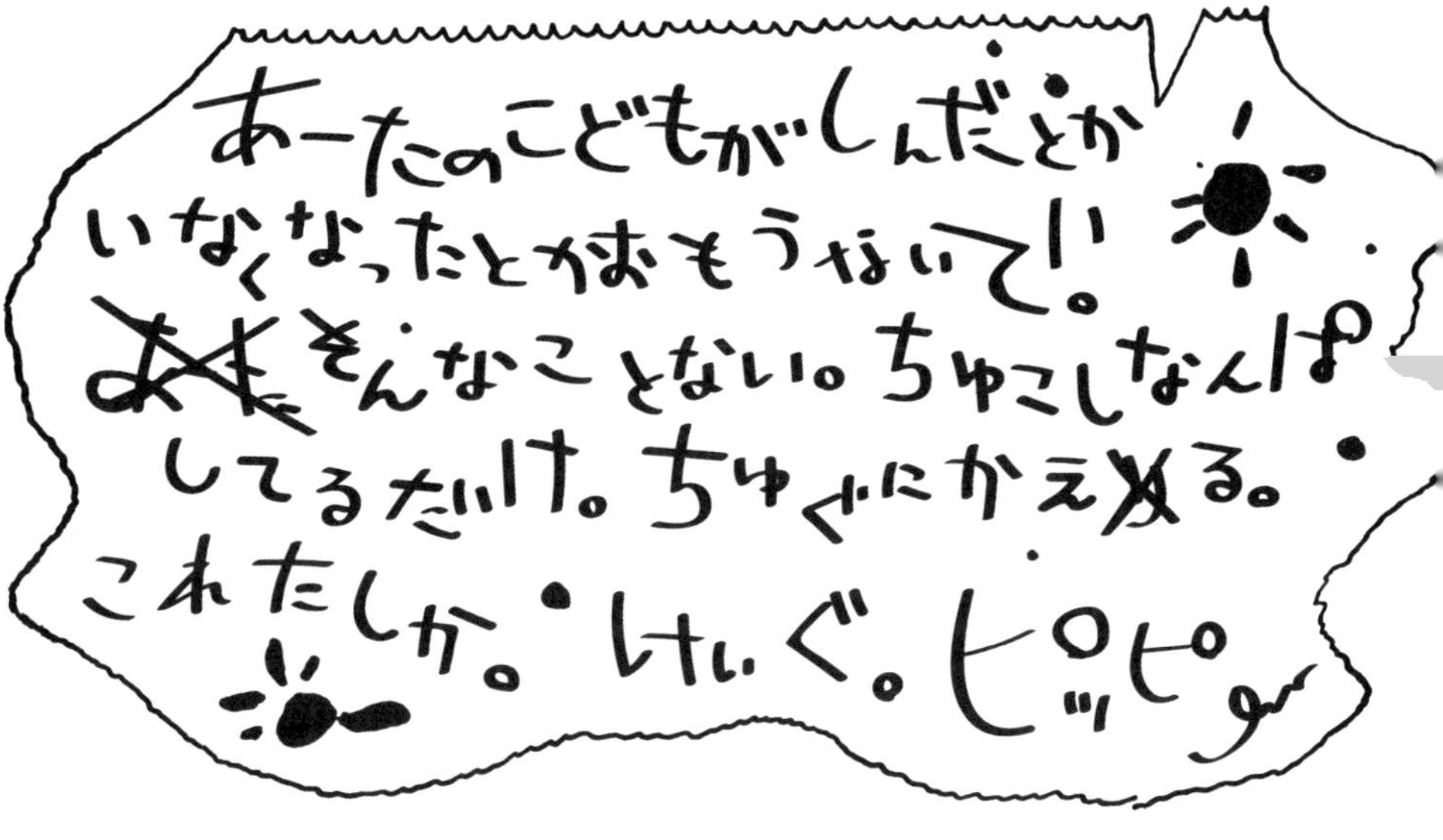

あーたのこどもがしんだとか
いなくなったとかおもうないで！
そんなことない。ちゅこしなんぱ
してるだけ。ちゅぐにかえる。
これたしか。けいぐ。ピッピ

12 ピッピ、すてきなお客《きゃく》さまをむかえる

ある夏《なつ》の夕ぐれ、ピッピとトミーとアニカは、ベランダのかいだんにこしをおろして、午前中《ごぜんちゅう》に三人でつんできた野《の》イチゴを食《た》べていました。小鳥《ことり》が歌《うた》い、花のかおりがただよう、気もちのいいゆうべでした——おまけに、野《の》イチゴもあるのですから。

何《なに》も変《か》わったことはなく、おだやかに時《とき》が流《なが》れていました。三人は食《た》べるのにいそがしく、ほとんど口をききませんでした。トミーとアニカは、「夏《なつ》って、なんてすばらしいんだろう。それに、夏休《なつやす》みはまだまだあるし……」と、考《かんが》えていました。ピッピが何《なに》を考《かんが》えているかは、ちょっとわかりません。

「ピッピ、あんたがごたごた荘《そう》へ来《き》てから、まる一年になるのね」といって、アニカはピッピのうでを、ぎゅっとだきしめました。

「ほんと、日はどんどんたって、こっちはどんどん年をとっちゃうのよ。秋《あき》になったら、あたし、十歳《じっさい》になるの。そうなったらもう、人生のいちばんのさかりは、すぎちゃうことになるでしょ」

「ピッピは、ずうっとここでくらすの？　海賊《かいぞく》になるまで、って意味《いみ》だけど」トミーがたずねました。

「わからないわ」ピッピはいいました。

「だって、父《とう》さんが、いつまでも島《しま》にいるとは思《おも》えないもの。あたらしい船《ふね》ができたら、きっとあたしをむかえにきてくれると思《おも》うな」

トミーとアニカは、ため息《いき》をつきました。

と、ふいにピッピがかいだんで立ちあがり、「わぁーい、ほら！　来《き》た、来《き》た！」といいながら、門《もん》のほうを指《ゆび》さして、ぽん、ぽん、ぽんと、三歩《さんぽ》で庭《にわ》の小道《こみち》をすっとんでいきました。そして、青い船乗《ふなの》りの服《ふく》を着《き》て、赤いちょびひげを生やした、とても太《ふと》ったおじさんの首《くび》に、だきつきました。

トミーとアニカは、ためらいがちに、小道《こみち》をちかづいていきました。

「エフライム父《とう》さん！」とピッピはさけび、父《とう》さんの首《くび》にだきつきながら、足を強《つよ》くばたばたさせたので、大きなくつがぬげておちました。

「エフライム父《とう》さん、なんて大きくなったの！」

「ピッピロッタ・タベモノッタ・ロールカーテン・クルクルハッカ・エフライムノムスメ・ナガクツ

シタ、わしのいとしいむすめや！　父《とう》さんもちょうど、おまえがなんて大きくなったんだ、といおうと思《おも》ってたところだ」

「あたし、わかってた。だから、先にいっちゃったの、ハッハッ！」

「ピッピや、おまえは、まえとおなじように強《つよ》いかな？」

「まえよりも強《つよ》いよ。うでずもう、する？」ピッピがききました。

「よし、やろう」エフライム父《とう》さんがこたえました。

ピッピと父《とう》さんは、うでずもうをするために、庭《にわ》のテーブルにこしをおろしました。トミーとアニカは、見物《けんぶつ》です。ピッピとおなじぐらい強《つよ》い人は、世界《せかい》にたったひとりだけなのですが、じつはそれが、エフライム父《とう》さんなのです。

いよいよふたりは、あらんかぎりの力を出して、たたかいはじめました。でも、どちらも、あいてをねじふせることはできません。とうとう、ナガクツシタ船長《せんちょう》のうでが、ほんの少《すこ》しふるえだしたとき、ピッピがいいました。

「十歳《じっさい》になったら、あたしが勝《か》つわよ、エフライム父《とう》さん」

エフライム父《とう》さんも、「そうだな」といいました。

それから、ピッピがいいました。

「あらあら、しょうかいするのをすっかりわすれてた。こちらは、トミーとアニカです。こちらは、あたしの父《とう》さんで船長《せんちょう》の、エフライム・ナガクツシタ陛下《へいか》。そうでしょ？　王さまなんでしょう、父《とう》さんは？」

するとナガクツシタ船長《せんちょう》がいいました。

「そのとおり。わしは、クレクレドット島《とう》でくらす人たちの王なんだよ。おまえもおぼえているはずのあのあらしで、海《うみ》にふきとばされて、その島《しま》に流《なが》れついたのだ」

「そうだと思《おも》ってた。父《とう》さんがおぼれるはずないって、ずっとわかってたから」

「おぼれるなんて、ありえないよ！　ラクダがはりの穴《あな》をとおれないのとおなじように、わしはぜったいに、しずんだりできないさ。脂肪《しぼう》でうかんでしまうんだ」

トミーとアニカは、ナガクツシタ船《せん》長《ちょう》をふしぎそうに見ていましたが、ここで、トミーがききました。

「じゃあ、どうしておじさんは、クレクレドット島《とう》の王さまの服《ふく》を着《き》てないの？」

「ああ、その服《ふく》は、かばんの中に入っているよ」ナガクツシタ船長《せんちょう》はいいました。

ピッピが大声《おおごえ》でさけびます。

「着《き》てみて、着《き》てみて！　父《とう》さんが王さまのかっこうしているとこ、見たい！」

そこで、みんなは台所《だいどころ》に入りました。ナガクツシタ船長《せんちょう》は、ピッピの寝室《しんしつ》へひっこみ、ピッピたちは、たきぎ入れの箱《はこ》の上にすわって、まちました。

アニカがわくわくして、いいました。

「まるで、劇場《げきじょう》にいるみたいね」

そして――バーン！　とドアがあき、クレクレドット島《とう》の王さまがあらわれました。

おなかにこしミノをまき、頭《あたま》に金の王冠《おうかん》をのせ、首《くび》には首《くび》かざりを何本《なんぼん》もまきつけ、片手《かたて》にやり、もういっぽうの手には、たてをもっています。こしミノの下からは、毛《け》むくじゃらの太《ふと》い足が二本つきでていて、足首《あしくび》には金の輪《わ》がはまっています。

「ウッサムクッソル　ムッソル　フィリ

ブッソル」といって、ナガクツシタ船長《せんちょう》は、おどすようにまゆをしかめてみせました。トミーはうれしくなって、ききました。

「わあ、すごい！　どういう意味《いみ》ですか、エフライムおじさん？」

「『ふるえあがれ、わが敵《てき》ども！』って意味《いみ》さ」

「ねえねえ、エフライム父《とう》さん。父《とう》さんが島《しま》に流《なが》れついたとき、島《しま》の人たちはびっくりしなかった？」

と、ピッピがききました。

「そりゃあ、おそろしくびっくりしていたさ。だが、わしが素手《すで》で、ヤシの木をふたつにさいたのを見ると、王さまにすることにしたんだ。それからというもの、午前中《ごぜんちゅう》は王さまの仕事《しごと》をして、昼《ひる》からは、船《ふね》を作《つく》るようになったのさ。何《なに》から何《なに》までぜんぶ、ひとりで作《つく》るしかなかったから、できあがるまでに、長《なが》いことかかってしまった。船《ふね》といっても、もちろん、小さな帆船《はんせん》にすぎないが。

船《ふね》のじゅんびができると、わしはクレクレドット島《とう》の人たちに、『しばらくるすにするが、またもどってくる。そのときには、ピッピロッタというお姫《ひめ》さまを、つれてかえるからな』と、いったんだ。そしたら島《しま》の人たちは、たてをたたいて、『ウッサムプルソル、ウッサムプルソル』って、いったのさ」

「どういう意味《いみ》ですか？」アニカがききました。

「ブラボー、ブラボー！　ってことだ。それから二週間《にしゅうかん》は、るすにしてもだいじょうぶなように、じつにがんばって仕事《しごと》をしたものさ。そのあと、わしが帆《ほ》をあげて、海《うみ》に乗《の》りだすと、島《しま》の者《もの》たちは大声《おおごえ》でいったよ。『ウッサムクラ　クッソムカラ！』ってな。これは、『バンザーイ、われらが偉大《いだい》な、太った白い王さま！』という意味《いみ》だ。

わしは、まっすぐスラバヤにむけて、針路《しんろ》をとった。そこで上陸《じょうりく》したとたん、さいしょに目に入ったのは、なんだと思《おも》う？　そう、港《みなと》にうかぶ、わしのなつかしい誠実《せいじつ》な船《ふね》、『ホッペトッサ号《ごう》』だ。そして、甲板《かんぱん》の手すりのむこうには、わしのなつかしい誠実《せいじつ》なフリードルフがいて、力いっぱい手をふっていたんだ。

わしが、『フリードルフや、わしがまた、船長《せんちょう》として指揮《しき》をとるぞ』というと、『ええ、ええ、船《せん》長《ちょう》』と、フリードルフがいってくれたんで、また船長《せんちょう》になったのさ。むかしの乗組員《のりくみいん》は、みんな残《のこ》っている。ホッペトッサ号《ごう》はいま、この町の港《みなと》にとまっているから、ピッピが行《い》けば、むかしなじみのみんなに会《あ》えるぞ」

すると、ピッピはよろこんで、台所《だいどころ》のテーブルの上でさか立ちして、足をばたばたさせました。

けれど、トミーとアニカは、なんだかさみしい感《かん》じがしてしかたがありませんでした。だれかがふたりから、ピッピをとろうとしているような気がしたのです。

さか立ちをやめて、床《ゆか》に立ったピッピがいいました。

「さあ、おいわいしよう！　ごたごた荘《そう》じゅうが、わんわんゆれるくらい、おいわいをするのよ！」

ピッピはテーブルの上に、夕食《ゆうしょく》のごちそうをどっさりならべ、みんなは席《せき》について、食《た》べました。

ピッピは、かたゆでたまごをからつきのまま、三個《さんこ》も口にほうりこんだりしました。おまけにときどき、父《とう》さんの耳をかんだのですが、それは、父《とう》さんと会《あ》えてすごくうれしい、というだけの理由《りゆう》からでした。

このさわぎに、いままでよこになってねていたニルソン氏《し》が、飛《と》びおきてきたのですが、ナガクツシタ船長《せんちょう》を見ると、びっくりして目をこすりました。

「おやおや、ニルソン氏《し》もまだ、いっしょにいるのかい」ナガクツシタ船長《せんちょう》がいいました。

「そうよ。ほかに、ウマもいるの」といって、ピッピはウマをつれてきて、見せました。ウマも、かたゆでたまごを一個《いっこ》もらって、食《た》べました。

ナガクツシタ船長《せんちょう》は、むすめがごたごた荘《そう》で、楽《たの》しくきちんとくらしていたので、大まんぞくでしたし、ピッピが船《ふね》から、金貨《きんか》の入ったかばんをもってきていて、自分《じぶん》がいなくても、ちっともこまっていなかったことを知《し》り、たいそうよろこびました。

みんなおなかがいっぱいになると、ふだん用《よう》の衣装《いしょう》に着《き》かえたナガクツシタ船長《せんちょう》は、ふくろからまつりだいこをとりだしました。これは、クレクレドット島《とう》の人々が、おどりやおまつりのときに、拍子《ひょうし》をとるためにたたくたいこです。

ナガクツシタ船長《せんちょう》は床《ゆか》にすわって、たいこをたたきはじめました。たいこの音は、重《おも》たい感《かん》じの、めずらしいひびきで、トミーとアニカがきいたことのあるたいこの音とは、まるでちがいました。

ピッピは大きなくつをぬぎ、たいこに合《あ》わせて、くつ下でおどりだしたのですが、このおどりもまた、めずらしいものでした。

するとこんどは、エフライム王が、クレクレドット島《とう》でおぼえた、いさましいたたかいのおどりを見せてくれました。王さまが、やりとたてをふりまわして、あらあらしくおどりまわり、はだ

して床《ゆか》をはげしくふみならしたので、ピッピは大声《おおごえ》をあげました。

「ねえ、床《ゆか》をふみぬかないでね！」

ナガクツシタ船長《せんちょう》は、なおもぐるぐるおどりながら、いいました。

「ふみぬいたって、かまうもんか。だって、わがいとしのむすめや、おまえはもう、クレクレドット島《とう》の姫《ひめ》になるんだから！」

すると、ピッピも飛《と》びあがって、父《とう》さんといっしょに、おどりだしました。ふたりはむかいあって、さわがしい声《こえ》をかけあったり、わめきあったり、ときには、いっしょに高《たか》く飛《と》びあがったりしたので、トミーとアニカは、見ているうちに目がまわってきました。ニルソン氏《し》もおなじ気分《きぶん》だったらしく、ずっと手で目をおおっていました。

ピッピと父《とう》さんのダンスは、しだいに、レスリングの試合《しあい》のようになってきました。

ナガクツシタ船長《せんちょう》が、むすめを投《な》げとばすと、ピッピは、ぼうしだなへと、すっとんでいきます。でもピッピは、たなの上でじっとしてはいません。ひときわ高《たか》いさけび声《ごえ》をあげて、たなの上から、台所《だいどころ》の反対《はんたい》のはしにいる父《とう》さんめがけて、大きくジャンプしました。

そしてあっというまに、こんどはピッピが、父《とう》さんを投《な》げとばしたので、父《とう》さんは流《なが》れ星《ぼし》みたいに、頭《あたま》からまっすぐ、たきぎ入れの箱《はこ》の中につっこんでいきました。たきぎ入れの箱《はこ》から、太《ふと》い足が二本、さかさになってつきでています。太《ふと》りすぎているのと、わらいすぎているのとで、父《とう》さんは、自分《じぶん》ひとりでは箱《はこ》から出られないようです。たきぎ入れの箱《はこ》の中では、まるで雷《かみなり》のようなわらい声《ごえ》がひびいています。

ピッピが、父《とう》さんをひきだそうとして、足をもってひっぱると、父《とう》さんはさらにわらって、息《いき》がつまりそうになりました。どうやら、とくべつ、くすぐったがり屋《や》のようです。

「く、く、く、くすぐらないでくれ！」父《とう》さんは、息《いき》もたえだえにいいました。

「海《うみ》にほうりこもうと、まどからほうりなげようと、何《なに》をしてもいいが、く、く、くすぐるのだけは、やめてくれ！」

船長《せんちょう》があんまりわらうので、トミーとアニカは、たきぎ入れの箱《はこ》が、ばらばらになってこわれるんじゃないかと、しんぱいになりました。船《せん》長《ちょう》は、やっとのことで箱《はこ》からはいだすと、ふたたびピッピに飛《と》びかかって、台所《だいどころ》の反対側《はんたいがわ》まで投《な》げとばしました。ピッピは、すすまみれのかまどに、頭《あたま》からつっこんでしまいました。

でもピッピは、「ハッハッ」とうれしそうにわらって、すすでよごれた顔《かお》でトミーとアニカのほうをふり返《かえ》り、それからまた、さけび声《ごえ》をあげて、父《とう》さんに飛《と》びついていきました。

ピッピが父《とう》さんをぶつと、こしミノがガサガサと音をたて、ミノがばらばらとはずれて、台所《だいどころ》じゅうに飛《と》びちりました。金《きん》の冠《かんむり》もころげおち、テーブルの下に行《い》ってしまいました。さいごにはピッピが、うまく父《とう》さんを床《ゆか》におしたおし、馬乗《うまの》りになっていいました。

「まいったって、みとめる？」

「ああ、まいったよ」と、ナガクツシタ船長《せんちょう》はいいました。そして、ふたりは大わらいしました。

ピッピが父《とう》さんの鼻《はな》をほんのちょっぴりかむと、父《とう》さんはいいました。

「こんなにおもしろかったのは、シンガポールで、水夫《すいふ》あいての飲《の》み屋《や》を、おまえとふたりでかたづけて以来《いらい》だよ！」

船長《せんちょう》はテーブルの下にもぐりこみ、冠《かんむり》をひろいあげるといいました。

「まったく、クレクレドット島《とう》の者《もの》たちに、なんといわれることやら。冠《かんむり》を、台所《だいどころ》のテーブルの下にころがしたりして」

船長《せんちょう》は、冠《かんむり》をかぶりなおし、ぐしゃぐしゃになったこしミノをととのえました。

「それ、しゅうぜんしなくちゃね」と、ピッピがいいました。

「ああ、だが、それだけの値《ね》うちはあったよ」といって、ナガクツシタ船長《せんちょう》は、床《ゆか》にすわり、ひたいのあせをふきました。

「ところでピッピ、わが子よ。おまえはいまでも、うそをついているのかね？」

「そりゃ、時間《じかん》があればね。でも、そんなにしょっちゅうじゃないわ」ピッピはひかえめにいいました。

「父《とう》さんのほうは、どうなの？　父《とう》さんも、かなりのほらふきだったでしょう」

「そうさな。クレクレドット島《とう》では、わしは、土曜日《どようび》の晩《ばん》ごとに、うそ話《ばなし》をすることにしてるんだ。みんながその週《しゅう》、ぎょうぎよくしてればの話《はなし》だが。ちょっとした、『うそ話《ばなし》と歌《うた》のゆうべ』ということで、たいこをたたいて、タイマツおどりもするんだ。わしが、ひどいうそをつけばつくほど、ますますはげしく、たいこが打《う》ちならされるのさ」

「そうなの。あたしには、たいこをたたいてくれる人はいないのよ。あたし、ここでは、ひとりでかってにうそをついてるけど、自分《じぶん》できくだけでも、うれしくてしかたがなくなるの。でもだれも、クシをふいて、うそに音楽《おんがく》をつけたりはしてくれないわ。

　このあいだの晩《ばん》なんか、ベッドでよこになってから、あたし、レースあみや木のぼりのできる子牛《こうし》の、長《なが》いうそ話《ばなし》を自分《じぶん》にきかせたんだけど、あたしったら、話《はなし》のすみずみまで信《しん》じちゃったの！　そういうのが、すばらしいうそってものじゃない？　でも、たいこはないの。だれも、たたいてくれないんだもの！」

「わかった、それじゃ、父《とう》さんがたたいてやろう」とナガクツシタ船長《せんちょう》はいって、むすめのために、長《なが》いこと、たいこを打《う》ちつづけてくれました。

ピッピは父《とう》さんのひざの上にのり、すすだらけの顔《かお》を父《とう》さんのほっぺたにすりつけたので、父《とう》さんの顔《かお》もピッピとおなじように、まっ黒《くろ》になりました。

アニカは、ずっと考《かんが》えこんでいました。口に出していいかどうかわからなかったのですが、とうとうこらえきれずに、いいました。

「うそをつくのは、よくないことよ。お母《かあ》さんがそういってるわ」

すると、トミーがいいました。

「おいおい、アニカ、ばかだなあ。ピッピは、ほんとうにうそをついているんじゃなくて、おもしろくするために、うその話《はなし》をしてるだけなんだ。それがわからないなんて、ばかだよ！」

ピッピはトミーを考《かんが》えぶかげに見てから、いいました。

「トミーはときどき、すごくかしこいことをいうから、えらい人になっちゃうんじゃないかとしんぱいよ」

もう夜《よる》になっていました。トミーとアニカは、家《いえ》に帰《かえ》る時間《じかん》です。きょうは、めったにないことがおこりました。ほんものの、生きているクレクレドット島《とう》の王さまと会《あ》えたのは、なんて楽《たの》しかったことでしょう。それに、もちろん、ピッピにとっては、お父《とう》さんが家《いえ》に帰《かえ》ってきたのは、すてきなことです。それでも、ああ、それでも！

その晩《ばん》、トミーとアニカは、ベッドにもぐりこんでも、いつものようにおしゃべりはしませんでした。子どもべやは、しーんとしずまり返《かえ》っていました。

とつぜん、ため息《いき》がきこえました。ため息《いき》をついたのは、トミーでした。しばらくして、また、ため息《いき》がきこえました。こんどは、アニカです。

「どうしてため息《いき》をついてるんだい」と、トミーはいらいらして、ききました。

でも、へんじはありません。というのも、アニカはふとんにもぐって、泣《な》いていたからです。

13 ピッピ、おわかれパーティーをひらく

つぎの日の朝《あさ》、トミーとアニカがごたごた荘《そう》の勝手口《かってぐち》から中に入ると、家《いえ》じゅうに、もうれつないびきがとどろいていました。ナガクツシタ船長《せんちょう》は、まだねているようです。

でもピッピは、台所《だいどころ》の床《ゆか》で、朝《あさ》の体操《たいそう》をしていました。ちょうど、宙返《ちゅうがえ》りを十五《じゅうご》回《かい》終《お》えたとき、トミーとアニカが入ってきたので、ピッピは体操《たいそう》をやめました。

「そう、これからはあんしんしていられるわ。いよいよ、クレクレドット島《とう》のお姫《ひめ》さまになるんだもの。半年《はんとし》はお姫《ひめ》さまをやって、あとの半年《はんとし》は、ホッペトッサ号《ごう》で世界《せかい》を航海《こうかい》してまわるの。父《とう》さんも、クレクレドット島《とう》を半年《はんとし》きちんとおさめたら、あとの半年《はんとし》は、島《しま》のみんなは、王さまなしでもやっていける、っていってるから。父《とう》さんみたいに、長年《ながねん》、海《うみ》の男だった者《もの》は、足のうらに甲板《かんぱん》のゆれを感《かん》じないと、だめなのよ。

それに、父《とう》さんは、あたしの教育《きょういく》のことも考《かんが》えなくちゃ、って。いつかあたしが、ほんとうに海賊《かいぞく》になるつもりなら、お姫《ひめ》さまの宮廷生活《きゅうていせいかつ》だけじゃ、ふじゅうぶんだって。そんな生活《せいかつ》ばかりしていると、体《からだ》がなまる、っていうの」

「ごたごた荘《そう》には、もうぜんぜん住《す》まないの？」トミーがびくびくしながら、ききました。

「住《す》むわよ、年金生活《せいかつ》になればね」と、ピッピ。「五十歳《ごじっさい》か六十歳《ろくじっさい》ぐらいになったらってこと。そのときには、またいっしょに、楽《たの》しく遊《あそ》びましょう」

こんなこたえでは、トミーとアニカにとっては、ちっともなぐさめにはなりませんでした。

「ちょっと考《かんが》えてもみてよ――クレクレドット島《とう》のお姫《ひめ》さまよ！」ピッピは夢見《ゆめみ》るようにいいました。

「そんなのになれる子なんて、そう、ざらにはいないわよ。ああ、あたし、どんなにかっこよくなるかしら！　両方《りょうほう》の耳に耳輪《みみわ》をつけて、鼻《はな》にはそれより少《すこ》し大きめの、鼻輪《はなわ》をつけることにしようっと」

「ほかにも、いろいろぶらさげるの？」と、アニカがたずねると、ピッピはこたえました。

「ううん、それだけよ！　でも、毎朝《まいあさ》、くつクリームで体《からだ》じゅうをみがいてもらうわ。そうすれば、クレクレドット島《とう》の人たちのようになれるでしょう。晩《ばん》にも、くつといっしょに、あたしもくつみがきに出せば、効果《こうか》ばつぐんよ」

トミーとアニカは、ピッピがどんなすがたになるんだろうと、思《おも》いうかべてみました。

「それって、ピッピの赤毛《あかげ》に、にあうかしら」アニカが、ためらいがちにききました。

「さあ、どうかな。まあ、やってみるわ。だめだったら、髪《かみ》の毛《け》をみどりにそめるのなんて、かんたんだし！」

ピッピはうっとりして、ため息《いき》をつきました。

「ピッピロッタ姫《ひめ》！　なんという毎日《まいにち》。なんてすてきなの！　そして、あたしのおどりのすばらしいことといったら！　ピッピロッタ姫《ひめ》が、たき火の明《あ》かりにてらされて、たいこのひくい音に合《あ》わせておどると、鼻輪《はなわ》がさぞかし、ガチャガチャと鳴《な》るでしょうね！」

「で、いつ……いつ、たつの？」トミーがきいた声《こえ》は、少《すこ》しかすれていました。

「ホッペトッサ号《ごう》は、あした、いかりをあげて出港《しゅっこう》よ」

そのあと三人は、長《なが》いこと、何《なに》もしゃべりませんでした。もう、しゃべることなんて何《なに》もない、という気がしたのです。とうとう、ピッピがもう一度《いちど》、宙返《ちゅうがえ》りをして、こういいました。

「今晩《こんばん》は、ごたごた荘《そう》で、おわかれパーティーをひらくわ。パーティーのなかみは、いわないでおくけど！　あたしにさよならっていいたい人は、みんな、大かんげいよ」


このニュースは、この小さな町の子どもたちのあいだに、野火《のび》のように、広《ひろ》まっていきました。

「長《なが》くつ下のピッピが、町から出ていくので、今晩《こんばん》ごたごた荘《そう》で、おわかれパーティーがあります。来《き》たい人は、みんな大かんげい！」

パーティーに行《い》きたい人は、たくさんいました。くわしくいうと、ぜんぶで三十四人の子どもたちです。トミーとアニカは、お母《かあ》さんから、今晩《こんばん》は、好《す》きなだけおきていてもいい、とおゆるしをもらいました。ふたりには、そうさせてあげなくてはいけないことを、お母《かあ》さんは、よくわかっていました。

ピッピがひらいたおわかれパーティーのゆうべのことを、トミーとアニカは、けっしてわすれないでしょう。

それは、「これだ、これこそが夏《なつ》だ！」と、思《おも》わずいいたくなるほど、さわやかで美《うつく》しい夏《なつ》の夕ぐれでした。ピッピの庭《にわ》では、バラというバラが、夕明《ゆうあ》かりにかがやき、いいかおりをただよわせていました。古《ふる》い木々は、ひそひそおしゃべりでもしているように、風《かぜ》にゆれていました。

何《なに》もかもが、すばらしいはずでした。もし……でなかったら、もし……でなかったら！　トミーとアニカは、それ以上《いじょう》、考《かんが》えたくありませんでした。

町の子どもたち全員《ぜんいん》が、オカリナをもって、元気《げんき》よくふきながら、ごたごた荘《そう》の小道《こみち》をやってきました。先頭《せんとう》を歩《ある》いてくるのは、トミーとアニカです。

みんながベランダのかいだんのまえまでやってくると、ドアがあきました。ピッピが戸口《とぐち》に立っています。ピッピのそばかすだらけの顔《かお》の中で、目がきらきらとかがやいていました。

「みんな、ようこそ！　あたしのつまらない家《いえ》に！」といって、ピッピは、両手《りょうて》を大きく広《ひろ》げました。

アニカは、あとになっても、ピッピがどんなだったかを思《おも》い出《だ》せるようにと、そのすがたをじっと見つめていました。ぜったい、ぜったい、ピッピのことはわすれないでしょう。赤毛《あかげ》のおさげに、そばかすだらけのうれしそうな笑顔《えがお》、そして、大きな黒《くろ》いくつをはいているピッピのことは。

そのとき、家《いえ》の中から、たいこのにぶい音が聞《き》こえてきました。

ナガクツシタ船長《せんちょう》が、ひざのあいだにたいこをはさんで、台所《だいどころ》の床《ゆか》にすわっていました。きょうも、王さまの衣装《いしょう》です。ピッピが、ぜったいにそれを着《き》てね、とたのんでおいたのです。子どもたちはみんな、ほんもののクレクレドット島《とう》の王さまを見たいだろうと、ピッピにはわかっていたのです。

台所《だいどころ》は、子どもたちでいっぱいになりました。みんなが、エフライム王をとりかこんでいます。アニカは、これ以上《いじょう》人が来《こ》なくてよかった、と思《おも》いました。これより多《おお》かったら、入るところがないにちがいありません。

ところが、ちょうどそのとき、庭《にわ》のほうから、アコーディオンの音が聞《き》こえてきました。なんと、フリードルフを先頭《せんとう》に、ホッペトッサ号《ごう》の乗組員《のりくみいん》が、そろってやってきたのです。アコーディオンをひいているのは、フリードルフでした。ピッピが、昼《ひる》のうちに港《みなと》まで行《い》って、むかしなじみの船員《せんいん》たちにも、おわかれパーティーにぜひ来《き》てね、と声《こえ》をかけておいたのです。

ピッピは、フリードルフのところへ飛《と》んでいって、だきつきました。フリードルフの顔《かお》が青くなってきたので、ピッピは、しめつけていた手をはなして、大声《おおごえ》でいいました。

「さあ、音楽《おんがく》！　音楽《おんがく》！」

そこで、フリードルフがアコーディオンをひき、エフライム王がたいこを打《う》ち、子どもたちがいっせいに、オカリナをふきました。

たきぎ入れの箱《はこ》のふたをしめた上に、ジュースなど、飲《の》みもののビンが、ずらっとならんでいました。台所《だいどころ》の大きなテーブルには、生クリームのデコレーション・ケーキが、十五個《じゅうごこ》もおいてありましたし、かまどには、ソーセージが山もりになった、大きななべがのっかっていました。

まず、エフライム王が、一度《いちど》に八本のソーセージにかぶりつきました。すると、ほかのみんなも、船長《せんちょう》のまねをして、かぶりついたので、しばらく台所《だいどころ》には、ソーセージを食《た》べるムシャムシャという音以外《いがい》、なんの音もしませんでした。

それから、ケーキと飲《の》みものを、好《す》きなだけ、とってもいいことになりました。台所《だいどころ》の中は、ちょっとせまかったので、みんながケーキやジュースをもって、ベランダや庭《にわ》へと出ていきました。夕ぐれの光《ひかり》で、庭《にわ》のあちらこちらで、ケーキのクリームが、ぼうっと白く光《ひか》っているのが見えました。

みんながおなかいっぱいになると、トミーが、ソーセージとケーキのはらごなしに、何《なに》かして遊《あそ》ぼう、といいました。

「『ヨーンのものまね』なんか、どう？」

ピッピは、どんな遊《あそ》びか知《し》らなかったのですが、トミーが説明《せつめい》してくれました。だれかひとりが「ヨーン」になって、ほかの人はみんな、そのヨーンのすることを、そっくりまねしなくちゃいけないんだよ、と。

「うん、やろう、やろう！」ピッピはいいました。

「おもしろそうじゃない？　じゃあ、まず、あたしが、ヨーンになるのがよさそうね」

ピッピはまず、せんたく小屋《ごや》の屋根《やね》にのぼることにしました。そのためには、庭《にわ》のかきねによじのぼってから、はらばいになって屋根《やね》をのぼっていくのです。ピッピとトミーとアニカは、まえからなんどもやっていたので、わけなくのぼることができました。けれど、ほかの子どもたちにとっては、たいへんなことでした。

マストにのぼりなれているので、ホッペトッサ号《ごう》の水夫《すいふ》さんたちに

とっては、やっぱり、なんでもないことでした。でも、太《ふと》っているナガクツシタ船長《せんちょう》には、やっかいなことでした。おまけに、こしミノが体《からだ》にからみついて、じゃまになるのです。

ようやく、屋根《やね》の上にたどりついた船長《せんちょう》は、はあはあああえぎながら、がっかりしたちょうしでいいました。

「このこしミノは、もうぜったいに、もとどおりにはなるまいな」

つぎにピッピは、せんたく小屋《ごや》の屋根《やね》から、地面《じめん》へ飛《と》びおりました。もちろん、小さな子の中には、できない子もいましたが、フリードルフがとてもやさしく、飛《と》びおりることができない子どもをみんな、だっこしておろしてやりました。

それからピッピは、芝生《しばふ》の上で、宙返《ちゅうがえ》りを六回《ろっかい》しました。みんな、どうにかまねをしたのですが、船長《せんちょう》は、こういいました。

「だれか、うしろからおしてくれなきゃ、ひとりじゃぜったいにできないよ」

そこでピッピが、うしろからおしました。あんまりじょうずにおしたので、船長《せんちょう》は、動《うご》きだすととまらなくなり、芝生《しばふ》の上を、まるでボールのようにころがって、六回《ろっかい》ではなく、十四回《じゅうよんかい》もでんぐり返《がえ》しをしました。

そのあとピッピは、ごたごた荘《そう》にむかって走《はし》っていくと、ベランダのかいだんをかけあがって家《いえ》に飛《と》びこみ、すぐに、まどからぬけだすと、そこから足を思《おも》いっきり広《ひろ》げて、外《そと》に立てかけてあったハシゴにうつりました。そして、すばやくハシゴをのぼると、ごたごた荘《そう》の屋根《やね》へ、ぴょーんと飛《と》びうつりました。屋根《やね》のてっぺんにそって走《はし》り、エントツに飛《と》びあがると、片足《かたあし》で立って、「コケコッコー」と、オンドリのように鳴《な》きました。

つぎに、屋根《やね》の切妻《きりづま》のそばに立っている木をめがけて、頭《あたま》から飛《と》びついたあと、木をつたって、するすると地面《じめん》におりると、木工小屋《もっこうごや》へ飛《と》びこみ、おので、かべ板《いた》に穴《あな》をあけ、そのせまいすきまからはいだして、庭《にわ》のかきねに飛《と》びのり、バランスをとりながら五十メートルほど歩《ある》いたあと、オークの木によじのぼり、そのてっぺんにすわって、ひと休みしました。

そのころには、ごたごた荘《そう》のまえの道路《どうろ》には、かなりたくさんの人があつまっていました。なかには、家《いえ》に帰《かえ》ってから、南《みなみ》の島《しま》の王さまが、ごたごた荘《そう》のエントツの上に片足《かたあし》で立って、そこらじゅうにきこえるような声《こえ》で「コケコッコー」と鳴《な》いているのを見た、と話《はな》した人もいました。けれど、その話《はなし》を信《しん》じる人は、だれもいませんでした。

ナガクツシタ船長《せんちょう》も、木工小屋《もっこうごや》のかべにあいたせまい穴《あな》から、外《そと》へ出ようとしましたが、あんのじょう、はさまってしまいました——そして、まえにもうしろにも、動《うご》けなくなりました。

そのため、この遊《あそ》びはやめになり、子どもたちはみんな、フリードルフがのこぎりを使《つか》って、かべからナガクツシタ船長《せんちょう》をたすけだすのを見ようと、集《あつ》まってきました。船長《せんちょう》は、かべから自由《じゆう》になると、まんぞくそうにいいました。

「こりゃ、おもしろいけど、ひどい遊《あそ》びだったね。さあ、つぎは何《なに》をするんだ？」

「以前《いぜん》は、船長《せんちょう》とピッピが、どっちが強《つよ》いかと、しょっちゅう力くらべをしていたけど、あれは、いつ見てても、おもしろかったですよ」と、フリードルフがいいました。

「悪《わる》くないな。だがな、こまるのは、むすめがわしよりも強《つよ》くなってきてるってことだ」と、ナガクツシタ船長《せんちょう》。

ピッピのすぐそばにいたトミーは、小さな声《こえ》でいいました。

「ピッピがヨーンになってたとき、ぼくらのオークの木のかくれ場所《ばしょ》におりていくんじゃないかって、すごくしんぱいだった。ほかのだれにも、あそこを知《し》られたくないから。もう、あそこへは行《い》かないかもしれないとしてもね」

「あそこへ行《い》ったりはしないわよ。あたしたちのひみつだもん」と、ピッピがいいました。

ナガクツシタ船長《せんちょう》は、鉄《てつ》のかなてこを手にとると、まるでロウでできているかのように、まん中からおりまげてみせました。ピッピもべつの鉄《てつ》のかなてこを、おなじようにおりまげてから、いいました。

「だめよ、こんなの。こんなかんたんなこと、あたしはゆりかごの中で、時間《じかん》つぶしに、しょっちゅうやってたわ」

するとナガクツシタ船長《せんちょう》は、台所《だいどころ》のドアをはずして、フリードルフとほかの七人の水夫《すいふ》たちをそのドアの上に立たせ、ドアごと、ぐいと高《たか》くもちあげると、芝生《しばふ》のまわりを十回歩《じっかいある》いてまわりました。

あたりは暗《くら》くなってきました。ピッピが、あちこちのタイマツに火をつけると、火は美《うつく》しくかがやき、庭《にわ》いちめんに、なぞめいた光《ひかり》を投《な》げかけました。

父《とう》さんが十回《じっかい》まわったところで、ピッピが声《こえ》をかけました。

「もう、おしまい？」

父《とう》さんは、「もうおしまいだ」といいました。

するとピッピは、ドアの上にウマをのせ、ウマの背《せ》にフリードルフと三人の水夫《すいふ》をのせ、その四人に、それぞれ両《りょう》うでにひとりずつ、子どもをかかえるようにいいました。フリードルフは、トミーとアニカをかかえました。

これだけのせた台所《だいどころ》のドアを、ピッピはたかだかともちあげて、芝生《しばふ》のまわりを二十五回《にじゅうごかい》まわったのですが、タイマツの明《あ》かりにてらされて、それはみごとなながめでした。

「まったく、むすめや。おまえは、わしよりも強《つよ》くなったよ」ナガクツシタ船長《せんちょう》はいいました。

それから、みんなは芝生《しばふ》にすわりました。フリードルフがアコーディオンをひき、水夫《すいふ》たちは声《こえ》をそろえて、水夫《すいふ》の美《うつく》しい歌《うた》を歌《うた》いました。子どもたちは、その音楽《おんがく》に合わせて、おどりました。ピッピは、両手《りょうて》にタイマツをもち、だれよりもむちゅうになって、おどっています。

おわかれパーティーのおしまいは、花火でした。ピッピが、ロケット花火や風車《かざぐるま》みたいな花火に、つぎつぎと火をつけたので、空がいちめんに明《あか》るくかがやきました。

アニカはベランダにすわって、ながめていました。何《なに》もかも、なんて美《うつく》しいのでしょう。もうバラの花は見えませんが、暗《くら》がりの中から、かおりがただよってきます。もしも……でなかったら、もしも……でなかったら、何《なに》もかもがすばらしかったことでしょう。

アニカは、つめたい手に心臓《しんぞう》をつかまれたような気がしました。あしたはどうなるの？　残《のこ》りの夏《なつ》休《やす》みは？　それにずうっと、これから先はいつまでも――ごたごた荘《そう》に、もうピッピはいなくなってしまうのです。ニルソン氏《し》もいなくなるし、ベランダにウマもいなくなります。

もう、ピッピといっしょにウマには乗《の》れないし、ピクニックにも行《い》けないし、ごたごた荘《そう》の台所《だいどころ》での楽《たの》しいゆうべの時間《じかん》もないし、レモネードのなる木もないし……。そう、もちろん、木はあるでしょうが、アニカは、ピッピがいなくなったら、レモネードはぜったいにならない、という気がしました。あした、トミーとアニカは、何《なに》をすればいいのでしょう？　クロッケーでもするのでしょうか。

アニカはため息《いき》をつきました。

パーティーは終《お》わりました。子どもたちはみんな口々に、ありがとう、さようなら、とあいさつをし、ナガクツシタ船長《せんちょう》は、乗組員《のりくみいん》たちといっしょに、ホッペトッサ号《ごう》へと帰《かえ》っていきました。船長《せんちょう》はピッピにも、いっしょにおいで、といったのですが、ピッピは、あとひと晩《ばん》、ごたごた荘《そう》でねたいの、とことわりました。

「あしたは十時《じゅうじ》にいかりをあげて、出港《しゅっこう》だからな。おくれるなよ！」と、船長《せんちょう》は帰《かえ》りがけに、大声《おおごえ》でいいました。

こうして、ピッピとトミーとアニカだけが残《のこ》りました。暗《くら》がりの中、三人は、ベランダのかいだんにだまってすわっていました。

しばらくして、やっとピッピが口をひらきました。

「あんたたち、ここへ来《き》て、遊《あそ》んでもいいんじゃない？　カギは、ドアのよこのくぎにかけておくから。タンスの中に入ってるものは、なんでも、もってっていいわ。それに、オークの木の中のハシゴは残《のこ》しておくから、穴《あな》の中へも、おりていけるわ。ただ、たぶん、レモネードはそんなにならないと思《おも》うけど。いまは、レモネードがなる時期《じき》じゃないから」

「いいんだ、ピッピ。ここへは、もう来《こ》ないよ」トミーが、まじめなちょうしでいいました。

「来《こ》ないわ、ぜったい、ぜったいに」アニカもいいました。

これから先、ごたごた荘《そう》のまえをとおらなくてはならないときは、目をつぶろう、とアニカは思《おも》いました。ピッピのいないごたごた荘《そう》なんて――アニカはまた、心臓《しんぞう》をあのつめたい手がつかむのを感《かん》じました。

14 ピッピ、船《ふね》に乗《の》る

ピッピは、ごたごた荘《そう》にしっかりとカギをかけました。カギは、ドアのすぐそばのくぎに、ひっかけました。それから、ウマをもちあげて、ベランダからおろしました。ウマをベランダからおろすのも、これがさいごです！

ニルソン氏《し》はもう、しんけんな顔《かお》をして、ピッピの肩《かた》にのっていました。何《なに》かたいへんなことがおこっていると、わかっているようです。

「さあ、これで、ばんじオーケーね」

ピッピがいうと、トミーとアニカは、こくりとうなずきました。たしかに、ばんじオーケーです。

「まだ早いから、歩《ある》いていこうか。そうしたら、時間《じかん》がかかって、いいんじゃない?」ピッピがいいました。

トミーとアニカは、また、こくりとうなずきましたが、何《なに》もいいませんでした。

三人は、町のほうへと歩《ある》きだしました。港《みなと》にとまっている、ホッペトッサ号《ごう》へむかって……。ウマはうしろから、のんびりパカパカとついてきます。

ピッピはふり返《かえ》って、肩《かた》ごしに、ごたごた荘《そう》をちらっと見ました。

「おんぼろだけど、気もちのいいうちだったわ。ノミはいないし、何《なに》から何《なに》までよかった。きっと、あたしがこれから住《す》むことになる土の小屋《こや》よりも、いいうちだわね」

それでもトミーとアニカは、何《なに》もいいませんでした。

「もし、土の小屋《こや》にノミがいっぱいいたら、あたし、飼《か》いならすことにするわ。ノミたちは、タバコの箱《はこ》に入れておいて、毎晩《まいばん》いっしょに、『さいごのふたり』遊《あそ》びをするの。足にはリボンをむすんでやるわ。そして、いちばんちゃんとしてて、いちばんかわいい二匹《にひき》のノミには、『トミー』と『アニカ』って名前《なまえ》をつけて、夜《よる》は、あたしのベッドでねかせてあげるんだ」

これをきいても、トミーとアニカはやっぱり、ひとこともしゃべりませんでした。ピッピは、もどかしそうにききました。

「いったい、どうしたっていうの？　あのね、あんまり長《なが》いことだまっていると、あぶないんだから。舌《した》は、使《つか》わなかったらちぢんでしまうって、知《し》ってる？　ずっとまえ、カルカッタ（現在《げんざい》のコルカタ）に住《す》んでる、タイルばり暖炉《だんろ》を作る職人《しょくにん》さんを知《し》ってたんだけど、この人ときたら、ぜんぜんしゃべらないの。そしたら、とうとう、たいへんなことになっちゃった。

その人があるとき、あたしに、『さよなら、しんせつなピッピ。いろいろありがとう。元気《げんき》で、楽《たの》しい旅《たび》を！』と、いおうとしたの。でも、どうなったかわかる？　はじめのうち、その人は、くしゃくしゃと顔《かお》をしかめていたっけ。口のちょうつがいが、さびついちゃったのね。それであたしが、ミシン油《あぶら》をちょっとさしてあげたら、なんだかもごもごいったわ。だからあたし、その人の口の中を見てみたの。そしたらどう、舌《した》が、小さな葉《は》っぱみたいにちぢまってたの！　そのタイルばり暖炉《だんろ》の職人《しょくにん》さんは、そのあと一生、もごもごとしかしゃべれなかったんだって。

あんたたちがそんなことになったら、こまるじゃない？　さあ、『さよなら、しんせつなピッピ。いろいろありがとう。元気《げんき》で、楽《たの》しい旅《たび》を！』って、いってみて。その職人《しょくにん》さんよりはうまくいえるかどうか、知《し》りたいわ。さあ、いってみて！」

トミーとアニカは、すなおにいいました。

「さよなら、しんせつなピッピ。いろいろありがとう。元気《げんき》で、楽《たの》しい旅《たび》を！」

「まあ、ありがたい！」と、ピッピ。「しんぱいしちゃった。もしあんたたちが、もごもごいいだしたら、どうしていいかわからなくなるところだったわ」

三人は、港《みなと》にやってきました。ホッペトッサ号《ごう》が停泊《ていはく》しているのが見えます。ナガクツシタ船長《せんちょう》が甲板《かんぱん》に立ち、大声《おおごえ》で号令《ごうれい》をかけ、乗組員《のりくみいん》は出帆《しゅっぱん》の準備《じゅんび》で、あちらこちらといそがしく、かけずりまわっています。

波止場《はとば》には、この小さな町の人がみんな、ピッピにさよならをいおうと、あつまっていました。そこへピッピが、トミーとアニカ、ウマとニルソン氏《し》といっしょに、やってきたのです。

「長《なが》くつ下のピッピが来《き》たよ！　長《なが》くつ下のピッピに、道《みち》をあけて！」というさけび声《ごえ》があがり、みんなは、ピッピがとおれるように、まん中をあけました。

ピッピは、右や左の人にうなずいたり、あいさつしたりしながら進《すす》み、ウマをもちあげると、タラップをのぼっていきました。かわいそうなウマは、船《ふね》に乗《の》るのはたいして好《す》きではないようで、けげんそうに、あたりを見まわしています。

「やあ、来《き》た来《き》た、わが愛《あい》する子よ！」といって、ナガクツシタ船長《せんちょう》は、号令《ごうれい》をかけるのをやめ、ピッピをだきよせました。船長《せんちょう》が、ピッピをぎゅーっと強《つよ》くだいたので、ふたりのあばらぼねが、ポキポキ音をたてたほどです。

アニカは朝《あさ》からずっと、のどのおくに、かたまりがつかえているような気がしていました。ピッピがウマをかついで、タラップをあがっていくのを見ると、このかたまりがゆるみました。アニカは、波止場《はとば》におかれていた荷物《にもつ》の箱《はこ》にもたれて、泣《な》きだしました。はじめは、しくしく泣《な》いていたのですが、少《すこ》しずつ声《こえ》が大きくなっていきます。

「泣《な》くなよ。みんながいるのに、カッコ悪《わる》いだろ！」トミーが、顔《かお》をしかめていいました。

トミーにそんなことをいわれると、アニカはかえって、わっと泣《な》きだしました。なみだがあとからあとから流《なが》れ、あまりはげしく泣《な》いているせいで、アニカの体《からだ》はふるえてきました。

トミーは、石ころをけりました。石は、波止場《はとば》のはしまでころがっていって、水の中に落《お》ちました。トミーは、ほんとうはその石を、ホッペトッサ号《ごう》に投《な》げつけたい、と思《おも》っていました。ふたりのもとからピッピをつれていってしまう、いまいましい船《ふね》に！

じつは、もしもだれも見ていなかったら、トミーも泣《な》きたいところでした。けれど、そうもいきません。トミーは、もうひとつ、石ころをけりました。

ピッピがタラップを走《はし》りおり、トミーとアニカのところへ来《き》て、ふたりの手をにぎるといいました。

「出航《しゅっこう》まで、あと十分《じっぷん》あるわ」

すると、アニカは荷物《にもつ》の箱《はこ》につっぷして、むねがはりさけるかと思《おも》うほど、はげしく泣《な》きだしました。トミーのそばには、もう、けれるような石ころはなかったので、トミーはただ歯《は》をくいしばり、こわい顔《かお》をしていました。

ピッピのまわりに、この小さな町の子どもたちが全員《ぜんいん》あつまってきて、みんなでオカリナをとりだすと、おわかれの美《うつく》しい曲《きょく》をふきはじめました。それは、ことばではいいあらわせないくらい、悲《かな》しくひびく曲《きょく》でした。

アニカは、あまりはげしく泣《な》いているので、もう立っていられないほどでした。

ちょうどそのとき、トミーは、ピッピのために、おわかれの詩《し》を書《か》いてきたことを思《おも》い出《だ》しました。そこで、トミーは紙《かみ》をとりだし、読《よ》みはじめました。ただ、声《こえ》はひどくふるえてしまいました。

さよなら　大好《だいす》きなピッピ、
ピッピは　とおくへ　旅《たび》に出るけれど、
わすれないで、ここには　いつでも
なかよしの友《とも》が　いることを。

「わあ、ほんものの詩《し》になってるじゃない」ピッピはうれしそうにいいました。

「あたし、それを暗記《あんき》して、毎晩《まいばん》たき火のそばで、クレクレドット島《とう》の人たちにきかせるわ」

子どもたちが、ピッピに「さよなら」をいおうと、ちかづいてきます。ピッピは手をあげ、しずかにして、と合図《あいず》しました。

「ねえ、みんな。これからあたしは、クレクレドット島《とう》の小さな子どもたちと、遊《あそ》ぶことになるわ。何《なに》をして遊《あそ》ぶのかは、まだ、よくわからないけど。野生《やせい》のサイと鬼《おに》ごっこをしたり、ヘビ使《つか》いごっこをしたり、ゾウに乗《の》ったり、家《いえ》のまえのココヤシの木で、ブランコをしたりするのかもしれない。まあ、いつだって、何《なに》か思《おも》いつくものよ」

ピッピはここで、ひと息《いき》入れました。トミーとアニカは、これからピッピと遊《あそ》ぶ子どもたちのことを、きらいだと思《おも》いました。ピッピはつづけます。

「でもね、雨季《うき》には、空がぐずぐずする、いやな日もあるかもしれないわ。そりゃ、雨がふっているときに、服《ふく》を着《き》ないで走《はし》りまわるのは、おもしろいだろうけど、いいのは、ずぶぬれになれることだけね。そして、さんざんぬれたら、みんなであたしの小屋《こや》にもぐりこむの。もちろん、小屋《こや》じゅうが、どろでぐちゃぐちゃになっていなければ、ってこと。どろどろになってたら、どろクッキーを作《つく》れるんだけど。

小屋《こや》がどろまみれじゃなかったら、あたしは、クレクレドット島《とう》の子どもたちといっしょに、小屋《こや》の中にすわって、のんびりするでしょう。そしたらその子たちが、『ピッピ、何《なに》かお話《はなし》して！』っていうわね。そしたらあたしは、とおいとおい地球《ちきゅう》の反対側《はんたいがわ》の、小さな小さな町のことや、そこにくらしている小さな子どもたちのことを、話《はな》すことにするわ。

『みんなには、想像《そうぞう》できないだろうけど、その町には、そりゃあかわいい子どもたちがいるの』って、クレクレドット島《とう》の子どもたちに、話《はな》してきかせるわ。『その子たちは、足はべつとして、体《からだ》じゅうが白くて、まるで天使《てんし》のようなの。みんなオカリナがふけるし――なんたって、いちばんすごいのは、たけちゃんのくつができることよ』ってね。

そしたら、クレクレドット島《とう》の子どもたちは、たけちゃんのくつができないせいで、がっくりきて、泣《な》きだしちゃうかもしれない。そうなったら、どうすればいいのかしら？

そうね、そしたらあたしは、土の小屋《こや》をこわしちゃって、その土をぐちゃぐちゃのどろにして、それでどろのクッキーを作《つく》ったり、どろの中に、みんなで首《くび》までつかったりすることにしよう。クレクレドット島《とう》の子どもたちに、たけちゃんのことを考《かんが》えさせないようにすれば、ばっちりよ。

みんな、ありがとう！　さよなら！」

そこで、子どもたちはそろって、さっきの曲《きょく》よりももっと悲《かな》しい曲《きょく》を、オカリナでふきはじめました。

ナガクツシタ船長《せんちょう》が大声《おおごえ》でよびました。

「ピッピや、もう、船《ふね》に乗《の》る時間《じかん》だよ！」

「はい、はい、船長《せんちょう》！」とこたえると、ピッピは、トミーとアニカのほうをむきました。そして、ふたりをじっと見ています。トミーは思《おも》いました。

「ピッピったら、なんてへんな目をしてるんだろう」

いつだったか、トミーがとてもひどい病気《びょうき》になったときに、お母《かあ》さんが、ちょうどこんな目をしていました。

アニカは、荷物《にもつ》の箱《はこ》の上に、たおれこんでいました。ピッピは、アニカを両《りょう》うででだきおこして、ささやきました。

「さよなら、アニカ、さよなら。泣《な》かないで！」

アニカはピッピの首《くび》にうでをまきつけ、悲《かな》しそうにさけび、すすり泣《な》きながら、ようやくいいました。

「さよなら、ピッピ」

そのあとピッピは、トミーの手を、しっかりとにぎりしめました。そして、手をはなすと、タラップをかけあがっていきました。

とうとう、トミーの鼻《はな》の上に、大つぶのなみだがこぼれました。トミーは歯《は》をくいしばりましたが、だめでした。もうひとつぶ、なみだがこぼれます。トミーはアニカの手をにぎり、その場《ば》につっ立ったまま、ピッピのうしろすがたを、じっと見つめていました。ピッピが、甲板《かんぱん》にいるのが見えますけれど、なみだでぬれた目で見ているので、そのすがたは、ぼんやりとかすんでいました。

「元気《げんき》でねー、長《なが》くつ下のピッピ！」波止場《はとば》にいる人たちがさけびました。

「タラップをひきあげろ、フリードルフ！」ナガクツシタ船長《せんちょう》がどなります。

フリードルフは、命令《めいれい》どおり、タラップをひきあげました。ホッペトッサ号《ごう》は、見知《みし》らぬ世界《せかい》へむかって、船出《ふなで》しようとしていました。ところが、そのとき……。

「だめだわ、エフライム父《とう》さん。むり。こんなの、がまんできない」ピッピがいいました。

「何《なに》が、がまんできんのだね」ナガクツシタ船長《せんちょう》がききました。

「この神《かみ》さまのみどりの大地《だいち》にくらす人が、あたしのせいで泣《な》くなんて、がまんできないの。とにかく、トミーとアニカが泣《な》くのだけは、だめ。もう一度《いちど》、タラップをおろしてちょうだい！　あたし、ごたごた荘《そう》に残《のこ》る」

ナガクツシタ船長《せんちょう》は、しばらくだまってから、いいました。

「したいようにすればいいさ。いつだっておまえさんは、そうしてきたんだから！」

ピッピは、こっくりうなずくと、しずかにいいました。

「そう、あたしはいつも、そうしてきたもんね」

そして、ピッピとお父《とう》さんは、もう一度《いちど》、あばらぼねがポキポキ鳴《な》るほど、しっかりとだきあいました。そのあと、ふたりは話《はな》しあい、ナガクツシタ船長《せんちょう》が、しょっちゅうごたごた荘《そう》のピッピに会《あ》いにくる、ということに決《き》めました。

「ねえ、エフライム父《とう》さん。子どもは、ちゃんとした家《いえ》にいるのがいちばんでしょ？　海《うみ》の上であっちこっち行《い》ったり、なれない土の家《いえ》でくらしたりするよりは。そうでしょ？」

「いやいやまったく、そのとおりだ、むすめや。たしかに、ごたごた荘《そう》にいれば、ずっと落《お》ちついたくらしができるさ。小さな子どもにとっては、いちばんだいじなことだろうよ」

「そうね。小さな子どもには、きちんとした落《お》ちついたくらしが、ぜったい、いちばんたいせつ。おまけに、それをひとりでちゃんとできれば、さいこうよ！」

こうしてピッピは、ホッペトッサ号《ごう》の船員《せんいん》さんたちに、さよならをいって、エフライム父《とう》さんと、さいごにもう一度《いちど》だきあいました。それから、ピッピは力強《ちからづよ》い両《りょう》うでで、ウマをもちあげ、タラップをおりてきました。そのあと、ホッペトッサ号《ごう》は、いかりをあげました。

ところが、いよいよ船《ふね》が出るというときに、ナガクツシタ船長《せんちょう》は、あることを思《おも》いつきました。

「ピッピや、おまえさん、もうちょっと金貨《きんか》がいるだろう！　そらっ、これをもっていくがいい！」

そういうと船長《せんちょう》は、金貨《きんか》のつまったかばんを、投《な》げてよこしました。けれど、あいにくホッペトッサ号《ごう》は、すでに岸壁《がんぺき》からかなりはなれていて、かばんは波止場《はとば》へとどかずに、「ドブーン」と音をたてて、海《うみ》にしずんでいきました。波止場《はとば》にあつまっていた人々は、絶望的《ぜつぼうてき》なさけび声《ごえ》をあげました。

けれどそのとき、また、「ドブーン」と音がしました。ピッピが、海《うみ》に飛《と》びこんだのです。

あっというまにピッピは、かばんのもち手を口にくわえて、うきあがってきました。そして、波《は》止場《とば》によじのぼると、耳のうしろにくっついた海《かい》藻《そう》をはがして、いいました。

「ふふっ、これで、あたしはまた、トロール（財《ざい》宝《ほう》をあつめる北欧《ほくおう》の魔物《まもの》）のようにお金もちよ」

トミーとアニカは、まだ、何《なに》がどうなったのか、よくのみこめませんでした。ぽかんと口を大きくあけて、ピッピとウマとニルソン氏《し》と、金貨《きんか》のつ

まったかばんと、帆《ほ》をいっぱいにはりあげて港《みなと》を出ていくホッペトッサ号《ごう》とを、かわるがわる見ていました。

「ピ……ピッピ、船《ふね》に乗《の》らなかったの？」トミーがようやく、つっかえながらききました。

「あてたら、えらい！」といって、ピッピは、ぬれた三つあみをしぼっています。

それからピッピは、トミーとアニカとニルソン氏《し》とかばんを、ウマの背《せ》に乗《の》せ、自分《じぶん》もそのうしろにひらりとまたがって、さけびました。

「ごたごた荘《そう》へ帰《かえ》るわよ！」

これでようやく、トミーとアニカにも、はっきりとわかりました。トミーはきゅうにうれしくなって、大好《だいす》きな歌《うた》を歌《うた》いだしました。

ほらほら　スウェーデン人が　にぎやかに　やってきた！

いっぽうアニカは、あんまりひどく泣《な》いていたので、すぐには泣《な》きやむことができず、まだすすり泣《な》いていました。でも、それも、うれしいすすり泣《な》きに変《か》わり、もうすぐやみそうです。

ピッピがうしろから両手《りょうて》で、しっかりとアニカのおなかをつかまえたので、アニカは、ほんとうにほっとしました。ああ、何《なに》もかも、なんてすばらしいのでしょう！

ようやくすすり泣《な》きがとまると、アニカはききました。

「ピッピ、きょうは、何《なに》して遊《あそ》ぶ？」

「そうね、クロッケーでもしようか」ピッピがいうと、アニカはこたえました。

「わあ、うれしい！」

だって、ピッピといっしょなら、クロッケーだって、すごく楽《たの》しくなるにちがいないのです。

「それとも……」

ピッピはもったいぶって、ちょっとことばを切《き》りました。小さな町の子どもたちはみんな、ピッピが何《なに》をいうのかききこうと、ウマのまわりにあつまってきました。

「それとも……川へ行《い》って、水の上を歩《ある》く練習《れんしゅう》をしてもいいわね」

「水の上なんか、歩《ある》けないよ」と、トミーがいいました。

「まあ、そんなことないわよ。いつだったか、キューバで、すてきな家具職人《かぐしょくにん》さんに会《あ》ったんだけど……」と、ピッピはいいはじめました。

そのとき、ウマがきゅうにかけだしたので、ウマのそばにあつまっていた子どもたちには、そのつづきはきこえなくなりました。

けれども子どもたちは、いつまでもずうっと動《うご》かずに、ピッピを乗《の》せて、ごたごた荘《そう》へむかって速《はや》足《あし》でかけていくウマを、見おくっていました。

ウマはやがて、とおくに、小さな点《てん》のように見えるだけになりました。そしてさいごには、すっかり見えなくなりました。

15 ピッピ、スプンクを見つける

ある朝《あさ》、トミーとアニカはいつものように、ピッピの台所《だいどころ》に飛《と》びこむと、「おはようっ！」と、声《こえ》をはりあげました。

けれども、返事《へんじ》はありませんでした。ピッピは、小さなサルのニルソン氏《し》をだいて、テーブルのまん中にすわり、にこにこしています。

「おはようっ！」トミーとアニカは、もう一度《いちど》いいました。

するとピッピは、夢《ゆめ》でも見ているように、うっとりしていいました。

「ねえねえ、あたし、見つけたの。いいわね、見つけたのはあたしよ、ほかの人じゃなくてね！」

「何《なに》を見つけたの？」トミーとアニカはききました。ピッピが何《なに》かを見つけるのは、いつものことなので、ぜんぜんびっくりしませんでしたが、それが何《なに》かを、知《し》りたかったのです。

「見つけたって、いったいなんのこと、ピッピ？」

「あたらしいことばよ。まったく、かんぺきに、あたらしいことばなの」というと、ピッピは、まるではじめて見るかのように、ふたりの顔《かお》をじっと見つめました。

「なんてことば？」と、トミー。

「すてきな、いいことばなの。いままできいた中で、いちばんすてきなことばよ」と、ピッピ。

「いってみて！」アニカはたのみました。

するとピッピは、とくいまんめんで、いいました。

「スプンク」

「スプンクって……どんな意味《いみ》？」トミーがききました。

「それがわかれば、いいんだけどね。そうじ機《き》でないことだけは、わかってるんだけど」

トミーとアニカは、ちょっと考《かんが》えこんでいましたが、それから、アニカがいいました。

「でもね、どんな意味《いみ》なのかわからないんじゃ、まるで役《やく》にたたないんじゃない?」

「そのとおり。だから、いらいらしてるのよ」と、ピッピはいいました。

「あることばが、どんな意味《いみ》かってことを、さいしょに考《かんが》えだすのは、いったいだれなんだろう」トミーも首《くび》をひねりました。

「たぶん、お年よりの教授《きょうじゅ》たちでしょ。教授《きょうじゅ》たちはみんな、どうかしてるのよ! だって、その人たちがこれまでに、どんなことばを見つけだしたと思《おも》う? 『たらい』だとか、『木くぎ』だとか、『ひも』なんて、どうしてそんなことばになったのか、だれにもわからないわ。

でも、『スプンク』は、ほんとにすばらしいことばで、教授《きょうじゅ》たちは、思《おも》いつくことさえできなかったのよ。あたしが『スプンク』を見つけたのは、なんてラッキーだったのかしら!」

ピッピはそういうと、ちょっと考《かん》えこみました。それから、あやふやなちょうしでききました。

「スプンクって……ひょっとすると、青くぬった、はたざおのてっぺんのことかな?」

「青くぬったはたざおなんて、ないんじゃない?」アニカがいいました。

「そりゃ、そのとおりね。ああ、それじゃ、もうまったくわからない。もしかすると、どろの中を歩《ある》くときに、足の指《ゆび》のあいだから、どろが出てくるときの音かもしれない! どんな感《かん》じか、使《つか》ってみよう。『アニカがどろの中を歩《ある》いていくと、スプンク、と、とっても気もちのいい音がした』」

ピッピは首《くび》をふりました。

「だめだ。『グチュグチュ、と、とっても気もちのいい音がした』のほうが、だんぜんいいもの」

ピッピは、くしゃくしゃと頭《あたま》をかきました。

「ますますわからなくなってきちゃった。でも、ぜったい、さがしだしてみせるから。ひょっとしたら、お店《みせ》で買《か》えるものかもしれない。お店《みせ》へ行《い》って、きいてみましょうよ！」

トミーとアニカは、反対《はんたい》するつもりは、ぜんぜんありません。

ピッピは、金貨《きんか》がぎっしりつまったかばんをとりにいきました。

「スプンクって、なんとなく高《たか》そうだから、金貨《きんか》をもっていくのがよさそう」

ピッピは、金貨《きんか》を一枚《いちまい》もつと、ウマをベランダからおろしました。ニルソン氏《し》はいつものように、ピッピの肩《かた》に飛《と》びのりました。ピッピは、トミーとアニカにいいました。

「さあ、大いそぎよ。ウマで行《い》こう。だって、町についたらスプンクがひとつも残《のこ》ってなかった、なんてことになったら、いやでしょう？　町長《ちょうちょう》さんが、さいごのひとつを買《か》っちゃった、っていわれても、おどろかないわよ」

ウマは、ピッピとトミーとアニカを乗《の》せて、小さな町の中をかけていきました。ウマのかたいひづめが、玉石《たまいし》をしきつめた道《みち》にあたって、パカパカと大きな音がすると、町の子どもたちは、大よろこ

びで飛《と》びだしてきました。みんな、ピッピが大好《だいす》きだからです。

子どもたちは、大きな声《こえ》でききました。

「ピッピ、どこへ行《い》くの？」

「スプンクを買《か》いにいくの」といって、ピッピはウマをとめました。

子どもたちも立ちどまり、とまどった顔《かお》できききました。

「それ、何？」

「それって、おいしいの？」ときいたのは、小さな男の子です。

「おいしいかって？　そりゃあ、すばらしい味《あじ》よ。だって、なんだかおいしそうにきこえるじゃない」ピッピは舌《した》なめずりをしました。

おかし屋《や》さんのまえまで来《く》ると、ピッピはウマをおり、トミーとアニカをだいておろしました。そして、中へ入っていきました。

「スプンクをひとふくろ、ほしいんですけど。ぱりぱりしてるのを、ね」と、ピッピはいいました。

「スプンクですか？　こちらには、ないと思《おも》いますが……」かわいい売《う》り子《こ》さんが、こまったようにいいました。

「あら、あるはずよ。じょうとうなお店《みせ》なら、どこでも、あるはずだもの」と、ピッピ。

「ええ、でも、きょうのぶんは、もう売《う》りきれました」

売《う》り子《こ》さんは、スプンクなんて、きいたこともなかったのですが、じょうとうなお店《みせ》ではない、と思《おも》われたくなかったのです。

するど、ピッピがいきおいこんで、ききました。

「じゃあ、きのうはあったのね？　ねえ、ねえ、おねがい。スプンクってどんなものか、教《おし》えてくれない？　あたし、見たことがないの。赤いしまもようがついてるの？」

すると、かわいい売《う》り子《こ》さんは、顔《かお》をまっ赤《か》にして、いいました。

「ごめんなさい。どんなものか、わたし、知《し》らないんです！　とにかく、ここにはございません」

ピッピはすごくがっかりして、おかし屋《や》さんを出ました。

「じゃあ、もっとさがさなきゃ。スプンクを手に入れるまでは、家《いえ》に帰《かえ》らないわよ」

つぎは、かなもの屋《や》さんに行《い》きました。店員《てんいん》さんが、三人にむかって、ていねいにおじぎをしました。ピッピがいいました。

「スプンクがほしいんですが。でも、いちばんいいのをおねがいね。ライオンをころせるような、じょうとうのスプンクを、

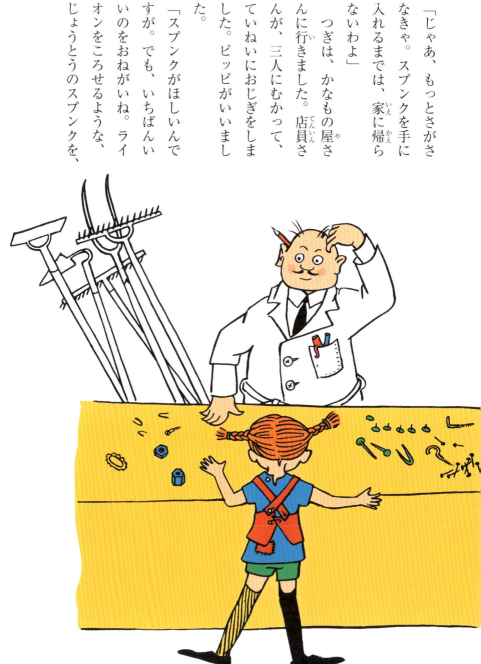

ね」

ぬけ目なさそうな顔《かお》をした店員《てんいん》さんが、耳のうしろをかいて、いいました。

「さて、さて。さて、さて」

そして、小さな鉄《てつ》のくまでをもってくると、いいました。

「これで、いかがでしょうか？」

ピッピはふんがいして、店員《てんいん》さんをにらみました。

「それは、教授《きょうじゅ》たちが、くまで、ってよんでるものでしょ。あたしがほしいのは、スプンクなんだけど。わる気《ぎ》のない小さな子どもを、だまさないでね！」

すると、店員《てんいん》さんはわらいだして、いいました。

「そういうものは、ざんねんながら、うちにはないな。かどのこまもの屋《や》さんで、きいてみたらどうだい」

通《とお》りに出ると、ピッピは、トミーとアニカにいいました。

「こまもの屋《や》さんだって！　あそこにはない、ってことぐらい、わかってるわ」

ピッピは、がっかりした顔《かお》をしていましたが、まもなく、ぱっと明《あか》るい表情《ひょうじょう》になりました。

「そうか、たぶん、スプンクって、病気《びょうき》の名前《なまえ》なのよ。お医者《いしゃ》さんのところへ行《い》って、きいてみましょう」

アニカは、まえに、ワクチンを打《う》ってもらったことがあったので、お医者《いしゃ》さんの場所《ばしょ》を知《し》っていました。

ピッピが、お医者《いしゃ》さんのドアのベルを鳴《な》らすと、看護師《かんごし》のおねえさんが、あけてくれました。ピッピはいいました。

「お医者《いしゃ》さんに、みてもらいたいの。重病《じゅうびょう》なんです。すごくやっかいな病気《びょうき》なの」

「どうぞ、こちらへ」看護師《かんごし》さんがいいました。

三人が入っていくと、お医者《いしゃ》さんは、つくえのそばにすわっていました。ピッピは、まっすぐそちらにちかづいていて、目をつぶり、舌《した》を出しました。

「どこか悪《わる》いのかな?」お医者《いしゃ》さんがききました。

ピッピは、すんだ青い目をあけ、舌《した》をひっこめると、いいました。

「あたし、スプンクにかかったんじゃないかと、しんぱいなんです。体《からだ》じゅうがかゆくて、ねているときは、まぶたがすっかりとじちゃうの。ときどき、しゃっくりも出ます。それに、先週《せんしゅう》の日曜日《にちようび》は、くつクリームとミルクをまぜたごちそうをひとさら食《た》べたあと、気分《きぶん》がよくなかったんです。食欲《しょくよく》はあるんだけれど、よく、食《た》べものがのどにひっかかっちゃうから、食欲《しょくよく》があるのも、考《かんが》えものね。

そんなわけで、あたし、スプンクにかかったにちがいない、って思《おも》うの。ひとつだけ教《おし》えてほしいんですけど——スプンクって、うつるの？」

お医者《いしゃ》さんは、ピッピの健康《けんこう》そうな小さな顔《かお》を見て、いいました。

「きみは、どこの子どもよりもじょうぶで、健康《けんこう》だと思《おも》うよ。スプンクにかかっていないのは、たしかだ」

ピッピは、お医者《いしゃ》さんのうでをむちゅうになってにぎり、ききました。

「じゃあ、そういう名前《なまえ》の病気《びょうき》があるのね？」

「いいや、ないよ。たとえ、そんな病気《びょうき》があったとしても、きみがかかるとは思《おも》わないな」

ピッピは、おそろしくがっかりしました。それでも、おぎょうぎよく、ひざを深《ふか》くまげて、お医者《いしゃ》さんに「さよなら」のあいさつをしました。アニカもおなじように、ひざをまげて、あいさつしました。トミーは、おじぎをしました。

三人は、お医者《いしゃ》さんの家《いえ》のかきねのわきでまっている、ウマのところへもどりました。

お医者《いしゃ》さんの家《いえ》のちかくには、四階《よんかい》だてのたてものがありました。いちばん上の階《かい》のまどが、あいています。ピッピはそのまどを指《ゆび》さして、いいました。

「あの中に、スプンクがいたとしても、おどろかないわ。ちょっとのぼって、見てくるね」

ピッピはすごいはやさで、ぐいぐいと雨《あま》どいをのぼっていきます。四階《よんかい》のまどとおなじ高《たか》さまでのぼると、雨《あま》どいから手をはなして、空中に飛《と》びだし、まどわくの下のブリキ板《いた》をつかみました。そして、うでの力で体《からだ》をもちあげ、頭《あたま》を、にゅっとへやにつっこみました。まどの内側《うちがわ》では、ふたりの女の人が、テーブルをはさんで、おしゃべりをしていました。とつぜん、まどから赤毛《あかげ》の女の子がのぞきこんだので、女の人たちがどんなにびっくりしたか、想像《そうぞう》できるでしょう。

ピッピは、女の人たちにききました。

「おへやの中に、スプンクはいないかしら？」

女の人たちはおどろいて、大声《おおごえ》でさけびました。

「あらまあ、なんですって、おじょうちゃん？　何《なに》かがにげたの？」

「あたしも、それが知《し》りたいんです」ピッピは、ていねいにこたえました。

「ひょっとしたら、ベッドの下にいるのかもしれない。それって、かむもの？」女の人のかたほうが、こわそうにいいました。

「かむかもしれないです。なんだか、するどいきばがありそうな名前《なまえ》だから」

女の人たちは、しっかりとだきあっています。ピッピは、へやの中をしげしげと見まわしていましたが、しまいに、悲《かな》しそうにいいました。

「だめだめ。ここには、スプンクのかけらすらないわ。おじゃまして、ごめんなさい！　たまたま、とおりかかったから、ちょっとおたずねしただけなんです」

ピッピは、また雨《あま》どいをつたっておりてくると、いいました。

「悲《かな》しいことに、この町には、スプンクはいないようね。ウマに乗《の》って、帰《かえ》りましょう」

三人は、ごたごた荘《そう》へもどってきました。ベランダのまえで、ウマから飛《と》びおりたとき、トミーはもう少《すこ》しで、地面《じめん》をはっていた小さな甲虫《こうちゅう》を、ふみつぶしそうになりました。

「まあ、気をつけてよ、虫がいるんだから」ピッピがさけびました。

三人はしゃがみこんで、虫を見ました。羽《はね》がみどりで、金属《きんぞく》のように光《ひか》っている、小さな虫です。

「わあ、ちっちゃくて、かわいい！　なんていう虫かしら？」と、アニカ。

「コフキコガネじゃないな、これは」と、トミー。

「マグソコガネでもないし、クワガタでもないわね。なんて名前《なまえ》なのか、知《し》りたいわ」とアニカがいうと、ピッピの顔《かお》に、うれしそうなわらいがうかびました。

「あたし、知《し》ってる。これ、スプンクよ」

「ほんとうかい？」トミーが、あやしむようにききました。

「あたしが、スプンクを見てもスプンクだとわからない、とでも思《おも》ってるの？　それに、トミー、こんなにスプンクらしいもの、いままで見たことある？」

ピッピは、その小さな虫を、だれにもふまれない安全《あんぜん》そうなところへ、そっとうつしてやると、やさしくいいました。

「あたしのかわいいスプンクちゃん！　いつかは見つけられると思《おも》ってたのよ。でも、おかしいわね。あたしたちが、スプンクを町じゅうさがしまわっていたのに、あんたは、ごたごた荘《そう》のすぐまえにいたなんて！」

16 ピッピ、質問《しつもん》ごっこをする

長《なが》くてほんとうに楽《たの》しかった夏休《なつやす》みも、とうとう終《お》わり、トミーとアニカは、また学校へかよいはじめました。

ピッピはというと、自分《じぶん》は学校へ行《い》かなくてもじゅうぶんもの知《し》りだと、やっぱり思《おも》っていました。そして、「船酔《ふなよ》い」の書《か》き方《かた》がわからなくて、どうしてもこまるまでは、学校に足をふみ入れない、とだんげんしていました。

「でも、あたしは、船《ふね》にはぜったいに酔《よ》わないから、いまのところ、船酔《ふなよ》いの書《か》き方《かた》で、しんぱいするひつようなんかないの。それに、たとえいつか、ほんとうに船《ふね》に酔《よ》ったとしても、そのときは、書《か》き方《かた》のことを考《かんが》えるよりもほかに、することがあるわ」と、ピッピがいうと、トミーもいいました。

「ピッピはぜったいに、船酔《ふなよ》いになんか、ならないよ」

トミーのいうとおりでした。ごたごた荘《そう》でくらすようになるまえ、ピッピは、お父《とう》さんといっしょに、世界《せかい》じゅうの海《うみ》を航海《こうかい》してまわっていたのです。それでも、船《ふね》に酔《よ》ったことは、まったくありませんでした。

でもピッピは、ときどき気がむくと、ウマに乗《の》って、学校の終《お》わるころ、トミーとアニカをむかえにいくことがありました。そうすると、トミーとアニカは、とてもよろこびました。ふたりとも、ウマに乗《の》るのが大好《だいす》きでしたし、学校からウマに乗《の》って帰《かえ》れる子どもは、そんなにいませんからね。

「ねえ、ピッピ。きょうの放課後《ほうかご》、学校までむかえにきてくれない？」

ある日、お昼《ひる》ごはんを食《た》べに、いったん家《いえ》に帰《かえ》っていたふたりが、学校にもどるとき、トミーがいいました。アニカもたのみました。

「そう、むかえにきてほしいの。だってきょうは、ルーセンブルムおばさんが、おぎょうぎがよくて、勉強《べんきょう》のできる子どもに、プレゼントをくばる日なんだもの」

ルーセンブルムおばさんというのは、この小さな小さな町に住《す》んでいる、お金もちのお年よりでした。おばさんは、自分《じぶん》のお金をたいせつにしていましたが、それでも、学期《がっき》ごとに学校へ来《き》て、子どもたちにプレゼントをくばることにしていました。でも、全員《ぜんいん》にくれるわけではないのです。とんでもない！　もらえるのは、とくべつおりこうで、勉強《べんきょう》ねっしんな子どもだけなのです。

プレゼントをくばるまえに、ルーセンブルムおばさんは、どの子がおりこうで、勉強《べんきょう》ねっしんかを知《し》るために、ながながと質問《しつもん》するのでした。そのため、この町の子どもたちはいつも、おばさんのことでびくびくしていました。だって、毎日《まいにち》、宿題《しゅくだい》をしようとすわっているとき、ほかにもっと楽《たの》しいことがあるんじゃないかな、なんて考《かんが》えはじめると、お母《かあ》さんやお父《とう》さんが、決《き》まってこういうからです。

「ルーセンブルムおばさんのこと、わすれないようにね！」

おばさんが学校へ来《き》た日に、ほんのちょっぴりにしても、お金とか、おかしのふくろとか、それとも、下着《したぎ》さえもらえずに、両親《りょうしん》や小さな弟《おとうと》や妹《いもうと》のまつ家《いえ》に帰《かえ》るのは、おそろしくはずかしいことでした。そう、下着《したぎ》です！ ルーセンブルムおばさんは、とくにまずしい子どもたちには、着《き》るものもくばっていたのです。けれど、おばさんが「一キロメートルは何《なん》センチですか？」ときいたときに、こたえられなかったら、どれほどその子がまずしくても、なんにももらえないのです。

そんなわけで、小さな町の子どもたちが、おばさんのことで、いつもびくびくしながら、くらしていたとしても、ちっともふしぎではなかったのです。

子どもたちは、スープのことでも、ルーセンブルムおばさんをこわがっていました。

というのは、おばさんは、とくにやせているとか、よわよわしいとか、家《いえ》でじゅうぶんに食《た》べさせてもらっていないとかいう子どもを見つけるために、みんなの体重《たいじゅう》や身長《しんちょう》をはからせるのです。そして、やせっぽちで、まずしい子どもたちはみんな、毎日《まいにち》お昼休《ひるやす》みにおばさんちへ行《い》って、大きなさらいっぱいのスープを、食《た》べることになるのです。

スープの中に、みんなのにがてなオートミールのつぶが、どっさり入ってさえいなければ、おいしいと思《おも》ったかもしれません。でも、オートミールのせいで、口の中が、すっかりねばねばになってしまうのです。

そしてきょうはいよいよ、そのルーセンブルムおばさんが学校へやってくる、だいじな日というわけでした。

授業《じゅぎょう》はいつもより早く終《お》わり、子どもたちは全員《ぜんいん》、校庭《こうてい》に出ていました。校庭《こうてい》のまん中には、大きなつくえがおかれ、そこに、ルーセンブルムおばさんがすわっています。おばさんのそばには、お手伝《てつだ》いをする、ふたりの書記《しょき》がいました。このふたりが、子どもたちのことを、何《なに》から何《なに》まで書《か》きとめるのです。体重《たいじゅう》がどれくらいか、質問《しつもん》にこたえられたか、まずしくて着《き》るものがたりないのか、日ごろのおぎょうぎがいいか、家《いえ》には着《き》るものがひつような弟《おとうと》や妹《いもうと》がいるか、など。ええ、まったく、ルーセンブルムおばさんが知《し》りたがることには、きりがないのでした。

おばさんのまえのつくえの上や下には、お金の入った小箱《こばこ》、おかしのつまったふくろ、はだ着《ぎ》やくつ下、毛糸《けいと》のパンツなどが、山のようにおいてあります。

さて、ルーセンブルムおばさんが、いよいよ大声《おおごえ》をはりあげました。

「ではみなさん、列《れつ》にわかれて、ならんでください。一列《いちれつ》めには、家《いえ》に弟《おとうと》や妹《いもうと》がいない人、二列《にれつ》めには、弟《おとうと》か妹《いもうと》がひとりかふたりいる人、三列《さんれつ》めは、三人以上《いじょう》の弟《おとうと》か妹《いもうと》のいる人がならんでください」

ルーセンブルムおばさんは、どんなことでも、きちんとするのが好《す》きでした。家《いえ》に小さな妹《いもうと》や弟《おとうと》がたくさんいる子どもには、まったくいない子どもよりも、大きなおかしのふくろをあげるのが公平《こうへい》というものです。

そして、いよいよ、おばさんの質問《しつもん》がはじまりました。おやおや、子どもたちはふるえています！

こたえられなかった子は、校庭《こうてい》のすみっこに立たされ、はずかしい思《おも》いをさせられます。そのうえ、小さな弟《おとうと》や妹《いもうと》がまっているのに、キャンディーひとつもたずに、家《いえ》に帰《かえ》らなくてはならないのです。

トミーとアニカは、学校の勉《べん》強《きょう》は、とてもよくできました。それでも、トミーのとなりに立っていたアニカは、あんまりきんちょうしているせいで、髪《かみ》のリボンがふるえていました。トミーも、ルーセンブルムおばさんにちかづくにつれて、顔色《かおいろ》が少《すこ》しずつ青くなっていました。

ちょうど、トミーがこたえるばんになったとき、とつぜん、「妹《いもうと》や弟《おとうと》のいない人」の列《れつ》が、さわがしくなりました。だれかが、ならんでいる子どもたちをおしのけて、まえへやってきます。まちがいありません、ピッピです。

ピッピは子どもたちをわきへおしやると、まっすぐルーセンブルムおばさんのまえへやってきて、いいました。

「ごめんなさい。あたし、さいしょ、ここにいなかったんで。十四人のうち、十三人は手におえない弟《おとうと》たちが、いない子は、どの列《れつ》にならべばいいんですか？」

ルーセンブルムおばさんは、むっとした顔《かお》になりました。

「しばらく、そこに立っていなさい。でもすぐに、むこうの、はずかしがっている子どもの列《れつ》に、ならぶことになるでしょうよ」

書記《しょき》たちが、ピッピの名前《なまえ》を書《か》きとめ、スープがひつようかどうかをしらべるために、ピッピの体《たい》重《じゅう》をはかりました。でもピッピの体重《たいじゅう》は、基準《きじゅん》よりも、二キロよけいにありました。

「あんたは、スープはもらえません」ルーセンブルムおばさんが、きびしいちょうしでいいました。

すると、ピッピがいいました。

「たまには、運《うん》のいいこともあるものね。あとは、はだ着《ぎ》やパンツから、なんとかにげられたらいいのね。そうすりゃ、ひとあんしん」

ルーセンブルムおばさんは、ピッピのいったことをきいてはいませんでした。おばさんは、ピッピに書《か》き方《かた》をこたえさせるためのむずかしいことばを、辞書《じしょ》でさがしていたのです。

おばさんはしばらくして、こうききました。

「じゃあ、いいですか。『船酔《ふなよ》い』って、どのように書《か》くのか、こたえてください」

「よろこんで、こたえるわ。ひらがなで、『ふ・な・よ・い』よ」

ルーセンブルムおばさんは、ふん、というようなわらいをうかべました。

「そうなの。辞書《じしょ》にはちゃんと、漢字《かんじ》で書《か》いてあるけど」

「なら、あたしの書《か》き方《かた》を知《し》ることができて、おばさんはほんとうに、運《うん》がよかったわね」

「書《か》きとめておきなさい」と、おばさんは書記《しょき》にいいつけて、口をぎゅっとむすびました。

「そう、書《か》いといてね。あたしのは、ひらがなで、『ふ・な・よ・い』って、まちがえずにね」

「では、つぎの質問《しつもん》です。カール十二世《じゅうにせい》（十八世紀《じゅうはっせいき》はじめのスウェーデンの王さま）は、いつなくなりましたか？」おばさんがきくと、ピッピは大声《おおごえ》をあげました。

「まあ、その人も死《し》んじゃったの。さいきんは、たくさん人が死《し》ぬわね。足をぬらさないようにしていれば、ぜったい、死《し》なずにすんだはずよ」

「書《か》きとめておきなさい」おばさんは氷《こおり》のようにつめたい声《こえ》で、書記《しょき》にいいつけました。

「そうよ、書《か》いといてね。それに、ヒルをぴたっとひふにはりつけるのも体《からだ》にいいんだって、書《か》いておいて。それと、ねるまえにあたたかい石油《せきゆ》をちょっぴり飲《の》むのもいいの、元気《げんき》になるのよ！」

ルーセンブルムおばさんは、やれやれ、と頭《あたま》をふっていましたが、すぐに、まじめな顔《かお》でまたきました。

「どうして、ウマの臼歯《きゅうし》には、ぎざぎざのすじがあるのかしら？」

「えーっ、それ、ほんとう？　おばさんが、じかにきいてみたら？　あそこにウマがいるから」ピッピは信《しん》じられない、というちょうしでいって、木につないであるウマを指《ゆび》さしました。それから、うれしそうにわらいました。

「あたしがウマに乗《の》ってきて、運《うん》がよかったわねえ。でなきゃ、おばさんは、どうしてウマの臼歯《きゅうし》にぎざぎざのすじがあるのか、わからないままだったわ。だって、あたしはそんなこと、思《おも》いつきもしないし、きこうとも思《おも》わないから」

ルーセンブルムおばさんは、ますますぎゅっと口をむすび、口の中でつぶやきました。

「前代未聞《ぜんだいみもん》だ。まったく、とほうもない」

「ええ、あたしもそう思《おも》う。こんなにうまくこたえてると、ピンクの毛糸《けいと》のパンツをもらうことになりそうね」ピッピは、楽《たの》しそうにいいました。

「書《か》きとめておいて」おばさんは、書記《しょき》にいいつけました。すると、ピッピがいいました。

「いいの、気にしないで。あたしは、ピンクの毛糸《けいと》のパンツがほしいわけじゃないから。そんなつもりじゃなかったの。でも、キャンディーの大きなふくろをもたせるべきだと、書《か》いてくれてもいいわよ」

「さいごの質問《しつもん》です」と、ルーセンブルムおばさんはいいましたが、その声《こえ》は、へんにおしころしたような感《かん》じでした。

「はい、どうぞ。あたし、こういう質問《しつもん》ごっこは大好《だいす》きなの」と、ピッピ。

「この質問《しつもん》に、こたえてちょうだい。ペールとポールが、まるいケーキを一個《いっこ》、わけることになりました。もしも、ペールが四分《よんぶん》の一《いち》をもらったら、ポールはどうなりますか？」

「おなかがいたくなるわ。書《か》いといてね。ポールは、おなかがいたくなるって」ピッピは書記《しょき》たちのほうをむいて、まじめなちょうしでいいました。

けれども、ルーセンブルムおばさんはピッピに、あなたへの質問《しつもん》はもう終《お》わりです、といいました。

「あんたは、いままで見た中で、いちばんなんにも知《し》らない、ふゆかいな子どもだわ。すぐに、むこうの列《れつ》へ行《い》って、はずかしいと思《おも》っていなさい！」

ピッピはおとなしく、とぼとぼと歩《ある》きだしましたが、はらをたてて、ひとりごとをいいました。

「不公平《ふこうへい》だわ！　あたしはどれもこれも、ちゃんとこたえたのに」

でも、二《に》、三歩歩《さんぽある》いたところで、ピッピはあることを思《おも》い出《だ》し、みんなをおしのけて、つかつかとルーセンブルムおばさんのところへもどっていくと、いいました。

「ごめんなさい。あたし、胸囲《きょうい》と海抜《かいばつ》をいうの、わすれてた」

そして、書記《しょき》にもいいました。

「ちゃんと書《か》いといてね。スープがほしいわけじゃないの。それは、ぜんぜんいらないんだけど、とにかく、きっちり書《か》いといてもらわなくちゃ」

「もしあんたが、すぐに列《れつ》にならんで、はずかしいと思《おも》わないんなら、ぴしゃっとぶたれる女の子が出るかもしれませんよ」ルーセンブルムおばさんがいいました。

「かわいそうな子だこと。その子、どこにいるの？　あたしんとこへ、よこしてちょうだい。まもってあげるから。これも、書《か》いといてね！」ピッピはいいました。

ピッピは、はずかしがっていなさい、といわれた子どもたちのところへ行《い》って、ならびました。ここではみんな、しずんだ気分《きぶん》でした。お金もキャンディーもたずに家《いえ》に帰《かえ》ったら、両親《りょうしん》や弟《おとうと》や妹《いもうと》がなんていうだろう、と思《おも》って、すすり泣《な》いたり、声《こえ》を出して泣《な》いたりしている子が、何人《なんにん》もいました。ピッピは、そんな子どもたちを見まわし、思《おも》わずなみだがこみあげましたが、泣《な》くのはがまんしました。

「あたしたちも、質問《しつもん》ごっこをしようよ！」

子どもたちは、少《すこ》し元気《げんき》をとりもどしましたが、ピッピが何《なに》をいっているのかは、よくわかりません。すると、ピッピがつづけました。

「さあ、二列《にれつ》にならんで。カール十二世《じゅうにせい》が死《し》んでいるのを知《し》ってる子は、一列《いちれつ》め、カール十二世《じゅうにせい》が死《し》んだことを知《し》らない子は、二列《にれつ》めね」

けれども、子どもたちはみんな、カール十二世《じゅうにせい》が死《し》んだことを知《し》っていたので、列《れつ》は、ひとつしかできませんでした。

「だめだめ。少《すく》なくとも二列《にれつ》はないと、ちゃんとした質問《しつもん》ごっこにならないわよ。ルーセンブルムおばさんだったら、そういうでしょうよ」

ピッピはしばらく考《かんが》えてから、いいました。

「わかった。かんぺきないたずらっ子は、一列《いちれつ》めにならんでちょうだい」

「二列《にれつ》めには、だれがならぶの？」と、いたずらっ子の列《れつ》にはならびたくない、小さな女の子が、いっしょうけんめいききました。ピッピはこたえました。

「まだ、かんぺきには、いたずらっ子になっていない子がならぶの」

むこうのルーセンブルムおばさんのところでは、質問《しつもん》がずっとつづいていました。ときどき小さな子が、泣《な》きそうな顔《かお》でとぼとぼと歩《ある》いてきて、ピッピのなかまになりました。

「さあ、いよいよ、むずかしい質問《しつもん》がはじまるわよ。あんたたちが、ちゃんと勉強《べんきょう》したかどうか、わかるんだから」といって、ピッピは、青いシャツを着《き》た、小さな、やせた男の子にむかって、たずねました。

「だれか、死《し》んだ人の名前《なまえ》をいってちょうだい」

男の子は、ちょっとびっくりしたようでしたが、こうこたえました。

「五十七番地《ごじゅうななばんち》の、ペッテルソンのおばあちゃん」

「いいじゃない」ピッピがほめました。「ほかに、だれか知《し》ってる？」

けれど、男の子はそれ以上《いじょう》、知《し》りませんでした。するとピッピは、手をまるめて口にあてると、大《お》声《ごえ》でささやきました。

「カール十二世《じゅうにせい》がいるでしょ！」

それからピッピは子どもたちに、じゅんばんに、だれか死《し》んだ人を知《し》ってる？　とたずねました。

みんなはそろって、こたえました。

「五十七番地《ごじゅうななばんち》のペッテルソンのおばあちゃんと、カール十二世《じゅうにせい》」

「この質問《しつもん》は、みんな、思《おも》ったよりもよくできたわね。じゃ、あとひとつだけ、きくわよ。ペールとポールが、まるごとのケーキを、わけることになりました。ペールは、ぜんぜんおなかがすいていなかったので、へやのすみっこで、ケーキのはしの、かわいたところを四分《よんぶん》の一《いち》ほど、かじっただけだったとすれば、いったいだれが、残《のこ》りのケーキを、おなかにつめこむことになったでしょうか？」

子どもたちは、みんなで声《こえ》をはりあげました。

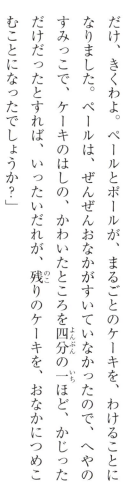

「ポール！」

「あんたたちみたいによくできる子って、ほかにいるかしら！　あんたたちも、ごほうびをもらわなくちゃ」と、ピッピはいいました。そして、ポケットから金貨《きんか》をいっぱいとりだすと、子どもたちに一枚《いちまい》ずつあげました。どの子も、ピッピがリュックサックからとりだした、キャンディーの大きなふくろも、もらいました。

こうして、はずかしがるはずだった子どもたちは、みんな、大よろこびしました。そして、ルーセンブルムおばさんの質問《しつもん》が終《お》わり、みんなが家《いえ》に帰《かえ》るとき、まっ先にかけだしたのは、はずかしがる列《れつ》にならんでいた子どもたちでした。でも、子どもたちは、まずピッピのまわりにかけよって、口々にいいました。

「ありがとう、ピッピ。金貨《きんか》やキャンディーを、ありがとう！」

「いいえ、どういたしまして。お礼《れい》なんか、いわなくていいのよ。でも、あたしのおかげで、ピンクの毛糸《けいと》のパンツをもらわずにすんだことは、おぼえておいて」

17 ピッピ、手紙《てがみ》を受《う》けとる

日々はどんどんすぎて、秋《あき》になりました。秋《あき》のあとは、やがて冬《ふゆ》になり、長《なが》くて寒《さむ》い冬《ふゆ》は、いつまでたっても、終《お》わらないように思《おも》われました。

トミーとアニカは、学校がいそがしく、日をおうごとに、つかれがひどくなり、毎朝《まいあさ》おきるのがつらくなってきました。ふたりのお母《かあ》さんのセッテルグレーン夫人《ふじん》は、子どもたちの顔色《かおいろ》が悪《わる》く、食欲《しょくよく》もないことを、ひどくしんぱいしていました。

するととつぜん、トミーとアニカは、ハシカにかかってしまい、二週間《にしゅうかん》ものあいだ、ねていなくてはならないことになりました。

もしも、ピッピが毎日《まいにち》、ふたりのへやのまどの外《そと》で、いろんな芸《げい》を見せてくれなかったら、ふたりにとっては、とてもたいくつな二週間《にしゅうかん》になったことでしょう。お医者《いしゃ》さんが、うつるといけないので、ピッピはふたりのへやに入ってはいけない、といったのです。

ハシカのばいきんの十億《じゅうおく》や二十億《にじゅうおく》ぐらい、半日《はんにち》あれば、つめのあいだでつぶしてやるのに、といいながらも、ピッピは、いいつけをまもりました。けれども、だれにも、まどの外《そと》で芸《げい》をしてはいけない、とはいわれていませんので、ふたりの子どもべやは二階《にかい》にあったので、ピッピは、まどにハシゴをかけました。

トミーとアニカは、ベッドにねながら、こんど、ハシゴの上にあらわれるとき、ピッピはどんなかっこうをしているかな、とわくわくしました。というのは、ピッピは、二日《ふつか》つづけて同《おな》じかっこうであらわれたことは、なかったからです。あるときは、エントツそうじ屋《や》さんのかっこうをしていましたし、あるときは、白いフードつきのコートをかぶって、おばけのふりをしていましたし、またあるときは、魔女《まじょ》のすがたであらわれたりもしました。あるときなど、まどの外《そと》で、ひとりで何役《なんやく》もえんじて、おもしろいおしばいを見せてくれたこともありました。

ときどき、ハシゴの上で、体操《たいそう》もしました――なんてすごい体操《たいそう》だったことでしょう！　ハシゴの

いちばん上の段《だん》に立ったまま、ハシゴをまえやうしろにゆらすので、トミーとアニカは、ピッピがいまにも落《お》っこちる、と思《おも》って、ひめいをあげました。でも、ピッピは落《お》ちませんでした。おまけに、ピッピは、地面《じめん》におりるときには、トミーとアニカが見ていておもしろいようにと、いつも、さか立ちのまま、おりていくのでした。

また、ピッピは毎日《まいにち》、町へ行《い》って、りんごやオレンジやキャンディーを買《か》ってきました。それをみんな、長《なが》いひもをつけたかごに入れると、ニルソン氏《し》が、ひものはしをもって、ハシゴをのぼっていきます。そしたら、トミーがまどをあけて、かごをひきあげるのです。

たまに、ピッピに用事《ようじ》があって、来《こ》られないときには、ニルソン氏《し》が、ピッピからの手紙《てがみ》をもってきたこともありました。けれど、そんなにしょっちゅうではありません。ピッピはほとんど毎日《まいにち》、ハシゴの上に、へばりついていたからです。

ピッピは、まどガラスに鼻《はな》をおしつけたり、まぶたをひっくり返《かえ》して、ぞっとするようなへんな顔《かお》をしてみせたりして、「もしも、わらわなかったら、金貨《きんか》を一枚《いちまい》ずつあげるわよ」と、トミーとアニカにいうこともありました。でも、わらわないなんて、むりなことでした。トミーとアニカは、わらいすぎて、ベッドから落《お》ちそうになるのでした。

ふたりは、少《すこ》しずつよくなって、ベッドからおきあがれるようになりました。けれど、ふたりとも、なんて顔色《かおいろ》が悪《わる》く、やせてしまったことでしょう！

ふたりがおきられるようになった、さいしょのころ、ピッピはよく、ふたりが台所《だいどころ》でオートミールを食《た》べるのを、そばにすわって、見ていました。つまり、ふたりは、オートミールを食《た》べることになっていたのですが、なかなか食《た》べられないのでした。

お母《かあ》さんは、ふたりがオートミールをつついているだけなので、気が気ではなく、声《こえ》をかけました。

「さあ、食《た》べなさい。おいしいオートミールよ」

アニカは、スプーンでおさらをちょっとかきまぜましたが、どうしてものどをとおらない気がして、いやそうにいいました。

「どうして、これを食《た》べなきゃならないの？」

するとピッピがいいました。

「どうして、そんなばかなことをいうの？　そのおいしいオートミールを、食《た》べなきゃいけないのに決《き》まってるじゃない。だって、食《た》べなきゃ、大きくじょうぶになれないでしょ。そして、あんたが大きくじょうぶに育《そだ》たなかったら、あんたの子どもたちに、おいしいオートミールを食《た》べなさいって、いえなくなっちゃうじゃない。

だめだめ、アニカ、食《た》べなきゃ。みんなが、あんたみたいなこといってたら、この国《くに》ではオートミー

ルを食《た》べる人がいなくなって、たいへんよ」

トミーとアニカは、なんとかふたさじずつ、食《た》べました。ピッピは、気もちはよくわかるわよ、というやさしい目で、ふたりをじっと見ていました。

「あんたたち、しばらく、海《うみ》に出るといいのよ。そうすりゃ、すぐに食《た》べるようになるわ。そういえば、あたしが父《とう》さんの船《ふね》に乗《の》っていたころ、フリードルフがきゅうに、オートミールを七さらしか、食《た》べられなくなったことがあってね。父《とう》さんは、フリードルフがそんなに食欲《しょくよく》がないなんてたいへんだと、しんぱいで泣《な》きそうな声《こえ》でいったわ。『かわいそうなフリードルフや、おまえさんが、いのちとりになるような病気《びょうき》じゃないかと思《おも》うと、おそろしいよ。人なみに食《た》べられるようになるまで、きょうは一日、安静《あんせい》にしているがいい。あとで、ふとんをかけなおしにくるときに、元気《げんき》の出るくしゅりも、もってきてやるからな！』って」ピッピは、イスをまえやうしろにゆらしながら、いいました。

「くすり、でしょう？」アニカがいいました。ピッピはかまわず、つづけます。

「それでフリードルフは、ふらふらしながら、ベッドにもぐりこんだの。たったの七さらしか、オートミールを食《た》べられないなんて、どんな伝染病《でんせんびょう》にかかっちまったんだろうと、自分《じぶん》でも、ひどくしんぱいだったのね。夜《よる》まで生きていられるんだろうかと、くよくよしているところへ、父《とう》さんが、くしゅりをもっていったの。いやーな黒《くろ》い色《いろ》をしたくしゅりだったけど、ものすごくきいたわ。

さいしょのひとさじを飲《の》みこんだとたん、フリードルフの口から、ほのおみたいなのがふきだしたの。それからフリードルフは、ホッペトッサ号《ごう》が、船首《せんしゅ》から船尾《せんび》までゆれるほどのさけび声《ごえ》をあげて、そのさけび声《ごえ》は、五十海里《ごじっかいり》（約《やく》九十三キロ）先の船《ふね》まで、きこえたほどだったの。

フリードルフは、頭《あたま》からゆげを立てて、ずーっとさけび声《ごえ》をあげながら、まだ朝《あさ》ごはんのかたづけをしていた、船《ふね》のコックさんのとこへかけていくと、テーブルにどっかとすわりこみ、オートミールを食《た》べはじめたわ。

十五さら食《た》べても、『まだ、はらがへっているぞ』と、どなりちらしたんだけれど、もう、オートミールのおなべは、すっからかんだったので、コックさんは、フリードルフがあけている口めがけて、つめたいゆでジャガイモをほうりこむことにしたの。

コックさんが、ちょっとでも手をとめそうなそぶりを見せると、フリードルフはおこって、うなるんだって。だからコックさんは、自分《じぶん》が食《た》べられないためには、ジャガイモをほうりこむしかなかったのね。でもざんねんながら、ジャガイモは、小さいのが百七個《ひゃくななこ》しかなかったので、コックさんは、さいごのジャガイモを投《な》げ入《い》れたとたん、ドアから飛《と》びだして、カギをかけたわ。

あたしたちはみんな、ドアの外側《そとがわ》に立って、小まどから、フリードルフのようすをのぞいていたの。

そしたらフリードルフは、おなかをすかせた子どもみたいに、めそめそしてたと思《おも》ったら、パンざらに水さし、それに、十五枚《じゅうごまい》のおさらを、つぎつぎに食《た》べちゃった。それからテーブルに飛《と》びついて、四本の足をぜんぶもぎとって食《た》べたので、口のまわりが、おがくずだらけになったわ。

フリードルフは、『アスパラガスにしては、木みたいな口ざわりだ』なんていってたわ。テーブルの板《いた》のほうが、おいしかったらしくて、舌《した》つづみを打《う》って食《た》べおわると、『子どものころから、これほどうまいサンドイッチは、食《く》ったことがないぞ』といったの。

そこで父《とう》さんは、フリードルフの食《た》べたくない病《びょう》は、もうなおったと思《おも》って、食堂《しょくどう》へ入っていくと、フリードルフにいったの。『あと二時間《にじかん》もすれば、昼食《ちゅうしょく》になって、カブのつぶしたのとブタ肉《にく》を食《く》えるから、それまでは、がまんすることだな』って。

するとフリードルフは、『あい、あい、船長《せんちょう》』といって、口のまわりをふきながら、いったわ。『ひとつききたいんですが、晩《ばん》めしは、何時《なんじ》になりやす？　ちょっと早めに食《く》わせてもらうわけには、いきませんかね？』ってね」

ピッピはひと息《いき》入れると、首《くび》をかしげて、トミーとアニカとオートミールのおさらを、見くらべていました。

「さっきもいったように、あんたたち、ちょっと海《うみ》に出ると、食欲《しょくよく》がないのなんか、きっとなおるわよ」

ちょうどそのとき、ゆうびん屋《や》さんが、セッテルグレーン家《け》のまえをとおって、ごたごた荘《そう》へむかうのが見えました。ゆうびん屋《や》さんは、まどごしにピッピを見つけて、大声《おおごえ》でいいました。

「長《なが》くつ下のピッピに、手紙《てがみ》だよ！」

ピッピはびっくりして、いすから落《お》っこちそうになりました。

「手紙《てがみ》？　あたしに？　ほんとの手紙《てがみ》？　まちがいなく、ほんものの手紙《てがみ》？　見るまでは信《しん》じられない！」

たしかにそれは、ほんものの手紙《てがみ》でした。めずらしい切手《きって》が、いっぱいはってあります。

「読《よ》んで、トミー。あんたは、読《よ》むのがうまいでしょ」ピッピがたのみました。

そこで、トミーは読《よ》みました。


わたしのかわいいピッピロッタや。

この手紙《てがみ》を受《う》けとったら、すぐに港《みなと》へ行《い》って、ホッペトッサ号《ごう》が入港《にゅうこう》するのを、まっててくれ。

父《とう》さんは、こんどはどうしても、おまえを、しばらくクレクレドット島《とう》へつれていきたい、と思《おも》っているんだ。おまえの父《とう》さんが、人気のある王さまになっている国《くに》を、見てほしいからな。

ここは、ほんとうにすばらしいところだから、おまえも、気に入ってくれると思《おも》うよ。わしがしんらいしている島《しま》の者《もの》たちも、しょっちゅう話《はなし》をきかされている、ピッピロッタ姫《ひめ》に、ぜひ会《あ》いたいと、まちこがれておる。

何《なに》もいわずに、来《き》ておくれ――王として、父親《ちちおや》としてのねがいだ。チュッチュッという音といっしょに、あいさつとキスをいっぱい送《おく》るよ。

むかしながらのおまえの父《ちち》、
エフライム一世王《せいおう》ナガクツシタ、
クレクレドット島最高統治者《とうさいこうとうちしゃ》。

トミーが手紙《てがみ》を読《よ》みおわると、台所《だいどころ》は、しーんとしずかになりました。

18 ピッピ、また船《ふね》に乗《の》る

そして、あるはれた日の朝《あさ》、ほんとうにホッペトッサ号《ごう》が、船首《せんしゅ》から船尾《せんび》までを、たくさんの小ばたや三角《さんかく》ばたでかざりたてて、入港《にゅうこう》してきました。

小さな町のブラスバンドが、波止場《はとば》にならび、楽《たの》しいかんげいのメロディを、力いっぱいふいていました。ピッピが、お父《とう》さんのエフライム一世王《いっせいおう》ナガクツシタをむかえるのを見ようと、町の人もたくさん、あつまっていました。ふたりの再会《さいかい》の写真《しゃしん》をとろうと、カメラマンもまちかまえています。

ピッピは、まちきれなくて、ぴょんぴょん飛《と》びはねていました。とうとうタラップがおろされると、ナガクツシタ船長《せんちょう》とピッピは、すぐに、よろこびのさけび声《ごえ》をあげながら、たがいにいきおいよく、まっしぐらにあいてにかけよりました。

ナガクツシタ船長《せんちょう》は、うれしさのあまり、むすめをなんども空中にほうりあげました。ピッピも、おなじようにうれしかったので、自分《じぶん》がされたよりもたくさん、父《とう》さんを空中にほうりあげました。うれしくないのは、カメラマンただひとり。というのも、いつも、ピッピか父《とう》さんのどちらかが、空中高《たか》く飛《と》んでいたので、ふたりいっしょのいい写真《しゃしん》が、とれなかったからです。

トミーとアニカもまえに出て、ナガクツシタ船長《せんちょう》にあいさつをしましたが、おやおや、ふたりとも、なんて顔色《かおいろ》が悪《わる》く、やつれて見えることでしょう。あの病気以来《びょうきいらい》、ふたりが外《そと》へ出たのは、これがはじめてでした。

もちろん、ピッピは、フリードルフや、ほかの友《とも》だちの船員《せんいん》さんたちにもあいさつしようと、船《ふね》のタラップをのぼっていきました。トミーとアニカも、ついていきました。とおくから来《き》たこんな船《ふね》の中を、見てまわれるなんて、めったにないすてきなことなので、トミーとアニカは、なんでもよく見ておこうと、目を大きくあけていました。

ピッピは、船員《せんいん》さんたち全員《ぜんいん》を、かわるがわる思《おも》いっきりだきしめたので、みんなはそのあと五分《ごふん》ばかり、息《いき》が苦《くる》しいほどでした。

それからピッピは、ナガクツシタ船長《せんちょう》を肩《かた》にかつぎあげて、人がきをかきわけ、ごたごた荘《そう》へと運《はこ》んでいきました。トミーとアニカは手をつないで、そのあとを、とぼとぼ歩《ある》いていきました。

「エフライム王、バンザーイ!」町の人たちはさけびました。これは、町にとっても、たいせつなできごとだと思《おも》ったからです。

何時間《なんじかん》かあと、ナガクツシタ船長《せんちょう》は、ごたごた荘《そう》のベッドの中で、家《いえ》じゅうにひびくようないびきをかいて、ねむっていました。台所《だいどころ》では、ごうかなごちそうがまだ残《のこ》っているテーブルのまわりに、ピッピとトミーとアニカがすわっています。トミーとアニカは、ほとんどしゃべらずに、考《かんが》えこんでいます。何《なに》を考《かんが》えているのでしょうか?

まずアニカは、けっきょく、死《し》んじゃったほうがましじゃないかしら、と思《おも》いつめていました。トミーは、そもそもこの世《よ》に、ほんとうに楽《たの》しかったことなんてあったかどうか、思《おも》い出《だ》そうとしていました。でも、何《なに》も思《おも》い出《だ》せません。人生って、つまり、さばくみたいなものだ、とトミーは思《おも》いました。

けれど、ピッピは上きげんでした。テーブルの上のおさらのあいだを、用心深《ようじんぶか》く歩《ある》いているニルソン氏《し》をなでたり、トミーとアニカの肩《かた》を、ぽんぽんとかるくたたいたり、口ぶえをふいたり、歌《うた》ったり、ときには、ダンスのステップをふんだりしていて、トミーとアニカがしょんぼりしていることには、気がつかないようです。

「また海《うみ》に出るって、すてきだろうな。海《うみ》のまん中にいるのって、自由《じゆう》なのよ！」ピッピはいいました。

トミーとアニカは、ため息《いき》をつきました。ピッピはつづけます。

「それにね、あたし、クレクレドット島《とう》に行《い》ってみるのにも、わくわくしているの。砂浜《すなはま》で体《からだ》をのばしてねそべったり、ほんもののきれいな南太平洋《みなみたいへいよう》の水に足をつけたり、口をあけているだけで、うれたバナナが落《お》ちてきたりするのよ、すてきじゃない？」

トミーとアニカは、ため息《いき》をつきました。

「クレクレドット島《とう》の子どもたちと遊《あそ》ぶのも、おもしろいんじゃないかな」

トミーとアニカは、ため息《いき》をつきました。

「どうして、あんたたち、ため息《いき》をついてるの？　クレクレドット島《とう》の子どもたちのことが、気に入らないの？」

「そんなことないよ。だけど、ピッピがごたごた荘《そう》へもどってくるのは、きっと、ずいぶん先のことになるんだろうなって、思《おも》っただけだよ」トミーがいいました。

「そうね、もちろん、ずいぶん先のことになるわ。でも、少《すこ》しも悲《かな》しくなんかないわ。クレクレドット島《とう》では、きっと、もっと楽《たの》しいと思《おも》うから」ピッピが、うれしそうにいいました。

アニカが、すっかりのぞみをなくした、青白い顔《かお》をピッピにむけて、いいました。

「ねえ、ピッピ。いつごろまで、そこにいるつもりなの?」

「そうねえ、はっきりとはわからないわ。クリスマスぐらいまでかしら?」

アニカは、しくしくとすすり泣《な》きました。

「ぜんぜん、わからないのよ。ひょっとすると、クレクレドット島《とう》が楽《たの》しくて、ずっと、あっちにいたくなるかもしれないでしょ? クレクレドット島《とう》のお姫《ひめ》さまになるって、あたしのように、学校でちゃんと勉強《べんきょう》していない子にとっては、悪《わる》くないもの。ズン、タッタ、ズン、タッタ」といって、ピッピは、ダンスのステップをふみました。

トミーとアニカの青白い顔《かお》の中で、目が、ふしぎな感《かん》じに光《ひか》りました。つぎのしゅんかん、アニカはテーブルにつっぷして、大声《おおごえ》をあげて泣《な》きだしてしまいました。

「ただ、よくよく考《かんが》えてみると、ずっと島《しま》にいることにはならないと思《おも》うわ。お姫《ひめ》さまの生活《せいかつ》だって、あきちゃって、うんざりすることもあるでしょ。そうなったら、『トミーとアニカ、そろそろ、ごたごた荘《そう》へもどってみない?』なんて、いうかもしれないわね」と、ピッピ。

「ああ、ピッピから、そんなふうに書《か》いた手紙《てがみ》が来《き》たら、すごくうれしいだろうな」と、トミー。

「そんなふうに書《か》いた手紙《てがみ》、ですって？　あたし、書《か》く気なんてないわ。だって、あんたたち、頭《あたま》に耳がついてるでしょう。あたしはただ、『トミーとアニカ、そろそろ、ごたごた荘《そう》へもどってみない？』って、口でいうだけよ」

アニカがテーブルから顔《かお》をあげ、トミーがききました。

「それって、どういうこと？」

「どういうことって。あんたたち、ことばはわかるでしょ？　それとも、あんたたちもいっしょに、クレクレドット島《とう》へ行《い》くんだってこと、いうのをわすれてたかしら？　てっきり、話《はな》したと思《おも》ってたけど」

トミーとアニカは、イスから飛《と》びあがり、はあはあああえぎながら、床《ゆか》にすわりこんでしまいました。

トミーがいいました。

「だめだよ、何《なに》いってるんだよ。うちのお母《かあ》さんやお父《とう》さんが、行《い》かせてくれるわけないや」

「ところがどっこい。もう、あんたたちのお母《かあ》さんには、話《はな》してあるのよ」ピッピがいいました。

きっかり五秒間《ごびょうかん》、ごたごた荘《そう》の台所《だいどころ》は、しーんとしていました。でもそのあとで、ふたつの歓声《かんせい》があがりました。トミーとアニカの、よろこびの声《こえ》です。

テーブルの上で、自分《じぶん》のぼうしにバターをぬろうとしていたニルソン氏《し》が、おどろいて顔《かお》をあげました。そのあとニルソン氏《し》は、もっとびっくりすることになりました。ピッピとトミーとアニカが、手をとりあって、めちゃめちゃにおどりだしたからです。

三人が、あんまりいきおいよくおどったり、さけんだりしたので、天井《てんじょう》からさがった電灯《でんとう》が、床《ゆか》に落《お》ちてしまいました。それを見たニルソン氏《し》は、バターナイフをまどの外《そと》にほうりだして、自分《じぶん》もいっしょになって、おどりはじめました。

少《すこ》し落《お》ちついてくると、三人はいっしょに、たきぎ入れの箱《はこ》の中にもぐりこみました。トミーがききました。

「それって、ほんとに、ほんとだね？」

ピッピはうなずきました。

そう、ほんとうなのです。トミーとアニカは、ピッピといっしょに、クレクレドット島《とう》へ行《い》くことになったのです。

小さな町のおばさんたちは、みんな、セッテルグレーン夫人《ふじん》のところへやってきては、こんなふうにいいました。

「おたくのお子さんたちを、とおい南太平洋《みなみたいへいよう》へ、ピッピといっしょに行《い》かせるなんてことは、ありませんよね。まさか、本気じゃないですわね」

でも、そうすると、セッテルグレーン夫人《ふじん》は、こんなふうにこたえるのです。

「どうして、行《い》かせちゃいけないんでしょう？　子どもたちはふたりとも、病気《びょうき》をしましたので、お医者《いしゃ》さまも、転地療養《てんちりょうよう》がひつようだ、とおっしゃっていますし……。

それに、ピッピのことは、長《なが》く見てきていますが、あの子は、トミーとアニカのためにならないことなど、一度《いちど》もしたことがありませんの。ピッピほど、うちの子どもたちにやさしくしてくれる子は、どこにもいませんわ」

「ええ、でも、あの長《なが》くつ下のピッピですからね！」といって、おばさんたちが鼻《はな》にしわをよせると、セッテルグレーン夫人《ふじん》はいいました。

「そのとおりです。ピッピは、いつもおぎょうぎがいいとはいえません。でも、あの子は、心《こころ》のやさしい子ですわ」

こういうわけで、まだ寒《さむ》い早春《そうしゅん》の夕ぐれ、トミーとアニカは、ピッピといっしょに、生まれてはじめて、小さな小さな町から、広《ひろ》くてすばらしい世界《せかい》へと、旅《たび》だつことになったのです。三人は、甲板《かんぱん》の手すりにもたれていました。ニルソン氏《し》とウマも、いっしょです。

トミーとアニカの学校の友《とも》だちはみんな、波止場《はとば》に見おくりに来《き》ていて、さびしいのと、うらやま

しいのとで、いまにも泣《な》きそうになっていました。あした、自分《じぶん》たちはみんな、学校へ行《い》かなくちゃいけないのに！　おまけに、地理《ちり》の宿《しゅく》題《だい》で、南太平洋《みなみたいへいよう》の島々《しまじま》のことを、しらべていかなくてはなりません。

でも、トミーとアニカは、しばらくのあいだ、宿題《しゅくだい》をしなくてもいいのです。「学校の勉強《べんきょう》よりも、健康《けんこう》のほうがだいじです」と、お医者《いしゃ》さまがいったからです。

「それにね、南太平洋《みなみたいへいよう》の島々《しまじま》のことなんて、むこうへ行《い》ったら、しっかりまなべるわ」と、ピッピはいいました。

トミーとアニカのお母《かあ》さんとお父《とう》さんも、波《は》止場《とば》に来《き》ていました。トミーとアニカは、両《りょう》親《しん》がハンカチでなみだをぬぐっているのを見ると、むねがしめつけられるような気がしました。それでもトミーとアニカは、とにかく、うれしくてしかたがありませんでした。あんまりうれしくて、むねがいたくなるほどです。

ホッペトッサ号《ごう》は、ゆっくりと、波止場《はとば》をはなれていきました。

「トミー！　アニカ！　北海《ほっかい》に入ったら、下着《したぎ》を二枚《にまい》、着《き》るのよ。それから……」セッテルグレーン夫人《ふじん》が、声《こえ》をふりしぼってさけびました。

お母《かあ》さんがそのあと何《なに》をいったのかは、波止場《はとば》にいる人たちの、さよなら、というさけび声《ごえ》と、ウマのあらっぽいいいなきと、ピッピが大よろこびであげた大声《おおごえ》と、ナガクツシタ船長《せんちょう》が鼻《はな》をかむ、トランペットみたいなすごい音にかきけされて、きこえませんでした。

航海《こうかい》がはじまったのです。星《ほし》ふる空のもと、ホッペトッサ号《ごう》は進《すす》んでいきます。へさきのまわりでは、氷《こおり》がダンスをおどり、風《かぜ》が歌《うた》うような音をたてて、帆《ほ》をはらませています。

「ああ、ピッピ！　あたし、へんな気がしてきた。あたしも、大きくなったら、海賊《かいぞく》になりたい気がするの」と、アニカがいいました。

19 ピッピ、島《しま》にじょうりくする

「まっすぐ前方《ぜんぽう》に、クレクレドット島《とう》！」

お日さまがきらきらとかがやく朝《あさ》、ピッピがさけびました。ピッピは、マストのてっぺんで、見はりに立っていたのです。おなかのまわりに、小さな布《ぬの》をまいただけのすがたです。

小さな町の港《みなと》を出てから、ホッペトッサ号《ごう》は、何昼夜《なんちゅうや》も、何週間《なんしゅうかん》も、何《なん》カ月ものあいだ、あらしであれた海《うみ》や、おだやかでやさしい海《うみ》をこえ、星明《ほしあ》かりや月明《つきあ》かり、黒《くろ》いおどかすような雲《くも》、ぎらぎらとてりつける太《たい》陽《よう》などの下、航海《こうかい》をつづけてきました。それはそれは長《なが》い航海《こうかい》だったので、トミーとアニカはもう、あの小さな町でのくらしを、よく思《おも》い出《だ》せないほどでした。

もしお母《かあ》さんが、いまのふたりを見たら、きっとびっくりすることでしょう。ふたりはもう、青白いほっぺたなんか、していません。明《あか》るく元気《げんき》そうな、日やけした顔《かお》に、いきいきした目をして、ピッピとおなじように、マストにはられたロープをのぼったり、おりたりしていました。

気温《きおん》があがるにつれて、ふたりは、着《き》ている服《ふく》を一枚《いちまい》ずつ、ぬいでいきました。北海《ほっかい》を航行《こうこう》していたときは、下着《したぎ》を二枚《にまい》もかさね、ぷくぷくに着《き》ぶくれていたふたりも、いまでは、こしのまわりをちょっとかくしただけの、こんがり日にやけた、はだかんぼうの子どもになっていたのです。

トミーとアニカは、毎朝《まいあさ》、ピッピといっしょの船室《せんしつ》で目をさますたびに、いいました。

「ああ、うれしい！」

その時間《じかん》には、ピッピはたいてい、もうおきだして、船《ふね》のかじをとっていました。

「うちのむすめほど、すぐれた船乗《ふなの》りは、七つの海《うみ》のどこをさがしても、いないぞ」と、ナガクツシタ船長《せんちょう》は、しょっちゅういいました。

ほんとうに、そのとおりでした。ピッピは、さかまく大波《おおなみ》の中も、海底《かいてい》にきけんな暗礁《あんしょう》のある海《うみ》も、たしかなうででホッペトッサ号《ごう》のかじをとって、進《すす》んできたのでした。

そしていま、いよいよ、目的地《もくてきち》が近《ちか》づいてきたのです。

「まっすぐ前方《ぜんぽう》に、クレクレドット島《とう》！」ピッピがもう一度《いちど》、さけびました。

たしかに前方《ぜんぽう》に、まっ青《さお》な海《うみ》にかこまれた、みどりのヤシの木のしげる島《しま》が見えました。

二時間後《にじかんご》、ホッペトッサ号《ごう》は、島《しま》の西側《にしがわ》の小さな入江《いりえ》に入っていきました。

海岸《かいがん》には、クレクレドット島《とう》の人たちが、大人も子どももそろって、島《しま》の王さまと、赤い髪《かみ》のそのむすめを出むかえるために、あつまっていました。

タラップがおろされると、島《しま》の人たちが大声《おおごえ》をあげました。

「ウッサムクラ、クッソムカラ！」

これは、「バンザーイ、われらが偉大《いだい》な、太った白い王さま！」という意味《いみ》です。

まず、青いコール天《てん》の船長《せんちょう》の服《ふく》を着《き》たエフライム王が、どうどうと、タラップをおりていきました。

それに合わせて、フリードルフが、〈さきの甲板《かんぱん》で、クレクレドット島《とう》のあたらしい国歌《こっか》、〈太ったりっぱな人が、にぎやかにやってきた！〉を、アコーディオンでひきました。

エフライム王は、手をあげて、大声《おおごえ》であいさつしました。

「ムオニ、マナナ！」

これは、「やあ、帰《かえ》ってきたよ！」という意味《いみ》です。

つづいて、ピッピがタラップをおりました。ウマをもちあげています。クレクレドット島《とう》の人たちは、いっせいにどよめきました。たしかにみんな、ピッピはすごい力もちだ、ときかされていたのですが、きくのと、じっさいに見るのとでは、大ちがいでした。

そのうしろから、トミーとアニカも、にこにこしながら、じょうりくしましたし、ほかの船乗《ふなの》りたちもみんな、タラップをおりていったのですが、クレクレドット島《とう》の人たちの目は、ピッピひとりにくぎづけでした。

ナガクツシタ船長《せんちょう》が、みんなによく見えるように、ピッピを肩《かた》にかつぎあげると、人々はまた、どよめきました。けれども、そのすぐあとで、ピッピが、ナガクツシタ船長《せんちょう》をかたほうの肩《かた》に、そして反対《はんたい》の肩《かた》にウマをかつぎあげると、どよめきは、大あらしのようなさわぎになりました。

クレクレドット島《とう》の人口は、ぜんぶで百二十六人でした。

「このくらいが、ちょうどいい数《かず》だよ。もっと多《おお》いと、めんどうなことになるだろうから」と、エフライム王はいっていました。

島《しま》の人たちは、ヤシの木のあいだにたてた、小さな気もちのいい小屋《こや》で、くらしているようです。いちばん大きくて、りっぱな小屋《こや》が、エフライム王のものでした。ホッペトッサ号《ごう》の船乗《ふなの》りたちも、船《ふね》が小さな入江《いりえ》にいかりをおろしているあいだは、それぞれの小屋《こや》で、くらしていました。そして、さいきんでは、船《ふね》はたいてい、入江《いりえ》に停泊《ていはく》しているのでした。

船《ふね》がたまに出ていくのは、五十海里《かいり》ほど北《きた》の島《しま》へ行《い》くときくらいでした。つまり、その島《しま》まで行《い》かないと、エフライム王のかぎタバコを買《か》えるお店《みせ》が、なかったのです。

ココヤシの木の下に、あたらしく作《つく》られた、とてもすてきな小屋《こや》が、ピッピのものになりました。トミーとアニカも、そこで、いっしょにくらすことになっています。

けれど、三人が

小屋《こや》に入って、旅《たび》のほこりをあらいながすまえに、ナガクツシタ船長《せんちょう》は、見せたいものがある、といいました。船長《せんちょう》は、ピッピのうでをとると、もう一度《いちど》、海岸《かいがん》へつれていきました。

「ここだ。あのとき、わしが海《うみ》にふきとばされたあと、流《なが》れついたのが、ここなんだ」といって、船《せん》長《ちょう》は、太《ふと》い人《ひと》さし指《ゆび》で、海《うみ》べをさしました。

そこには、石碑《せきひ》が立っていました。それは、クレクレドット島《とう》の人たちが、ふしぎなできごとを記《き》念《ねん》するために立てたもので、石碑《せきひ》のおもてには、クレクレドット語《ご》で、こんなことばがほりつけてありました。

大きく、広《ひろ》い海《うみ》から、われらの太った、りっぱな王さまがやってきた。
王さまは、パンの木の花のさくころに、ここに流《なが》れついた。
ねがわくば、われらの王が、流《なが》れついたときのまま、
ずっと太って、りっぱでありますように。

ナガクツシタ船長《せんちょう》は、ピッピとトミーとアニカにもわかるように、その碑文《ひぶん》を、訳《やく》しながら大きな声《こえ》で読《よ》みあげてくれたのですが、その声《こえ》は、感激《かんげき》のあまりふるえていました。読《よ》みおわると、船《せん》

長《ちょう》は力強《ちからづよ》く鼻《はな》をかみました。

太陽《たいよう》がしずみはじめ、南太平洋《みなみたいへいよう》の大きく広《ひろ》げた両《りょう》うでにだかれて、きえていくころ、クレクレドット島《とう》では、たいこが鳴《な》りだしました。島《しま》の中心《ちゅうしん》にある、おまつりや王さまのしごとをおこなう広場《ひろば》へ、みんながあつまるように、という合図《あいず》です。

広場《ひろば》には、赤いハイビスカスの花でかざられた、エフライム王の竹の玉座《ぎょくざ》がありました。王さまは、島《しま》をおさめるとき、ここにすわるのです。クレクレドット島《とう》の人たちは、ピッピのためにも、ちょっと小さめの玉座《ぎょくざ》を作《つく》って、王のとなりにおいていました。それに、トミーとアニカ用《よう》にも、大いそぎで、竹のイスを作《つく》ってくれていました。

エフライム王が、どうどうとしたようすで玉座《ぎょくざ》につくと、たいこは、ますます大きく鳴《な》りひびきました。王さまは、もう、コール天《てん》の船長《せんちょう》の服《ふく》はぬいで、頭《あたま》に王冠《おうかん》をのせ、こしにはこしミノをまき、首《くび》にはサメの歯《は》の首《くび》かざりをかけ、足首《あしくび》には太い輪《わ》をはめて、すっかり王さまらしいよそおいです。

ピッピは、いつもと変《か》わらない顔《かお》ですわっていました。こしミノをまき、髪《かみ》には、ちょっとかわいく見えるよう、赤や白の花をさしています。アニカもおなじように、髪《かみ》に花をかざっていました。でも、トミーは、髪《かみ》に花をさすなんて、

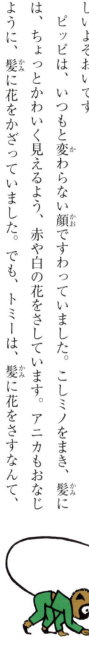

ぜったいいやだ、といいました。

エフライム王は、しばらく島《しま》をるすにしていたので、さっそく、全力《ぜんりょく》で仕事《しごと》にとりかかりました。

そのあいだに、クレクレドット島《とう》の子どもたちが、ピッピの玉座《ぎょくざ》に近《ちか》づいてきました。理由《りゆう》はよくわかりませんが、島《しま》の子どもたちは、白いはだは、黒《くろ》いはだよりも、ずっときれいだと思《おも》いこんでいて、ピッピとトミーとアニカにちかづいてくると、どんどん、うやうやしい顔《かお》つきになりました。なんといっても、ピッピはお姫《ひめ》さまですからね。

ピッピのまえまで来《く》ると、子どもたちは、いっせいにひざまずいて、おでこを地面《じめん》につけました。

ピッピはあわてて、イスから飛《と》びおりました。

「何《なに》してるの？　ここでも、見《み》つけ屋《や》さんごっこをやってるの？ちょっとまって、あたしも、さがしてみるから！」

ピッピはひざをついて、地面《じめん》をくんくんかぎました。

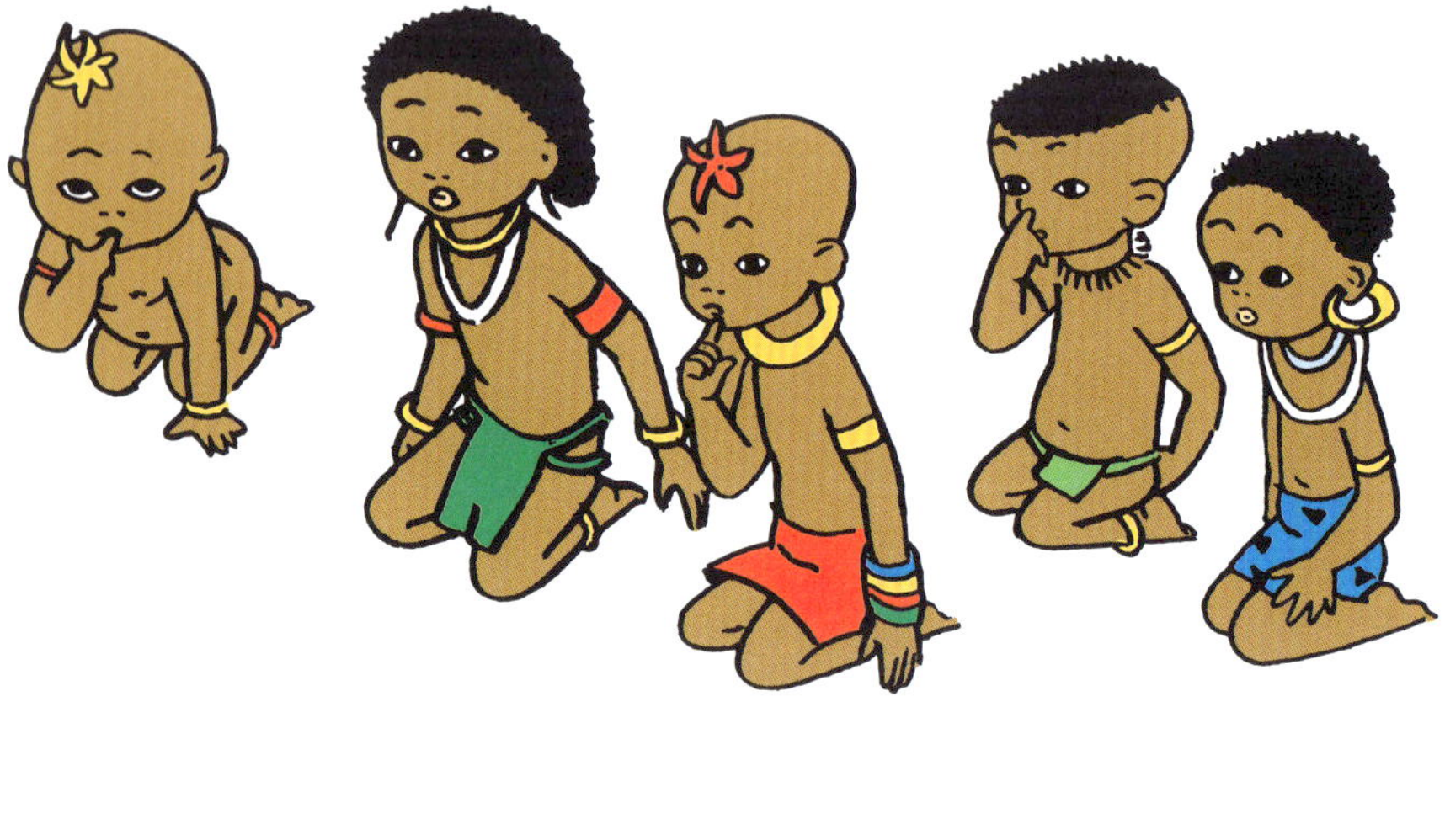

「あたしたちより先に、ほかの見《み》つけ屋《や》さんが来《き》ちゃったみたいね。ここではもう、ピン一本、見つからないわ」

ピッピがイスにすわりなおすと、子どもたちはみんな、また、頭《あたま》を地面《じめん》にすりつけました。

「あんたたち、何《なに》か落《お》としたの？　とにかく、ここにはなんにもないんだから、頭《あたま》をあげてちょうだい」

ナガクツシタ船長《せんちょう》が、長《なが》くこの島《しま》にいたので、島《しま》の人の中には、船長《せんちょう》のことばをわかるようになった人がいました。もちろん、「代金引換郵便《だいきんひきかえゆうびん》」とか、「陸軍少将《りくぐんしょうしょう》」なんてむずかしいことばは、むりだとしても、とにかくかなりのことばがわかるのです。

子どもたちも、「やめてよ！」のような、しょっちゅう使《つか》うことばは、わかります。中でも、モモという男の子は、船乗《ふなの》りたちの小屋《こや》のそばで遊《あそ》んで、よく話《はなし》をしたため、いまでは、船員《せんいん》さんたちと、じょうずに話《はな》せるようになっていました。モアナという名前《なまえ》のかわいい女の子も、なかなかじょうずです。

そんなわけで、モモが、どうしてひざまずくのかを、ピッピに説明《せつめい》しようとしました。

「きみ、すごく、きれい、お姫《ひめ》さま」

「あたし、すごく、きれい、お姫《ひめ》さま、ない。あたし、ただの、長《なが》くつ下のピッピ。このイス、もう

いらない」

ピッピも、あやしげなクレクレドット島《とう》のことばでいい返《かえ》すと、小さい玉座《ぎょくざ》から、ぴょんと飛《と》びおりました。ちょうど、島《しま》の仕事《しごと》が終《お》わったエフライム王も、玉座《ぎょくざ》から飛《と》びおりました。

まっ赤《か》な玉のような太陽《たいよう》が、南太平洋《みなみたいへいよう》にしずんでしまうと、まもなく、満天《まんてん》に星《ほし》がきらめきはじめました。

クレクレドット島《とう》の人々は、広場《ひろば》に大きなたき火をおこし、そのまわりでおどりだしました。エフライム王とピッピとトミーとアニカと船乗《ふなの》りたちは、みどりの草地《くさち》にすわって、見物《けんぶつ》しました。

たいこのひくくひびく音、めずらしいダンス、ジャングルのおくからただよってくる、何千《なんぜん》という、かいだことのない花のかおり、見あげる夜空《よぞら》にはきらきらとかがやく星《ほし》、海《うみ》からは、まるで力強《ちからづよ》い伴奏《ばんそう》のように、打《う》ちよせる波《なみ》の音……。

トミーとアニカはうっとりし、ふしぎな気もちになっていました。

かんげいの会が終《お》わり、三人が、ココヤシの木の下のいごこちのいい小屋《こや》にもぐりこむと、トミーはいいました。

「ここは、ほんとにすばらしい島《しま》だね」

「あたしも、そう思《おも》う。ピッピもでしょう?」と、アニカ。

でも、ピッピはだまって、いつものように、まくらに足をのせて、よこになっていました。それから、夢見《ゆめみ》るようにいいました。

「きいて、あの波《なみ》の音……」

20 ピッピ、サメにお説教《せっきょう》する

つぎの朝《あさ》早く、ピッピとトミーとアニカは、小屋《こや》からはいだしました。

ところが、クレクレドット島《とう》の子どもたちは、もっと早くおきていて、ココヤシの木の下で、三人と遊《あそ》べるのを、わくわくしながらまっていました。子どもたちは、クレクレドット島《とう》のことばで、さかんにおしゃべりしていて、白い歯《は》を見せてわらっています。

ピッピを先頭《せんとう》に、みんなは海岸《かいがん》へとむかいました。

そこには、美《うつく》しい、白い浜《はま》べが広《ひろ》がっていて、体《からだ》をうめて遊《あそ》んだら、楽《たの》しそうです。うきうきするような大きな青い海原《うなばら》が目に入ると、トミーとアニカは、うれしくて飛《と》びはねました。沖《おき》にはサンゴ礁《しょう》があり、それがちょうど、防波堤《ぼうはてい》の役目《やくめ》をはたしているため、サンゴ礁《しょう》の内側《うちがわ》の海《うみ》は、かがみのようにしずかで、きらきらかがやいていていました。

子どもたちはみんな、こしミノなど、身《み》につけていたものをいっせいにぬぎすて、大声《おおごえ》をあげたり、わらったりしながら、海《うみ》に飛《と》びこんでいきました。

それからみんなで、白い砂浜《すなはま》の上をころげまわりました。ピッピとトミーとアニカは、黒《くろ》いはだはいいなあ、と思《おも》いました。黒《くろ》いはだに白い砂《すな》がつくと、とてもきれいだからです。でも、ピッピが砂《すな》の中に首《くび》までうまって、そばかすだらけの顔《かお》と、二本のぴんとした赤いおさげ髪《がみ》だけがつきでているのも、なかなかおもしろいながめでした。島《しま》の子どもたちは、まわりによってきて、ピッピに話《はな》しかけました。

「白い子どもの国《くに》の、白い子どものお話《はなし》、して！」と、モモが、そばかすだらけの顔《かお》にむかっていいました。すると、ピッピがいいました。

「白い子どもたち、たけちゃんのくつが大好《だいす》き」

「かけ算《ざん》の九九でしょ。それに、あたしたちが、かけ算《ざん》を大好《だいす》きだとはいえないわよ」アニカは、ピッピの話《はなし》に口をはさみました。

「白い子どもたち、たけちゃんが大好《だいす》き。白い子どもたち、たけちゃんがいっぱいなかったら、頭《あたま》、へんになる」ピッピは、がんこにいいはりました。

ピッピは、それ以上《いじょう》、かたことのクレクレドット島《とう》のことばをつづけられなくなって、自分《じぶん》のことばにもどると、さらにいいました。

「もしも、白い子どもが泣《な》いてたら、それは、学校が火事《かじ》でやけちゃったか、学校が大そうじでお休みか、先生が、たけちゃんの宿題《しゅくだい》を出しわすれたかの、どれかなの。夏休《なつやす》みになるときなんか、もう、口ではいえないほど、みんな泣《な》いたり、わめいたりするのよ。夏休《なつやす》みってきくだけで、もう死《し》んじゃいたい、って思《おも》うんだから。

夏休《なつやす》みになって、学校の門《もん》がしまると、どの子の目もなみだでいっぱい。みんなそろって、悲《かな》しい歌《うた》を歌《うた》いながら、家《いえ》へ帰《かえ》るんだけれど、また、たけちゃんをやらせてもらえるのは、何カ月《なんかげつ》も先のことだと思《おも》うと、ひどくしゃくりあげて泣《な》いちゃってね、ほんとに、口ではいえないほど、ひどいありさまなの」ピッピは、もったいぶったため息《いき》をつきました。

「えー、そんなの、でたらめだよ」トミーとアニカは、口をそろえていいました。

モモは、たけちゃんってなんだか、よくわからなかったので、もっとくわしく説明《せつめい》してほしい、といいました。トミーが説明《せつめい》しようとしたのですが、ピッピが先に、こたえてしまいました。

「あのね、七かける七は、百二になる、とかいうこと。おもしろいでしょ?」

「ちがう、百二じゃないわよ」と、アニカ。

「そう、七かける七は、四十九だから」と、トミー。

すると、ピッピがいいました。

「いいこと? あたしたちはいま、クレクレドット島《とう》にいるのよ。ここじゃ、気候《きこう》がとてもあたたかいから、なんでもよく育《そだ》って、大きくなるの。だからここでは、七かける七だって、大きくなるのよ」

「えー、うそだあ!」トミーとアニカはいいました。

そこへ、ナガクツシタ船長《せんちょう》がやってきたので、算数《さんすう》の話《はなし》は、それまでになりました。

船長《せんちょう》は、これから乗組員全員《のりくみいんぜんいん》と、クレクレドット島《とう》の大人をみんなつれて、二、三日、べつの島《しま》へ、野《の》ブタ狩《が》りに出かけるよ、といいました。ナガクツシタ船長《せんちょう》は、しんせんな野《の》ブタのステーキが食《た》べたくなったのです。島《しま》の女の人たちもみんな、にぎやかにさわいで野《の》ブタをおいたてるために、いっしょに行《い》くことになっています。

ということは、クレクレドット島《とう》に残《のこ》るのは、子どもたちだけ。

「おまえさんたち、さみしがったりしないだろうな?」ナガクツシタ船長《せんちょう》はいいました。

「あててごらん！　大人がいなくて、子どもだけでやれ、っていわれて、さみしがる子どもなんて、いると思《おも》う？　もしいたら、あたし、たけちゃんのくつをぜんぶ、さかさまにおぼえてみせるわ」と、ピッピはいいました。

「そうだ、そのちょうしだ！」と、ナガクツシタ船長《せんちょう》。

こうして、船長《せんちょう》と乗組員《のりくみいん》と島《しま》の大人たちは、たてとやりで身《み》をかため、何艘《なんそう》もの丸木舟《まるきぶね》に乗《の》りこみ、クレクレドット島《とう》からこぎだしていきました。

ピッピは、舟《ふね》にむかって、両手《りょうて》をラッパのようにまるめて、どなりました。

「気をつけてねー！　もし、あたしの五十歳《ごじっさい》のおたんじょう日までにもどってこなければ、ラ

ジオのたずね人コーナーで、さがしてもらうからねー！」

子どもたちだけになると、ピッピ、トミー、アニカ、モモ、モアナ、それに、ほかの子どもたちもみんな、おたがいに顔《かお》を見あわせて、うれしそうに、にんまりしました。この先何日《なんにち》か、すばらしい南《みなみ》の島《しま》がまるごと、自分《じぶん》たちだけのものになるのです。

「何《なに》をする？」トミーとアニカがききました。

「じゃ、まず、木から朝《あさ》ごはんをとってこよう」ピッピがいいました。

そして、するすると自分《じぶん》でヤシの木にのぼって、ココヤシの実《み》（ココナッツ）をとってきました。モモや島《しま》のほかの子どもたちは、パンの木の実《み》や、バナナをとってきました。ピッピが浜《はま》べで火をおこし、その火で、パンの実《み》をあぶりました。

子どもたちはみんな、ピッピのまわりに輪《わ》になってすわり、すごくおいしい、あぶったパンの木の実《み》やココナッツミルクやバナナの朝《あさ》ごはんを、たっぷり食《た》べました。

クレクレドット島《とう》には、ウマがいなかったので、島《しま》の子どもたちはピッピのウマに、とてもきょうみをもっていました。勇気《ゆうき》のある子は、ちょっとウマに乗《の》せてもらいました。

モアナは、「こんなめずらしい動物《どうぶつ》がいるのなら、いつか、白い人の国《くに》へ行《い》ってみたいわ」と、いいました。

いっぽう、ニルソン氏《し》のすがたは、見あたりませんでした。ジャングルへ遊《あそ》びにいって、いろんな親《しん》せきに会《あ》っているのでしょう。

「さあ、つぎは何《なに》をする？」ウマに乗《の》るのにあきたトミーとアニカが、ききました。

「白い子どもたち、おもしろいほら穴《あな》、見たい？　見たくない？」モモがききました。

「白い子どもたち、おもしろいほら穴《あな》、もちろん見たい。ええ、もちろん」

ピッピがこたえました。

クレクレドット島《とう》は、サンゴでできた島《しま》で、島《しま》の南側《みなみがわ》には、高《たか》いサンゴの岸壁《がんぺき》が、海《うみ》にむかって切《き》り立《た》っていました。そして、その岸壁《がんぺき》には、波《なみ》によってえぐられたほら穴《あな》が、いくつもありました。海面《かいめん》すれすれにあり、海水《かいすい》が入ってくるほら穴《あな》もありますが、クレクレドット島《とう》の子どもたちは、かべのもう少《すこ》し高《たか》いところにあるいくつかのほら穴《あな》で、よく遊《あそ》んでいたのです。いちばん大きいほら穴《あな》には、ココヤシの実とか、ほかにもいろんなおいしいものを、おいていました。

ただ、そこへたどりつくのは、至難《しなん》のわざでした。切《き》り立《た》ったかべを、つきでた石や岩《いわ》にしっかりつかまって、うんと用心《ようじん》して、のぼらなくてはならないのです。ぼんやりしていると、あっというまに、海《うみ》に落《お》っこちてしまいます。

ふつうなら、海《うみ》に落《お》っこちるなんて、たいしたことではないのですが、このあたりの海《うみ》には、小さな子どもを食《た》べるのが大好《だいす》きなサメが、たくさん泳《およ》いでいました。

それでも、クレクレドット島《とう》の子どもたちは、しょっちゅう海《うみ》にもぐっては、真珠貝《しんじゅがい》をとって、遊《あそ》んでいました。でも、そういうときは、かならず見はりが立って、サメのひれが見えたらすぐに、「サメだ！　サメだ！」と、どなることにしていました。

島《しま》の子どもたちは、真珠貝《しんじゅがい》の中に入っている、ほのかに光《ひか》る真珠《しんじゅ》を、ほら穴《あな》のおくに、ためていました。この真珠《しんじゅ》を使《つか》って、ビー玉遊《あそ》びをするのです。でも、白い人の国《くに》で、真珠《しんじゅ》がとても値《ね》うちがあるとは、思《おも》ってもいませんでした。

ナガクツシタ船長《せんちょう》は、かぎタバコを買《か》いにいくとき、真珠《しんじゅ》を二《に》、三個《さんこ》、もっていくことにしていました。真珠《しんじゅ》をもっていけば、島《しま》の人たちにひつようなものが、どっさり手に入るのです。けれど、船長《せんちょう》は、島《しま》の人たちのくらしは、いまのままで、だいたいうまくいっている、と思《おも》っていました。そのため、子どもたちが真珠《しんじゅ》でビー玉遊《あそ》びをしていても、何《なに》もいいませんでした。

「あの岸壁《がんぺき》をつたって、大きなほら穴《あな》までのぼるんだよ」と、トミーがいうと、アニカは、とんでもない、というように、両手《りょうて》をふりました。岸壁《がんぺき》も、下のほうにのぼるだけなら、かなり広《ひろ》い岩《いわ》だながあるので、そんなにむずかしくありません。でも、進《すす》むにつれて、足場《あしば》はせまくなり、ほら穴《あな》までのさいごの数《すう》メートルは、足をかけられるところならどこにでもかけて、よじのぼらなくてはならないのです。

「ぜったいに、いやったら、いや！」と、アニカはいいました。ちゃんとつかむところがない岸壁《がんぺき》をよじのぼり、十メートル下は、人が落《お》ちてくるのをまちかまえているサメがうようよいる海《うみ》、だなんて、アニカには、ぜんぜん楽《たの》しいとは思《おも》えませんでした。

トミーは、かっかしていいました。

「あーあ、女きょうだいなんか、南太平洋《みなみたいへいよう》へつれてくるもんじゃないや。見てろよ！　こうやって……」というと、トミーは、がけにしがみつきましたが……。

バッシャーン！　トミーが、海《うみ》に落《お》っこちました。

アニカは、ひめいをあげました。クレクレドット島《とう》の子どもたちも、ぎょっとしました。それから、「サメだ、サメだ！」と口々にさけんで、海《うみ》のほうを指《ゆび》さしました。

たしかに、サメの背《せ》びれが、トミーのほうに、ぐんぐんちかづいてくるのが見えます。

そのとき、バッシャーン！　と、また音がしました。こんどは、ピッピが飛《と》びこんだのです。

ピッピとサメは、ほとんど同時《どうじ》に、トミーのそばに泳《およ》ぎつきました。足に、サメのするどい歯《は》がかすったので、トミーはこわさのあまり、大声《おおごえ》でわめきました。でもそのとき、ピッピが、血《ち》にうえた

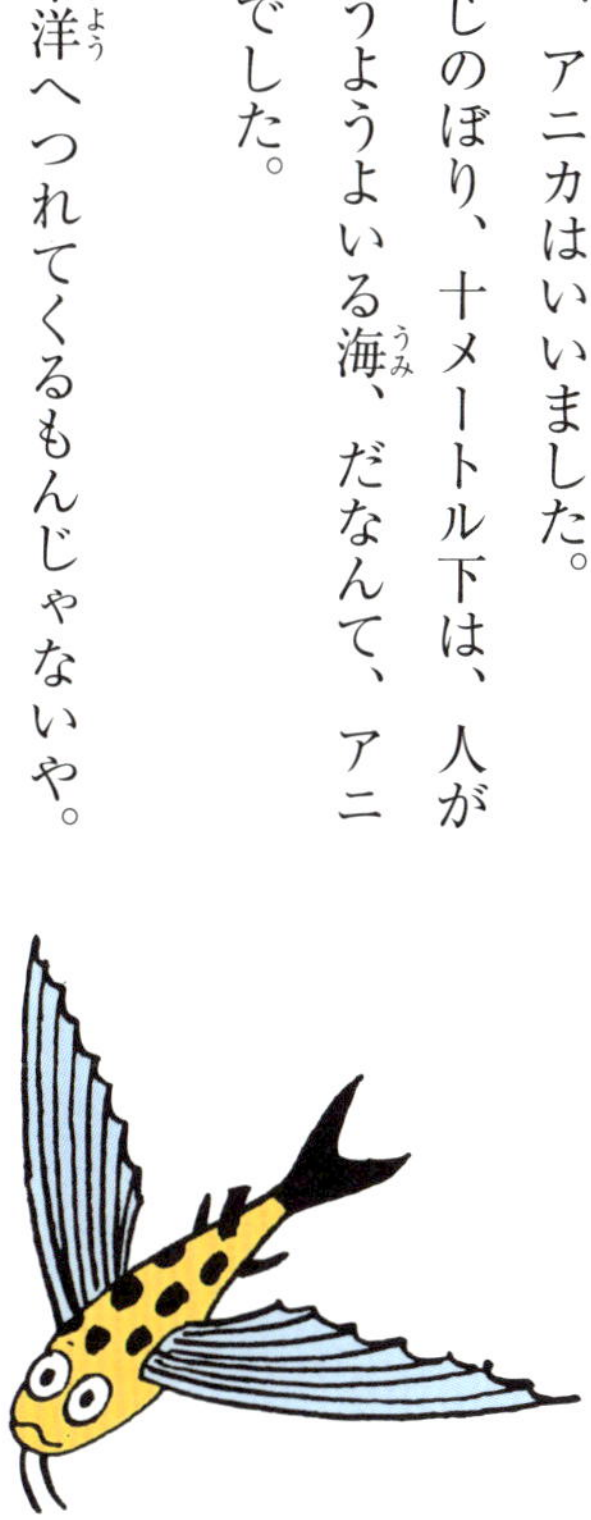

サメを両手《りょうて》でつかみ、海面《かいめん》からもちあげて、いいました。

「こらっ、おぎょうぎが悪《わる》いよ！」

サメはびっくりして、苦《くる》しそうにあたりを見まわしました。サメは、空中では、うまく息《いき》ができないのです。

「もう、こんなことはしないって、やくそくしなさい。そしたら、はなしてあげる」ピッピは、まじめなちょうしでいうと、ずっとおくの沖《おき》のほうにむかって、サメを、力いっぱい投《な》げとばしました。

海《うみ》に落《お》ちたサメは、あわてて、できるだけ早く大西洋《たいせいよう》へ行《い》ってしまおう、と心《こころ》に決《き》めたみたいに、猛《もう》スピードで泳《およ》いでいってしまいました。

そのあいだにトミーは、小さな岩場《いわば》によじのぼって、体《からだ》じゅうをふるわせていました。足からは、血《ち》が出ています。

そこへ、ピッピがあがってきて、ちょっと説明《せつめい》がつかないような、へんなことをしました。まず、トミーを空中へもちあげ、それから、ぎゅっとだきしめたのですが、あまり強《つよ》くだきしめたので、トミーの体《からだ》から、空気がほとんどぜんぶ、ぬけてしまうほどでした。

それからピッピは、きゅうにトミーをはなして、岩《いわ》だなの上にすわりこみ、両手《りょうて》に顔《かお》をうずめると、泣《な》きだしました。ピッピが泣《な》いてる！　トミーもアニカも、クレクレドット島《とう》の子どもたちもみんな、びっくりぎょうてんして、ピッピを見つめました。

「おまえ、トミー、食《た》べられそうだった、泣《な》く？」モモが、考《かんが》え考《かんが》え、ききました。

「ちがう。あの小さな、おなかをすかせたサメ、朝《あさ》ごはん、食《た》べられなかった、泣《な》く」ピッピは、きげんの悪《わる》い声《こえ》でいって、なみだをふきました。

21 ピッピ、ジムとブックにお説教《せっきょう》する

サメの歯《は》では、足にかすりきずがついただけだったので、トミーは、落《お》ちついてくると、また岸壁《がんぺき》をのぼって、ほら穴《あな》へ行《い》きたい、といいました。

そこでピッピは、ハイビスカスの木の繊維《せんい》をよって、ロープを作《つく》り、それを海岸《かいがん》の岩《いわ》にしっかりとむすびつけました。それから、カモシカのようにかるがると、ほら穴《あな》までのぼっていくと、ロープのもういっぽうのはしを、ほら穴《あな》の入口の岩《いわ》に、しっかりとくくりつけました。じょうぶなロープをつたっていくのなら、ほら穴《あな》までのぼるのも、たやすいことでした。

それは、とても大きな、すばらしいほら穴《あな》でした。子どもたちみんながらくらくと入れるほど、広《ひろ》いのです。

「このほら穴《あな》は、ごたごた荘《そう》の、中がからっぽのオークの木より、ずっといいや」と、トミーはいいました。

でもアニカは、オークの木のことを思《おも》い出《だ》すと、むねがきゅんといたくなり、あの木よりもいいとはみとめたくなくて、こういいました。

「そんなことないわ、ずっといい、なんて。まあ、おなじぐらい、いいと思《おも》うけど」

モモはピッピたちに、ココヤシの実《み》とパンの木の実《み》をにて、つぶしたのが、とてもたくさんほら穴《あな》においてあるのを、見せてくれました。これだけあれば、何週間《なんしゅうかん》も、うえ死《じ》にせずに、ほら穴《あな》にいられます。

いっぽうモアナは、ふしをぬいた竹づつの中に、みごとな真珠《しんじゅ》がたくさん入っているのを、見せてくれました。そして、ピッピとトミーとアニカに、ひとにぎりずつ、真珠《しんじゅ》をくれました。

「この島《しま》には、こんなにきれいなビー玉があるのね」ピッピがいいました。

ほら穴《あな》の入口にすわって、太陽《たいよう》の光《ひかり》にゆらめく海《うみ》をながめるのは、気もちのいいものでした。それよりもっとおもしろいのは、はらばいになって、海《うみ》につばを飛《と》ばすことでした。

トミーが、だれがいちばん遠《とお》くまで飛《と》ばせるか、つばの飛《と》ばしっこをしよう、といいました。モモは、つば飛《と》ばしの名人でしたが、どうしても、ピッピにはかないませんでした。ピッピが前歯《まえば》のあいだからつばを飛《と》ばすやり方《かた》は、だれにもまねのできない、すごいものだったのです。

「もしもきょうニュージーランドで、きり雨《さめ》がふったら、あたしのせいよ」と、ピッピはいいました。

トミーとアニカは、へたくそでした。

「白い子、つば、飛《と》ばせない」モモが、とくいげにいいました。ピッピのことは、白い子の中にかぞえていないのです。

するとピッピがいいました。

「白い子、つば、飛《と》ばせないって？　とんでもない。つばの飛《と》ばし方《かた》は、一年生から、学校でならうのよ！　遠《とお》くへの飛《と》ばし方《かた》、高《たか》いとこへの飛《と》ばし方《かた》、走《はし》りながらの飛《と》ばし方《かた》、なんかがあってね。トミーとアニカの先生が、どんなにつばを飛《と》ばせるか、見せてあげたいわ！　先生は、走《はし》りながらのつば飛《と》ばしで、一等賞《いっとうしょう》をとったの。先生が、つばを飛《と》ばしながら走《はし》りまわると、町じゅうが大かっさいで、大さわぎなんだから」

「あーあ、ひどいや」トミーとアニカはいいました。

そのときピッピが、目の上に手をかざし、沖《おき》のほうを見て、いいました。

「むこうから、船《ふね》がやってくるよ。とてもちっちゃな汽船《きせん》だけど、いったい、何《なに》しにくるのかしら」

ピッピがあやしんだのも、むりはありません。汽船《きせん》はかなりのスピードで、クレクレドット島《とう》にむかって、ぐんぐんちかづいてきたからです。

船《ふね》には、何人《なんにん》かのはだの黒《くろ》い乗組員《のりくみいん》と、ふたりの白人が乗《の》っていました。

このふたりの名前《なまえ》は、ジムとブックです。いかつい男たちで、まるで、ほんもののどろぼうのように見えました。じっさいに、ふたりはどろぼうだったのです。

あるときナガクツシタ船長《せんちょう》が、よその島《しま》の店《みせ》へ、かぎタバコを買《か》いにいったとき、ジムとブックもたまたま、そのお店《みせ》に来《き》ていたのです。ふたりは、ナガクツシタ船長《せんちょう》が、見たこともないほど大きくて美《うつく》しい真珠《しんじゅ》を、カウンターにおくのを見ました。そして、ナガクツシタ船長《せんちょう》が、クレクレドット島《とう》では子どもたちが、こんな真珠《しんじゅ》でビー玉遊《あそ》びをしてるんだ、と話《はな》しているのを、きいたのです。

その日以来《いらい》、ジムとブックのただひとつののぞみは、クレクレドット島《とう》へ行《い》って、真珠《しんじゅ》をごっそりちょうだいすることになったのです。けれどふたりは、ナガクツシタ船長《せんちょう》がおそろしく強《つよ》いことを知《し》っていましたし、ホッペトッサ号《ごう》の乗組員《のりくみいん》たちも、手ごわそうだと思《おも》っていましたので、島《しま》の男たちが、みんなで狩《か》りにいくすきをねらおう、と考《かんが》えていました。

そして、いまこそ、そのぜっこうのチャンスが、とうらいしたのです。ふたりは、ちかくの島《しま》のかげにかくれて、ナガクツシタ船長《せんちょう》と乗組員全員《のりくみいんぜんいん》、それに、クレクレドット島《とう》の男たちが、丸木舟《まるきぶね》でこぎだしていくのを、双眼鏡《そうがんきょう》でたしかめ、丸木舟《まるきぶね》がすっかり見えなくなるのを、ひたすらまっていたのです。

クレクレドット島《とう》にかなりちかづくと、ブックがどなりました。

「いかりをおろせー！」

ピッピと子どもたちは、ほら穴《あな》から、じっとふたりをながめていました。いかりがおろされ、ジムとブックは、小さなボートに乗《の》りうつり、ボートをこいで、島《しま》にあがってきました。はだの黒い乗組《のりくみ》員《いん》たちは、汽船《きせん》でまつように、命令《めいれい》されていました。

「さあ、いよいよ、こっそり村にしのびこんで、ふいうちをかましてやろうぜ。女と子どもしか、残《のこ》っていねえだろうからな」ジムがいいました。

「いや、丸木舟《まるきぶね》には、女もわんさか乗《の》っていたぜ。島《しま》には、子どもだけしか、残《のこ》ってないんじゃないか？　やつらがビー玉遊《あそ》びでもしてくれてりゃ、ありがたいぜ、ハッハッハッ」ブックがいいました。

「どうしてなの？　あんたたち、そんなにビー玉遊《あそ》びが好《す》きなの？　ウマとびだって、かなりおもしろいと思《おも》うけど」ピッピが、ななめ下の浜《はま》にむかって、大声《おおごえ》でいいました。

ジムとブックがびっくりして見あげると、ほら穴《あな》からのぞいている、ピッピと子どもたちが見えました。

「あんなとこに、ガキがいるぜ」ジムがいいました。

「こりゃ、いいぞ。かんたんにいきそうだ」ブックがいいました。

ふたりはまず、ひそひそとそうだんしました。そのけっか、子どもたちがどこに真珠《しんじゅ》をおいているのかわからないんだから、さいしょは、やさしく手なずけるのがいちばんだ、ということになりました。自分《じぶん》たちは、このクレクレドット島《とう》に真珠《しんじゅ》をぬすみにきたのではなく、ちょっと遊《あそ》びにきたふりをしよう、というのです。

ふたりとも、暑《あつ》くて、あせをかいていたので、とりあえず水あびをしようぜ、とブックがいいだしました。

「おれは、船《ふね》にもどって、海水《かいすい》パンツをとってくる」

ブックが船《ふね》にもどるあいだ、ジムは、海岸《かいがん》にひとりで残《のこ》りました。ジムは子どもたちに、あいそよく声《こえ》をかけました。

「ここは、泳《およ》ぐのにいいところかい？」

「さいこうよ。サメにとって、さいこうってことだけど。このへんは、毎日《まいにち》サメだらけよ」とピッピがいうと、ジムがいい返《かえ》しました。

「ばかなこと、いうなよ。サメなんか、どこにも見えないじゃないか」

でもジムは、ちょっとしんぱいになったので、ブックが海水《かいすい》パンツをもってもどってくると、ピッピのいったことを話《はな》しました。

「ありえねえ」といって、ブックは、ピッピにむかってどなりました。

「おまえ、ここいらで泳《およ》ぐのはあぶないって、いったんか？」

「いってないわ。そんなこと、ぜんぜんいってない」と、ピッピ。

「おかしいじゃないか！　おまえ、このへんにゃサメがいるって、いっただろう？」と、ジム。

「そりゃ、いったわ。でも、あぶないなんて、ぜんぜんいってない。あたしの母方《ははかた》のおじいちゃんも、去年《きょねん》、ここで泳《およ》いだの」

「そら、見ろ」と、ブック。

「それにね、おじいちゃんは、金曜日《きんようび》には退院《たいいん》できたの。年よりにはもったいないような、りっぱな木の義足《ぎそく》をつけてもらってね」ピッピは、注意深《ちゅういぶか》く考《かんが》えこみながら、つばを飛《と》ばしました。

「だから、あぶないなんて、いえないわ。ここで泳《およ》げば、うでや足が、少《すこ》しはなくなるかもしれないけど。でも、義足《ぎそく》が二本セットで、一クローナで買《か》えるあいだなら、けちけちして、体《からだ》をじょうぶにする水泳《すいえい》を、やめなくてもいいと思《おも》うわ」

ピッピはまた、つばを飛《と》ばしました。

「それにね、おじいちゃんったら、義足《ぎそく》をつけて、子どもみたいによろこんでたわ。けんかするときなんか、こいつはえらく役《やく》にたつぞ、っていってたし」

「いいか。おまえは、うそをついてるんだろ。おまえのじいさんってのは、年よりに決《き》まってる。なら、けんかなんぞ、したがらないだろ」と、ブック。

「したがらない、ですって？　おじいちゃんは、だれよりもけんかっ早《ぱや》いのよ。義足《ぎそく》で、あいての頭《あたま》をぶちのめすんだから。朝《あさ》から晩《ばん》まで、けんかをしてなきゃ、きげんが悪《わる》いの。けんかができないときは、はらをたてて、自分《じぶん》の鼻《はな》にかみつくのよ」ピッピは大声《おおごえ》でいいました。

「うそいってら。自分《じぶん》の鼻《はな》なんかに、かみつけるもんか」ブックがいいました。

「あら、かみつけるわよ。おじいちゃんは、イスの上にあがってやるんだから」ピッピが、きっぱりといいました。

ブックはしばらく、どういうことかと考《かんが》えていましたが、口ぎたなくののしって、いいました。

「おまえのたわごとを、きいているひまはねえや。来《こ》い、ジム、着《き》かえようぜ」

ピッピがいいました。

「それにね、いっとくけど、おじいちゃんの鼻《はな》は、世界一長《せかいいちなが》いの。オウムを五羽《ごわ》、飼《か》ってるんだけれど、五羽《ごわ》ぜんぶが、おじいちゃんの鼻《はな》に、ならんでとまれるんだから」

するとブックは、本気ではらをたてました。

「いいか、赤毛《あかげ》のガキ、おまえみたいなうそつきは、見たことないぜ。はずかしくないのか？　じいさんの鼻《はな》に、オウムが五羽《ごわ》、ならんでとまれるなんて、おれたちが信《しん》じると思《おも》うのか？　うそだって、いえよ！」

「ええ、そう、うそなの」ピッピは、悲《かな》しそうにいいました。

「そら見ろ。おれがいったとおりだろ！」と、ブック。

「とんでもない、おそろしいうそよ」ピッピは、ますます悲《かな》しそうにいいました。

「ああ、おれには、さいしょからわかっていたさ」とブックがいうと、ピッピは、わっと泣《な》きだしてさけびました。

「だって、五羽《ごわ》のうち……五ばんめのオウムは、片足《かたあし》でとまらなきゃならないんだもの！」

「くたばりやがれ」ブックはわめいて、ジムといっしょに、着《き》かえるために、しげみのかげへ入って

いきました。

「ピッピには、おじいちゃんなんて、いないんじゃない？」アニカが、たしかめるようにききました。

「いないわ。いなきゃ、いけない？」ピッピは、うれしそうにこたえました。

ブックが先に、海水《かいすい》パンツに着《き》かえて、出てきました。そして、浜《はま》べの岩《いわ》の上から、あざやかに飛《と》

びこみを決《き》め、沖《おき》のほうへ泳《およ》いでいきました。子どもたちはほら穴《あな》の上から、はらはらしながら、見

つめていました。

と、海面《かいめん》にいっしゅん、きらっとひらめくサメのひれが見えました。

「サメだ、サメだ！」モモがさけびました。

ブックは、気もちよさそうに立《た》ち泳《およ》ぎをしていましたが、ふりむくと、おそろしいサメが、自分《じぶん》に

むかってくるではありませんか。

このときのブックほど、早く泳《およ》いだ人はいないでしょう。たちまち岸《きし》にたどりつき、ひっしで浜《はま》に

かけあがったブックは、ピッピにむかってどなりました。

「こらあ、ガキめ！　海《うみ》は、サメだらけじゃねえか！」

「いったとおりでしょう？　あたし、いつもうそをついてる、ってわけじゃないのよ」ピッピは、かわいく首《くび》をかしげてみせました。

ジムとブックは、しげみのかげで、また服《ふく》に着《き》かえました。そろそろ、真珠《しんじゅ》のことにとりかかるころだ、と思《おも》ったのです。ナガクツシタ船長《せんちょう》や乗組員《のりくみいん》たちが、いつ帰《かえ》ってくるか、わからないのですから。

ブックが、子どもたちによびかけました。

「おーい、みんな。ここらは、真珠《しんじゅ》とりにいいそうだな。ほんとうかい？」

「ほんとうか、ですって？　海《うみ》の底《そこ》を歩《ある》けば、真珠貝《しんじゅがい》が、ざくざくいうほどよ。海《うみ》の底《そこ》へ行《い》って、自《じ》分《ぶん》で見てくればいいのに」

でもブックは、そんなこと、ごめんでした。

「どの真珠貝《しんじゅがい》にも、大きな真珠《しんじゅ》が入っているの。こんなのがね」といって、ピッピは、にぶく光《ひか》る大きな真珠《しんじゅ》を、つきだしてみせました。

ジムとブックは、こうふんのあまり、たおれそうになりました。ジムがいいました。

「おまえさんたち、そんなのを、ほかにももっているのかい？　そんなら、おじさんたち、買《か》いたいんだけど」

これは、うそでした。ジムとブックは、真珠《しんじゅ》を買《か》うお金など、もっていません。子どもたちを、だまそうとしているのです。

「ええ、このほら穴《あな》には真珠《しんじゅ》が、少《すく》なくとも五、六リットルはあるでしょうよ」ピッピがいいました。

ジムとブックは、もう、うれしさをかくせません。ブックがいいました。

「すばらしいや。真珠《しんじゅ》をもって、おりてこいよ。おじさんたちが、ぜんぶ買《か》ってやるから」

「それは、だめ。そんなことしたら、この子たちは、何《なに》でビー玉遊《あそ》びをすればいいのよ？」と、ピッピ。

ジムとブックは、長《なが》いこと、いいあっていましたが、やがて、真珠《しんじゅ》をだましとるのはむりだ、ということになりました。そして、だませないんなら、力ずくでうばってやろう、と決《き》めたのです。真珠《しんじゅ》がどこにあるのかは、わかっています。ほら穴《あな》までのぼっていって、とりあげればいいだけです。

ほら穴《あな》までのぼる……そう、まさに、それが問題《もんだい》です！

ふたりがそうだんしているあいだに、ピッピは、ハイビスカスのロープを、気づかれないようにそっとはずして、ほら穴《あな》にしまっておきました。

ジムとブックは、ほら穴《あな》までよじのぼっていくのは、それほど気が進《すす》みませんでした。でも、ほかに方法《ほうほう》はなさそうです。

「のぼれよ、ジム」ブックがいいました。

「いや、おまえがのぼれ、ブック」ジムがいいました。

「おまえがのぼるんだ、ジム」ブックがいいました。

ブックのほうが、ジムより強《つよ》かったので、ジムはしかたなく、のぼりはじめました。出っぱっている岩《いわ》を手あたりしだい、やけになってつかみましたが、ひやあせが、せなかを流《なが》れだしました。

「落《お》っこちないように、しっかりつかんでね」ピッピが、はげまそうとして声《こえ》をかけました。

すると、ジムは落《お》っこちました。海岸《かいがん》にいたブックが、ひめいをあげて、口ぎたなくののしりました。ジムも、ひめいをあげました。二匹《にひき》のサメが、まっしぐらに近《ちか》づいてくるのが見えたからです。

サメが、ジムにあと一メートルまでせまったところで、ピッピがサメの鼻先《はなさき》に、ココヤシの実を投《な》げました。

サメがびっくりしているあいだに、ジムは海岸《かいがん》まで泳《およ》ぎつき、小さな岩《いわ》に、はいあがることができました。ジムの服《ふく》からは、水がぽたぽたたれて、みじめなようすです。ブックが、ジムにもんくをいい、せめたてました。すると、ジムがいいました。

「自分《じぶん》でやってみろよ。そしたら、どんなもんか、わかるさ」

「ああ、手本を見せてやるからな」といって、ブックはのぼりはじめました。

子どもたちは、ブックを見つめていました。ブックがどんどんちかづいてくると、アニカは、こわくなってきました。すると、ピッピがいいました。

「あらあら、そこに足をおいちゃ、だめよ。落《お》っこちちゃうよ」

「どこだって？」ブックがききました。

「そこよ！」といって、ピッピは指《ゆび》をさしました。ブックは、自分《じぶん》の足もとを見ました――バシャーン！

「これじゃ、ココヤシの実《み》が、ずいぶんいるわね」サメが、水中でもがく、あわれなブックを食《た》べないようにと、ココヤシの実《み》を投《な》げたあと、ピッピはこういいました。

ブックは、かんかんにおこって、岸《きし》にあがってきましたが、こわがってはいないらしく、すぐにまた、岸壁《がんぺき》をのぼりだしました。ブックは、なんとしてもほら穴《あな》までのぼって、真珠《しんじゅ》を手に入れてやる、と心《こころ》に決《き》めていたのです。

こんどは、まえよりもうまくいきました。ほら穴《あな》の入口ちかくまでのぼると、ブックは、勝《か》ちほこったようにわめきました。

「さあ、どうだ、チビども。さっきのお返《かえ》しをしてやるぞ！」

するとピッピが、人《ひと》さし指《ゆび》で、ブックのおなかを、つん、とつきました。

バシャーン！

「おじさん、落《お》ちるんなら、自分《じぶん》でココヤシの実《み》をもってきてくれてれば、よかったのに」ピッピは、ずうずうしいサメの鼻先《はなさき》にココヤシの実《み》を投《な》げようと、ねらいをさだめながら、ブックにむかって大《おお》声《ごえ》でいいました。

サメはつぎつぎにやってきたので、ピッピはココヤシの実《み》を、何個《なんこ》も投《な》げなくてはなりませんでした。そのうちの一個《いっこ》が、ブックの頭《あたま》をかすり、ブックはひめいをあげました。

ピッピがさけびました。

「あらまあ、おじさんだったの？　ここからだと、ちょうど、いやらしいサメとおなじぐらいの大きさに見えるのよ」

ジムとブックは、こうなったら、子どもたちが自分《じぶん》からおりてくるのを、まつことにしました。

「やつらも、はらがへったら、穴《あな》から出てくるに決《き》まってら。そうしたら、ひどい目にあわせてやる」ブックが、にがにがしげにいいました。

ブックは子どもたちにむかって、どなりました。

「おまえたち、はらをへらして死《し》ぬまで、そのほら穴《あな》にいなくちゃならんとは、かわいそうなこった」

「おじさんたら、やさしいのね。でも、あと二週間《にしゅうかん》ほどは、しんぱいいらないわ。そのあとは、ココヤシの実《み》を、配給《はいきゅう》にしなくちゃならないかもしれないけど」というと、ピッピは、大きなココヤシの実《み》をわって、中のジュースを飲《の》み、おいしい実《み》を食《た》べてみせました。

ジムとブックは、ののしり声《ごえ》をあげました。そろそろ太陽《たいよう》がしずみかけていたので、ふたりは、海岸《かいがん》で夜《よ》を明《あ》かすじゅんびをはじめました。ボートをこいで、汽船《きせん》までもどってねる気にはなれません。そんなことをすれば、子どもたちが、真珠《しんじゅ》をみんなもって、にげてしまうかもしれないからです。

ふたりは、ぬれた服《ふく》のまま、かたい岩《いわ》の上でよこになりました。あまり、ねごこちがいいとはいえませんでした。

上のほら穴《あな》では、子どもたちがみんなで輪《わ》になり、にこにこしながら、ココヤシの実《み》や、パンの木の実《み》をマッシュポテトのようにつぶしたものを、食《た》べていました。どれも、とてもおいしいし、いろんなことがぜんぶ、わくわくするし、楽《たの》しい気分《きぶん》でした。

みんなはときどき、ほら穴《あな》から顔《かお》をつきだして、下にいるジムとブックのようすを見ました。だいぶ暗《くら》くなっていたので、たいらな岩《いわ》の上のふたりのすがたは、ぼんやりとしか見えませんでしたが、ののしり声《ごえ》だけは、きこえてきました。

と、とつぜん、熱帯地方《ねったいちほう》によくある、はげしい雨が、どっとふりだしました。天から海《うみ》が落《お》ちてきたかのように、大つぶの雨が、あとからあとからふってきます。ピッピは鼻先《はなさき》だけ、ほら穴《あな》からつきだして、ジムとブックにむかって、どなりました。

「あんたたちほど運《うん》のいい人って、またといないわ」

「そりゃ、どういう意味《いみ》だ？　おれたちが、運《うん》がいいっていうのは？」ブックは、期待《きたい》するようなちょうしで、ききました。子どもたちが、心《こころ》をあらためて、真珠《しんじゅ》をくれる気になったのか、と思《おも》ったのです。

ピッピはつづけました。

「だってね、こんなひどい夕立《ゆうだち》になるまえに、ちゃんと、ずぶぬれになってたじゃない？　でなきゃ、このどしゃぶりで、びしょびしょになるところだったのよ」

下から、ひどくののしる声《こえ》がきこえてきましたが、雨の音がうるさくて、ジムなのかブックなのかは、ききわけられませんでした。

「おやすみ、おやすみ、ぐっすりねむってね。あたしたちも、ねることにするから」ピッピはいいました。

子どもたちはみんなで、ほら穴《あな》の床《ゆか》によこになりました。トミーとアニカは、ピッピのとなりによこになって、ピッピの手をにぎりました。ほら穴《あな》の中は、ちょうどいいあたたかさで、いい気もちです。

みんなは、気もちよくねむりにつきました。外《そと》では、雨がザアザアと音をたてていました。

22 ピッピ、ジムとブックにうんざりする

子どもたちは、ひと晩《ばん》じゅう、ぐっすりとねむりました。

でも、ジムとブックは、そうはいきませんでした。はじめ、ふたりは、ひたすら雨をのろっていましたが、雨がやむと、こんどは、真珠《しんじゅ》が手に入らなかったのは、だれのせいだとか、そもそも、クレクレドット島《とう》へ行《い》こうなんてばかなことを思《おも》いついたのは、だれなんだとか、ずっといいあらそっていました。

けれども、朝日《あさひ》がのぼり、ぬれた服《ふく》がかわき、ピッピが、元気《げんき》そうな顔《かお》をほら穴《あな》からのぞかせて、「おはよう！」とあいさつすると、ふたりは、まえにもまして、かたく決心《けっしん》しました。やはり、ぜったいに真珠《しんじゅ》をまきあげて、金もちになって、島《しま》からずらかるんだ！　ただ、どうしたらいいのかは、思《おも》いつきませんでした。

さて、ほら穴《あな》でこんなことがおこっているあいだに、ピッピのウマは、ピッピとトミーとアニカは、いったいどこへ行《い》ったんだろう、と思《おも》いはじめていました。ジャングルで親《しん》せきと会《あ》っていたニルソン氏《し》も、もどってきて、ウマとおなじように、へんだと思《おも》いはじめました。それにニルソン氏《し》は、ジャングルで麦《むぎ》わらぼうしをなくしたのをピッピに知《し》られたら、なんていわれるのかも、しんぱいでした。

ニルソン氏《し》が、ウマのおしりに飛《と》びあがってすわると、ウマは、ピッピをさがそうと、パカパカと進《すす》んでいきました。

やがて、島《しま》の南《みなみ》のほうへやってくると、ピッピが、ほら穴《あな》から顔《かお》をつきだしているのが見えたので、ウマはうれしくなって、いななきました。

「見て、ピッピ！　ピッピのウマが来《き》たよ！」トミーが大声《おおごえ》でいいました。

「それに、ニルソン氏《し》も、しっぽにつかまってるわ」アニカも大声《おおごえ》でいいました。

これが、ジムとブックの耳に入りました。海岸《かいがん》を歩《ある》いてくるウマは、ほら穴《あな》にいる、あのめんどうな赤毛の女の子、ピッピのウマだ、というのです。

ブックはウマのところへ行《い》って、たてがみをつかむと、ほら穴《あな》の下までつれてきて、ピッピにむかってどなりました。

「やい、よくきくんだ、できそこない！　おまえのウマを、なぐりころしてやるぞ！」

「あたしの大好《だいす》きなウマを、なぐりころすですって！　あたしの大好《だいす》きな、かわいい、やさしいウマを！　本気じゃないでしょ」ピッピはいいました。

「いや、本気だぞ。もしも、おまえがおりてきて、真珠《しんじゅ》をぜんぶ、おれたちによこさなければ、そうするしかないな。真珠《しんじゅ》をぜんぶだぞ、いいな！　でないと、たったいま、このウマをなぐりころしてやる」

ピッピはしんけんな顔《かお》で、ブックを見つめていいました。

「おねがい、おじさん。心《こころ》からのおねがいよ――あたしのウマを、ころさないで。そして、子どもたちにはいままでどおり、真珠《しんじゅ》で遊《あそ》ばせてやって」

「おれのいったことは、きこえただろ。すぐに、真珠《しんじゅ》をもってくるんだ！　さもないと……」

それから、ブックは小声《こごえ》で、ジムにささやきました。

「あとは、真珠《しんじゅ》をもってくるのをまつだけだ。来《き》たら、ゆうべ、ずぶぬれになったしかえしに、黄色《きいろ》や青のあざだらけになるくらい、ぶんなぐってやるぜ。ウマは船《ふね》につれてって、どっかほかの島《しま》で、売《う》りとばせばいい」

ブックは、またピッピにむかって、どなりました。

「さあ、どうだ。どうするんだ？　おりてくるのか、こないのか？」

「じゃあ、行《い》くわ。でも、わすれないでね、おりてこいっていったのは、おじさんだってことを」

ピッピは、岸壁《がんぺき》の小さな岩《いわ》のでっぱりや石の上を、かるがると、まるでたいらなさんぽ道《みち》を歩《ある》くように飛《と》びおりていくと、ブックとジムとウマのいる、ひらたい岩《いわ》の上におり、ブックのまんまえに立ちました。

ピッピは小さくて、やせっぽちで、おなかのまわりに布《ぬの》をまいただけで、赤毛《あかげ》のおさげ髪《がみ》は、左右にぴんとつきだしていましたが、その目は、あぶないかがやきをたたえて光《ひか》っていました。

「真珠《しんじゅ》はどこだ？」ブックがわめきました。

「いまは、真珠《しんじゅ》はないの。かわりに、ウマとびで遊《あそ》べばいいわ」ピッピがいいました。

とたんにブックが、はげしいいかりにかられてほえたので、上のほら穴《あな》にいるアニカは、ふるえあがりました。

「こうなったら、おまえとウマのりょうほうとも、なぐりころしてやる！」とさけんで、ブックはピッピに飛《と》びかかりました。

「まあまあ、落《お》ちついてよ、おじさん」といったかと思《おも》うと、ピッピは、ブックの体《からだ》をつかんで、三メートルほどの高《たか》さまでほうりあげました。ブックは、どさっと岩《いわ》の上に落《お》ちて、したたか体《からだ》を打《う》ってしまいました。

するとこんどは、ジムがいきりたち、ピッピにおそろしいパンチをくらわせようとしましたが、ピッピは、まってました、というようにわらいながら、ぴょんとよこへ飛《と》びのきました。つぎのしゅんかん、明《あか》るい朝《あさ》の空高《そらたか》く、ジムの体《からだ》もまいあがっていました。

ピッピは、たいらな岩《いわ》の上で大声《おおごえ》でうめいているふたりのところへ行《い》くと、片手《かたて》にひとりずつ、つかみあげていいました。

「おじさんたちみたいに、真珠《しんじゅ》のビー玉にむちゅうになっちゃ、だめよ。遊《あそ》びにむちゅうになるにも、限度《げんど》があるわよ」

ピッピはふたりを、ボートまで運《はこ》んでいって乗《の》せると、いいました。

「さあ、おうちに帰《かえ》って、お母《かあ》さんに、石のビー玉を買《か》いたいから五オーレちょうだいっていって、たのみなさい。石でも、真珠《しんじゅ》とおなじようにうまく遊《あそ》べるって、うけあうわ」

しばらくすると、汽船《きせん》はポンポンと音をたてて、クレクレドット島《とう》からはなれていきました。それからというもの、この船《ふね》は、島《しま》のそばには二度《にど》とすがたを見せませんでした。

ピッピはウマをなでてやり、ニルソン氏《し》は、ピッピの肩《かた》に飛《と》びのりました。

ちょうどそのとき、島《しま》のはずれのみさきのむこうに、丸木舟《まるきぶね》の長《なが》い列《れつ》があらわれました。ナガクツシタ船長《せんちょう》とその一行《いっこう》が、たくさんのえものをもって、狩《か》りから帰《かえ》ってきたのです。

ピッピが、みんなにむかって声《こえ》をはりあげ、手をふると、舟《ふね》の人たちも、かいをふってこたえました。

ピッピが、いそいでまたロープをはったので、トミーもアニカもほかの子どもたちも、あんしんしてほら穴《あな》からおりてきました。

しばらくすると丸木舟《まるきぶね》は、つぎつぎと小さな入江《いりえ》に入ってきて、ホッペトッサ号《ごう》のそばにとまりました。子どもたちはみんなで、一行《いっこう》を出むかえました。

ナガクツシタ船長《せんちょう》が、ピッピの肩《かた》をかるくたたいて、ききました。

「るすのあいだ、何《なに》ごともなかったかな?」

「まったく、何《なに》もなかったわ」ピッピはこたえました。すると、アニカがいいました。

「でも、ピッピ、たいへんなことがあったじゃない」

「そうそう、そうだった。わすれてたわ。たしかに、何《なに》ごともない、ってわけじゃなかったわ、エフライム父《とう》さん。父《とう》さんたちが出かけたとたんに、たいへんなことがおきたのよ」と、ピッピ。

「なんだって、かわいいむすめや。いったい、何《なに》がおこったんだ?」ナガクツシタ船長《せんちょう》が、しんぱいそうにききました。

ピッピの返事《へんじ》は、こうでした。

「そりゃあ、ひどいことよ。ニルソン氏《し》が、麦《むぎ》わらぼうしをなくしちゃったの!」

23 ピッピ、クレクレドット島《とう》をあとにする

明《あか》るい光《ひかり》をそそいでくれるあたたかい太陽《たいよう》や、きらめく青い海《うみ》、かおりの高《たか》い花々にみちあふれた、すばらしい日々がつづきました。

トミーとアニカは日にやけてすっかり黒《くろ》くなり、もう、クレクレドット島《とう》の子どもたちと、見わけがつかないほどです。そしてピッピは、顔《かお》いっぱいに、さらにたくさん、そばかすができました。

「こんどの旅《たび》は、あたしの美容《びよう》にとっても、とてもいいわね。まえよりも、うんとそばかすがふえて、うんときれいになったもの。このままいけば、ずばり、すごい美女《びじょ》になっちゃうわ」ピッピは、まんぞくそうにいいました。

モモとモアナと島《しま》の子どもたちはみんな、とっくに、ピッピはすごい美女《びじょ》だ、と思《おも》っていました。島《しま》の子たちは、ピッピたちが来《き》てからというもの、これほど楽《たの》しかったことはありませんでしたし、みんな、トミーとアニカがピッピを好《す》きなのとおなじくらい、ピッピを好《す》きになっていました。もちろんみんなは、トミーとアニカのことも好《す》きでしたし、トミーとアニカも、島《しま》の子どもたちが好《す》きでした。だから、いっしょに遊《あそ》ぶのはとても楽《たの》しく、みんなは一日じゅう、遊《あそ》んで、遊《あそ》んで、遊《あそ》びまわりました。

あのほら穴《あな》へも、ときどき行《い》きました。ピッピが、もうふを運《はこ》びあげてくれたので、とまりたいときには、みんなでほら穴《あな》にとまり、あの雨の夜《よる》よりも、ずっと気もちよく、ねむることができました。ピッピが、ほら穴《あな》の入口から下の海面《かいめん》まで、なわばしごをたらしたので、子どもたちは好《す》きなときに、なわばしごをのぼったりおりたりして、好《す》きなだけ泳《およ》いだり、水遊《みずあそ》びをしたりできました。

そう、もう、泳《およ》いでもだいじょうぶなのです。ピッピが、海《うみ》の広《ひろ》いはんいをあみでかこったので、サメは入ってこられなくなったからです。

海《うみ》の中に入口のある、いくつものほら穴《あな》に、泳《およ》いで入ったり出たりするのも、楽《たの》しいことでした。トミーとアニカは、自分《じぶん》で真珠貝《しんじゅがい》をとることも、できるようになりました。アニカがさいしょに見つけた真珠《しんじゅ》は、大きくて、きれいなピンクでした。アニカは、これを家《いえ》にもってかえって、クレクレドット島《とう》の記念《きねん》の指輪《ゆびわ》にしよう、と思《おも》っていました。

ときたま、ピッピがブックの役《やく》をして、真珠《しんじゅ》どろぼうがほら穴《あな》へやってくる、という遊《あそ》びもしました。

ピッピが岸壁《がんぺき》をのぼろうとすると、トミーがなわばしごをひきあげるので、ピッピは、岸壁《がんぺき》をよじのぼらなくてはなりません。そして、ピッピがほら穴《あな》の入口に顔《かお》をのぞかせると、子どもたちは口々に、「ブックが来《き》た！　ブックが来《き》た！」とさけんで、じゅんばんに、ピッピのおなかをつん、とおし、ピッピはうしろむきに、海《うみ》に落《お》ちていくのでした。

ピッピが、両足《りょうあし》だけを水面《すいめん》からつきだして、ばしゃばしゃともがいてみせると、子どもたちはわらいすぎて、ほら穴《あな》からころげおちそうになりました。

ほら穴《あな》にあきると、竹の家《いえ》でも遊《あそ》びました。この家《いえ》は、ピッピといっしょに作《つく》ったものですが、ほとんどピッピが作《つく》った、といっていいでしょう。ほそい竹で作《つく》った、大きくて真四角《ましかく》な家《いえ》で、自由《じゆう》に家《いえ》の中で遊《あそ》んだり、家《いえ》の上にのぼったりもできるのです。

また、家《いえ》のすぐそばにある背《せ》の高《たか》いココヤシの木のみきに、ピッピが、足をかけるきざみ目をつけたので、だれでも、てっぺんまでのぼれるようになりました。てっぺんからのながめは、すばらしいものでした。

それに、二本のココヤシの木のあいだに、ハイビスカスの繊維《せんい》のロープで作《つく》ったブランコも、ばつぐんに楽《たの》しいものでした。このブランコを思《おも》いっきり強《つよ》くこいで、いちばん高《たか》くあがったところで、手をはなして飛《と》びだすと、海《うみ》の中に飛《と》びこめるのです。

ピッピは、こわいほど高《たか》くこいで、海《うみ》のずっととおいところまで飛《と》んでいきました。そして、「あたし、いつか、オーストラリアに、どすんと落《お》っこちるかもしれない。もし、そんなことになったら、頭《あたま》の上にあたしが落《お》ちてきた人は、たまんないわね」といいました。

子どもたちは、ジャングルの中へも出かけました。ジャングルには、高《たか》い山もあり、断崖《だんがい》からは、滝《たき》が流《なが》れおちていました。ピッピはまえから、たるに入って、滝《たき》の上から落《お》ちてみたい、と思《おも》っていたのですが、ようやく、のぞみがかないました。ピッピが、ホッペトッサ号《ごう》からあきだるをひとつもってきて、その中にもぐりこむと、モモとトミーが、しっかりふたをして、滝《たき》の上の流《なが》れに、たるをおしだしてくれました。

たるは、すごいいきおいで滝《たき》を流《なが》れおち、ばらばらにこわれてしまいました。そして、みんなが見ている中、ピッピのすがたは、滝《たき》つぼにきえてしまいました。もう二度《にど》とピッピに会《あ》えないのか、とみんなが思《おも》ったとたん、ピッピはうかびあがり、岸《きし》にはいあがってきて、いいました。

「たるって、すごく早く流《なが》れるのねえ」

こうして、一日、一日がすぎていきました。もうすぐ雨季《うき》がやってきます。この季節《きせつ》には、ナガク

ツシタ船長《せんちょう》は、たいてい小屋《こや》にとじこもって、あれこれ考《かんが》えごとをすることにしていましたが、船長《せんちょう》は、ピッピがこれからも、島《しま》で楽《たの》しくすごせるだろうかと、しんぱいになってきました。

いっぽうトミーとアニカも、お母《かあ》さんやお父《とう》さんはどうしているかなと、しょっちゅう思《おも》うようになり、クリスマスまでには家《いえ》に帰《かえ》りたい、と思《おも》いはじめていました。

そんなわけで、ふたりは、ある朝《あさ》ピッピが、「トミーとアニカ、そろそろまた、ごたごた荘《そう》へもどらない？」といったとき、そんなに悲《かな》しくはなりませんでした。

もちろん、ピッピとトミーとアニカが、ホッペトッサ号《ごう》に乗《の》って家《いえ》に帰《かえ》る日は、モモやモアナやほかのクレクレドット島《とう》の子どもたちにとっては、悲《かな》しい日になりました。ピッピは、しょっちゅう島《しま》にもどってくるから、とやくそくしました。

クレクレドット島《とう》の子どもたちは、おわかれのプレゼントに、白い花で花輪《はなわ》を作《つく》って、ピッピ、トミー、アニカの首《くび》にかけてくれました。船《ふね》がしずかに島《しま》をはなれたあとも、子どもたちの歌《うた》うわかれの歌《うた》が、海《うみ》の上をただよいながら、おいかけてくるようでした。

ナガクツシタ船長《せんちょう》は、どうしても島《しま》に残《のこ》らなくてはならない仕事《しごと》があったのですが、もちろん、海岸《かいがん》に見おくりには来《き》ていませんでした。かわりに、三人を家《いえ》におくりとどける役目《やくめ》をひきうけたのは、フリードルフでした。ナガクツシタ船長《せんちょう》は考《かんが》えこみながら、大きなハンカチで鼻《はな》をかみ、「さよなら」と手をふりました。

ピッピとトミーとアニカは、なみだがぽたぽたたれるほど泣《な》きながら、ナガクツシタ船長《せんちょう》や、クレクレドット島《とう》の子どもたちのすがたが見えなくなるまで、手をふっていました。

帰国《きこく》の船旅《ふなたび》は、ずっとお天気もよく、いい風《かぜ》を受《う》けて進《すす》んでいきました。

「北海《ほっかい》に出るまでに、あったかい下着《したぎ》を出しておいたほうがいいわよね」と、ピッピがいいました。

「あーあ、いやだけど、そうしようか」トミーとアニカもいいました。

ところが、ホッペトッサ号《ごう》はすばらしい風《かぜ》を受《う》け、じゅんちょうに航海《こうかい》していたのに、クリスマスにはまにあわないことが、わかってきました。それをきいたトミーとアニカは、がっかりしてしまいました。今年《ことし》は、クリスマス・ツリーもクリスマス・プレゼントもなし、だなんて！

「それなら、クレクレドット島《とう》に残《のこ》ったほうがよかったな」トミーが、ざんねんそうにいいました。

でも、アニカは、お母《かあ》さんとお父《とう》さんのことを考《かんが》えて、とにかく家《いえ》に帰《かえ》りたい、といいました。だけど、家《いえ》でクリスマスをいわえないのはざんねんだ、ということでは、トミーとおなじ意見《いけん》でした。

そして、一月はじめのある暗《くら》い夜《よる》、ピッピとトミーとアニカは、なつかしい小さな町に帰《かえ》ってきました。町の明《あ》かりは、三人を出むかえるかのように、きらきらかがやいています。

「さあ、南太平洋《みなみたいへいよう》の旅《たび》は、これでおしまい！」ピッピが、ウマをもちあげてタラップをおりるときに、いいました。

波止場《はとば》に出むかえにきている人は、ひとりもいませんでした。三人が、いつ帰《かえ》ってくるのか、だれも知《し》らなかったからです。ピッピは、トミーとアニカとニルソン氏《し》をウマに乗《の》せると、自分《じぶん》もウマに乗《の》り、ごたごた荘《そう》へとむかいました。大きな通《とお》りも、ほそい道《みち》も、雪《ゆき》にうもれているのに、ウマは、じょうずに歩《ある》いていきました。

トミーとアニカは、雪《ゆき》がふりしきる道《みち》の先を、じっと見つめていました。もうすぐ、お母《かあ》さんとお父《とう》さんのいる家《いえ》に帰《かえ》れる、と思《おも》うと、むしょうに、お母《かあ》さんとお父《とう》さんがこいしくなりました。

セッテルグレーン家《け》には、心《こころ》をひきつけるような明《あ》かりがともっていて、まどからは、トミーとアニカのお母《かあ》さんとお父《とう》さんが、テーブルについているのが見えました。

「ほらっ、お母《かあ》さんとお父《とう》さんがいる」トミーの声《こえ》は、とてもうれしそうでした。

けれども、おとなりのごたごた荘《そう》は、まっ暗《くら》で、雪《ゆき》にすっぽりうもれていました。

アニカは、ピッピがあそこへひとりで帰《かえ》っていくのか、と思《おも》うと、悲《かな》しくてたまらなくなって、いいました。

「ねえ、ピッピ。今晩《こんばん》だけは、うちにとまらない？」

でもピッピは、「あら、いいのよ。まず、ごたごた荘《そう》をちょっとかたづけなくちゃ」といって、ふたりの家《いえ》の門《もん》の外《そと》で、雪《ゆき》の上に、ぽんと飛《と》びおりました。

そしてピッピは、ごたごた荘《そう》にむかって、おなかまでとどくような雪《ゆき》をかきわけて、歩《ある》きだしました。ウマも、あとからついていきます。

「だけどさ、ピッピ、長《なが》いこと火をたいてないんだから、中はすごく寒《さむ》いんじゃない？」トミーもいい

ましたが、ピッピは、こうこたえました。

「だいじょうぶ。心臓《しんぞう》があたたかくて、ちゃんとみゃくを打《う》っていたら、こごえたりなんかしないわ」

24 ピッピは、大きくなりたくない

さあ、それから、トミーとアニカのお母《かあ》さんとお父《とう》さんは、子どもたちをだきしめたり、キスしたり、おいしい夕食《ゆうしょく》をならべたりと、大かんげいです。そして、ふたりがベッドへ入ると、しっかりふとんをかけて、くるんでくれました。

そのあと、お母《かあ》さんとお父《とう》さんは、ベッドのはしにこしかけて、子どもたちが、クレクレドット島《とう》で体験《たいけん》したおもしろいことを、つぎつぎしゃべるのを、長《なが》いこときいていました。家族《かぞく》みんなが、うれしくてたまりませんでした。

たったひとつ、ざんねんなのは、クリスマスがすぎてしまっていたことでした。トミーとアニカは、クリスマス・ツリーを見られなかったことと、クリスマス・プレゼントをもらえなかったことが、ざんねんでたまりませんでした。お母《かあ》さんに、そんなことはいいませんでしたが、やっぱり心残《こころのこ》りだったのです。旅行《りょこう》へ出かけて帰《かえ》ってくると、家《いえ》になれなくて、へんな感《かん》じがしますが、クリスマス・イヴに帰《かえ》ってきていたら、少しはましだったかもしれない、という気がしました。

それに、トミーとアニカは、ピッピのことを考《かんが》えると、ちょっとむねがいたくなりました。いまごろ、ピッピはごたごた荘《そう》で、まくらに足をのせて、ねているでしょう。でも、そばには、だれもいないのです。おふとんにくるんでくれる人も、いないのです。あしたはできるだけ早く、ピッピに会《あ》いにいこう、とふたりは決《き》めました。

ところが、つぎの日、お母《かあ》さんはふたりに、出かけちゃだめ、といいました。ふたりが長《なが》いあいだ、いなかったので、そばにいてほしかったのでしょう。それに、お母《かあ》さんのほうのおばあちゃんが、トミーたちに、お帰《かえ》りをいうために、早めの夕ごはんに来《く》ることになっていました。

トミーとアニカは一日じゅう、ピッピがどうしているかと、しんぱいでなりませんでした。夕ごはんもすみ、暗《くら》くなってくると、トミーはもう、がまんできなくなり、たのみました。

「おねがい、お母《かあ》さん。どうしても、ピッピのとこに行《い》きたいんだ」

「じゃあ、いそいで行《い》ってらっしゃい。でも、おそくならないようにね」お母《かあ》さんはいいました。

それで、トミーとアニカは飛《と》んでいきました。

ごたごた荘《そう》の門《もん》のまえまで来《く》ると、ふたりは立ちどまって、見とれてしまいました。まるで、クリスマス・カードのように美《うつく》しかったからです。

家《いえ》はやわらかな雪《ゆき》にうまり、どのまどからも、あたたかな、楽《たの》しそうな光《ひかり》がもれています。ベランダにはタイマツがたかれていて、白い雪《ゆき》におおわれた庭《にわ》を、いちめんに明《あか》るくてらしていました。門《もん》からベランダまでの道《みち》は、きれいに雪《ゆき》かきがしてあったので、雪《ゆき》に足をとられることもありませんでした。

トミーとアニカが、ベランダで、バンバンと足ぶみをして、くつの雪《ゆき》を落《お》としていると、ドアがあいて、ピッピがすがたを見せました。

「メリー・クリスマス！　ようこそわが家《や》へ！」といって、ピッピは、ふたりを台所《だいどころ》におしこみました。

すると、なんとそこには、クリスマス・ツリーがかざってあったのです！　ロウソクにはもう、火がともされていましたし、十七本の小さな花火もツリーにつりさげられ、ぱちぱちと火花がちって、あたりに、なつかしいにおいがただよっていました。テーブルには、お米《こめ》をミルクでにたクリスマスのおかゆや、ハムやソーセージ、そのほか、思《おも》いつくかぎりのあらゆるクリスマスのごちそうが、な

らんでいます。シナモン・クッキーや、あげパンまであります。かまどの中では、火があかあかともえているし、たきぎ入れの箱《はこ》のそばでは、ウマがおとなしく、足で床《ゆか》をかいています。ニルソン氏《し》はクリスマス・ツリーにのぼって、花火のあいだをぴょんぴょん飛《と》びはねていました。

「ニルソンちゃんには、クリスマスの天使《てんし》になってもらうつもりだったんだけど、じっとすわっていたくないらしいの」と、ピッピがいいました。

トミーとアニカは、口もきけずに、つっ立っていました。それからようやく、アニカがいいました。

「まあ、ピッピ、なんてすてきなの！　こんなにいっぱい、どうして用意《ようい》できたの？」

するとピッピがいいました。

「あたしって、働《はたら》き者《もの》なの」

トミーとアニカは、きゅうに、めちゃくちゃうれしく、楽《たの》しくなってきました。

SALT

JORD

「また、ごたごた荘《そう》に帰《かえ》ってきて、ほんとによかったなあ」トミーがいいました。

三人は、すぐにテーブルについて、ハムやおかゆやソーセージ、シナモン・クッキーなどを、つぎつぎにぱくぱくほおばりました。バナナやパンの木の実《み》よりも、おいしく感《かん》じます。

「すごいわ、ピッピ！　これで、やっと、クリスマスのおいわいができたわ！　クリスマス・プレゼントはないとしてもね」と、アニカがいいました。すると、ピッピがいいました。

「あらあら、そうだった。あたし、クリスマス・プレゼントをかくしておいたの。さあ、自分《じぶん》でさがしてちょうだい！」

トミーとアニカは、うれしさのあまり顔《かお》をまっ赤にして、すごいいきおいでさがしはじめました。

トミーは、たきぎ入れの箱《はこ》の中で、「トミえ」と書《か》かれた、大きなつつみを見つけました。あけてみると、すてきなえのぐ箱《ばこ》でした。アニカも、テーブルの下で、自分《じぶん》の名前《なまえ》の書《か》かれたつつみを見つけました。中には、美《うつく》しい、赤いパラソルが入っていました。

「こんどクレクレドット島《とう》へ行《い》くときに、もっていこうっと」アニカはいいました。

かまどのおおいにも、プレゼントのつつみがふたつ、ぶらさがっていました。ひとつのつつみには、トミーのための小さなジープ、もうひとつには、アニカのためのお人形《にんぎょう》の食器《しょっき》セットが入っていました。ウマのしっぽにも、小さなつつみがむすびつけてあり、これは、トミーとアニカが子どもべやでいっしょに使《つか》うための、時計《とけい》でした。

プレゼントをぜんぶ見つけると、トミーとアニカは、まどのそばに立って庭《にわ》の雪《ゆき》をながめていたピッピのところへ、飛《と》んでいきました。ふたりが、「ありがとう」といって、きつくだきしめると、ピッピはいいました。

「あした、大きな雪《ゆき》の家《いえ》を作《つく》ろうよ。夜《よる》になったら、中にロウソクをともすの」

「ワーイ、作《つく》ろう、作《つく》ろう」アニカはますます、帰《かえ》ってきてよかった、と思《おも》いました。ピッピがつづけます。

「それに、屋根《やね》の上から、下の雪《ゆき》のふきだまりまで、スキーのスロープも作《つく》ったらどうかな。そして、ウマにスキーを教《おし》えてあげようと思《おも》うんだけど、スキーが四本いるのか、二本でいいのか、わからないのよね」

「あしたは、おもしろくなりそうだね。クリスマス休みのうちに帰《かえ》ってこられて、よかったなあ」トミーがいいました。

三人は、テーブルの上にすわっていました。

「あたしたち、いつもおもしろいわよね。ごたごた荘《そう》でも、クレクレドット島《とう》でも、どこにいても」アニカがいうと、ピッピも、そのとおり、とうなずきました。

ところが、とつぜん、トミーが顔《かお》をくもらせて、強《つよ》いちょうしでいいました。

「ぼく、ぜったいに、大きくなんかなりたくないや」

「あたしも」アニカもいいました。

「そうよ、あたしだって、ぜったいそう思《おも》う。大人になっても、なんにもおもしろいことはないもの。つまんない仕事《しごと》を山ほどかかえて、へんな服着《ふくき》て、足にウオノメを作《つく》って、ゼエ金《きん》はらうだけじゃない」と、ピッピ。

「税金《ぜいきん》でしょう」と、アニカ。ピッピがつづけます。

「まあ、どっちでもいいけど、つまんないことよ。それに、大人って、やたら迷信《めいしん》や、ばかげたことを信《しん》じて、くらしてるでしょ。食《た》べているときに、たまたまナイフが口に入ったりしたら、すごーく不幸《ふこう》になる、なんて信《しん》じてるんだから」

「大人は、遊《あそ》べないのよね。いやだわ、どうしても、みんな大人にならなきゃいけないなんて！」アニカがいうと、ピッピがききました。

「どうしても、みんな大人にならなきゃいけないなんて、だれがいったの？　あのね、記憶《きおく》ちがいじゃなかったら、たしか、あたし、どこかに二《に》、三個《さんこ》、丸薬《がんやく》をもっているはずなんだけど……」

「なんの丸薬《がんやく》？」トミーがききました。

「大きくなりたくない人にきく、すてきな丸薬《がんやく》よ」といって、ピッピは、テーブルから飛《と》びおりました。そして、食器《しょっき》だなやひきだしの中を、あっちこっちさがしていましたが、しばらくすると、エンドウ豆《まめ》にそっくりな黄色《きいろ》いつぶを三つもって、もどってきました。

「エンドウ豆《まめ》じゃないか！」トミーがびっくりして、いいました。すると、ピッピはいいました。

「そう思《おも》うでしょう。でも、これはエンドウ豆《まめ》じゃないの。『ニコニコ丸薬《がんやく》』っていうの。ずっとまえにあたしが、リオで、先住民《せんじゅうみん》の長老《ちょうろう》に、『あたしは大きくなりたくない』っていったら、これをくれたのよ」

「こんな小さな丸薬《がんやく》、きくのかしら？」アニカが、うたがわしそうにいうと、ピッピは受《う》けあいました。

「ええ、もちろんよ。でも、ちゃんときくようにするには、暗《くら》いところで飲《の》まなくちゃならないし、飲《の》むまえに、こんなふうにとなえなくちゃならないの――

すてきな　ニコニコ丸薬《がんやく》さん

あたしは　おっちく　なりたくない」

「『大きく』だろう?」と、トミー。

「『おっちく』っていったのは、『おっちく』ってことよ。いいこと、そこがだいじなとこなの。たいていの人は、『大きく』っていいたがるんだけど、それだと、たいへんなことになっちゃうんだから。『大きく』っていっちゃうと、その人は、ほんとに、どんどん大きくなっちゃうの。

ニコニコ丸薬《がんやく》を飲《の》んだある男の子が、『おっちく』というかわりに、『大きく』といったのね。すると、こわいぐらいにぐんぐん、背《せ》がのびちゃったの。一日に何《なん》メートルものびるんだから、もうたいへん。

その子が、キリンのように、リンゴの木からちょくせつリンゴを食《た》べているうちは、まあ、なかなかよかったわ。でも、すぐに、背《せ》が大きくなりすぎて、それもできなくなったの。おばさんたちが、その子の家《いえ》に会《あ》いにきて、『まあ、なんて大きくて、おりこうになったの』といいたいときには、おばさんたちは、その子にきこえるように、メガホンでどならなくちゃならなかったの。ふつうの人に見えるのは、国旗掲揚《こっきけいよう》の柱《はしら》みたいな、その子の長《なが》くてほそい二本の足だけで、上のほうは、雲《くも》の中に入って、見えなくなっちゃってね。そのうち、みんな、その子のうわさもしなくなって……。

そうそう、あるときその子が、太陽《たいよう》をなめようとして、舌《した》に大やけどをして、すさまじいわめき声《ごえ》をあげたものだから、地上《ちじょう》の花がみんな、しおれてしまったのよ。それが、その子が生きている、さいごのしょうこだった。足だけは、いまでもリオのあたりを歩《ある》きまわって、交通《こうつう》のじゃまをしてるんだって」

「あたし、その丸薬《がんやく》、飲《の》みたくない。もし、いいまちがったら、いやだもん」アニカが、ぞっとしていうと、ピッピがなぐさめました。

「いいまちがいなんて、しないわよ。もし、あんたがいいまちがえるかもしれない、と思《おも》ったら、丸《がん》薬《やく》をあげたりしないもの。だって、あんたの足とだけしか遊《あそ》べないんじゃ、つまらないじゃない？　トミーとあたしとあんたの足だけ、なんて、さぞすてきな三人組《さんにんぐみ》になるでしょうけど」

「ちぇっ、アニカはいいまちがいなんて、しないよ」と、トミーもいいました。

そこで三人は、クリスマス・ツリーの明《あ》かりを、ぜんぶけしました。かまどの中のほのおだけは、とびらのおくでもえていましたが、それいがいに明《あ》かりはなく、台所《だいどころ》は暗《くら》くなりました。

三人は輪《わ》になって、だまって床《ゆか》にすわり、たがいに手をつなぎました。ピッピが、トミーとアニカに、ひとつぶずつ『ニコニコ丸《がん》

薬《やく》』をわたしました。三人は、きんちょう感《かん》と、わくわくする気もちとで、せすじがぞーっとしました。もうすぐ、この丸薬《がんやく》がおなかの中に入ったら、もう、大きくなることはないのです。なんてすてきなんでしょう！

「さあ」ピッピがささやきました。

三人は、丸薬《がんやく》を飲《の》みました。そして、声《こえ》をそろえてとなえました。

すてきな　ニコニコ丸薬《がんやく》さん　あたしは　おっちく　なりたくない。

さあ、すみました。ピッピは、天井《てんじょう》からさがっている電灯《でんとう》をつけて、いいました。

「ああ、よかった。もうこれで、大きくならなくていいのよ。ウオノメを作《つく》ったり、いやな目にあったりしなくてもすむんだから。ただ、あのニコニコ丸薬《がんやく》は、長《なが》いこと戸《と》だなに入れっぱなしだったから、ちゃんとききめがあるかどうかは、たしかじゃないんだけど……」

そのときアニカは、ふと思《おも》い出《だ》して、あわててさけびました。

「わあ、ピッピ、たいへん！　大きくなったら、海賊《かいぞく》になるって、いってなかった？」

「へいき、なれるわよ。小さな、えげつない海賊《かいぞく》になって、死《し》と混乱《こんらん》をあたりにまきちらしてやるから」

それから、ピッピはちょっと考《かんが》えて、いいました。

「ねえ、どう思《おも》う？　いつか、何年《なんねん》も何年《なんねん》もたってから、あるおばさんが、おもての道《みち》をとおりかかって、あたしたちが庭《にわ》で走《はし》りまわって遊《あそ》んでいるのを、見たとするでしょ。そしておばさんは、トミー、あんたにきくかもしれないわ。『あんたは、いくつになったの？』って。するとトミーはこたえるの。『五十三歳《ごじゅうさんさい》です、記憶《きおく》ちがいじゃなければ』ってね」

トミーは、うれしそうにわらいだしました。

「そしたら、おばさんは、ぼくが年のわりに大きくないって、いうだろうね」

「もちろんよ。でも、そういわれたら、小さいときには、もっと大きかったんです、といえばいいのよ」と、ピッピはいいました。

それから、トミーとアニカは、お母《かあ》さんが、おそくならないように、といっていたことを思《おも》い出《だ》しました。

「ぼくたち、そろそろ、家《いえ》に帰《かえ》らなくちゃ」トミーはいいました。

「でも、あした、また来《く》るわ」アニカもいいました。

「いいわ。じゃあ、八時《はちじ》から、雪《ゆき》の家《いえ》を作《つく》りはじめるからね」というと、ピッピは、門《もん》のところまで、

ふたりを見おくりにきてくれました。ピッピが、ごたごた荘《そう》へ走《はし》ってもどるとき、赤いおさげ髪《がみ》がおどるのが見えました。

その晩《ばん》、トミーが、歯《は》をみがいているときにいいました。

「ねえ、アニカ。あれがニコニコ丸薬《がんやく》だって知《し》らなかったら、きっと、ただのエンドウ豆《まめ》だと思《おも》っただろうね」

ピンクのパジャマを着《き》たアニカは、子どもべやのまどのそばに立って、ごたごた荘《そう》のほうをながめていましたが、「あっ、ほら、ピッピが見える！」と、うれしそうな声《こえ》をあげました。

トミーも、まどのそばへかけてきました。ほんとうです！　いまは、木々の葉《は》っぱが落《お》ちていて、ふたりのまどからは、ピッピの台所《だいどころ》がよく見えるのです。

ピッピは、ほおづえをついて、テーブルにすわっていました。夢見《ゆめみ》るようなまなざしで、目《め》のまえの、ゆらゆらゆれる小さなロウソクのほのおを、見つめています。

「ピッピ……。ピッピ、なんだか、さびしそう。ねえ、トミー、いまがもう朝《あさ》なら、すぐにピッピんちへ行《い》けるのに」といったアニカの声《こえ》は、少《すこ》しふるえていました。

ふたりはそのあと、だまって、じっと冬《ふゆ》の夜空《よぞら》を見ていました。ごたごた荘《そう》の屋根《やね》の上では、星《ほし》がいっぱい、きらきらとかがやいています。あの家《いえ》の中に、ピッピがいるのです。

ピッピは、いつも、あそこにいるでしょう。そう思《おも》うと、わくわくしました。年月はすぎていくでしょうが、ピッピとトミーとアニカは、大きくならないでしょう。もちろん、あのニコニコ丸薬《がんやく》に、ちゃんとき目があれば、ですが！

あたらしい春《はる》や夏《なつ》、あたらしい秋《あき》や冬《ふゆ》が、めぐってくることでしょう。でも、三人の遊《あそ》びは、ずっとつづくでしょう。

あしたは、雪《ゆき》の家《いえ》を作《つく》り、ごたごた荘《そう》の屋根《やね》から下までのスロープを作《つく》るのですし、春《はる》になれば、レモネードのなる、うろのあるオークの木にのぼるでしょう。三人は、宝《たから》さがしをしたり、ピッピのウマに乗《の》ったり、たきぎ入れの箱《はこ》の中に入って、たがいにお話《はなし》をしたり、ときには、またクレクレドット島《とう》へ航海《こうかい》して、モモやモアナやほかの子どもたちに会《あ》ったりもするでしょう。

でも、三人はいつでも、ごたごた荘《そう》へもどってくるのです。そうです、ピッピはいつも、ごたごた荘《そう》にいる、と思《おも》うと――ふたりは、すごくなぐさめられる気がしました。

「もしも、ピッピがこっちをむいたら、手をふろうよ」と、トミーがいいました。

けれどもピッピは、夢見《ゆめみ》るようなまなざしで、じっと、ほのおを見ているだけでした。

そのうちに、ピッピは、ふっとロウソクをけしました。

日本の子どもたちへ

もう七十五年以上もまえの、冬のことです。

わたしはまだ七歳《ななさい》にもならない小さな子どもで、肺炎《はいえん》にかかっていました。そのため、おとなしくベッドでねているようにいわれていたのですが、とうぜん、とてもたいくつしていました。そこで、気をまぎらそうと、母に「お話をしてちょうだい」とたのみました。

母はよろこんで話してくれましたが、しばらくすると話の種《たね》がつきて、何を話したらいいのか、思いつかなくなりました。けれどわたしは、もっともっと、とねだりつづけました。母はこまって、

「それじゃ、なんのお話をしてほしいの?」とたずねました。

そのときふいに、わたしは、「長くつ下のピッピ」という名前を思いついたのです。

その名前をきいたとたん、母の中でも何かがひらめいたようで、母はすぐに、ピッピのお話をはじめました。ずっとあとになって、「なんといっても、めずらしい名前だったから、めずらしい女の子のお話ができたのよ」と、いっていました。

ピッピのお話はどれも、信じられないほどおもしろく、しだいに近所の子どもやクラスメートたちもあつまってくるようになり、母のお話会ではいつも、ピッピのお話がされるようになりました。

二、三年後、母は自宅《じたく》のアパートのそばの公園で、氷で足をすべらせ、足首をねんざしてしまいました。こんどは、母がベッドでじっとしているばんでした。母はたいくつしのぎに、ピッピのお話を書きとめはじめました。そして、わたしの十歳《じっさい》のおたんじょう日に、そのタイプで打った原稿《げんこう》を、黒い紙ばさみに綴《と》じて、プレゼントしてくれたのです。むすめのわたしがあんなに楽しんだのだから、ほかの子どもも楽しめるのでは、と思った母は、原稿《げんこう》を出版社《しゅっぱんしゃ》にも送りました。ある出版社《しゅっぱんしゃ》で賞《しょう》をとり、まもなくスウェーデンじゅうの子どもが、このめずらしい女の子のお話を読めるようになりました。

わたしは、できあがったピッピの本をはじめて見たときのことを、よくおぼえています。さし絵が、思いえがいていたピッピそのもので、とても印象深《いんしょうぶか》く、ピッピの心をかんぺきにとらえているように思えたからです――画家の名前は、イングリッド・ヴァン・ニイマンでした。

今回、日本の子どもたちが、ヴァン・ニイマンのさし絵のついたピッピの物語を読めることになって、とてもうれしく思っています。わたしが楽しんだように、みなさんも楽しんでくださるようにとねがっています。

リンドグレーンの娘《むすめ》
カーリン・ニイマン

訳者《やくしゃ》あとがき

ピッピは、世界一強い女の子。そばかすのある明るい顔に、かたく編《あ》んだ赤毛の三《み》つ編《あ》みを顔の両側にぴんとつきだし、足には、左右でちがう黄色と黒のくつ下と大きなくつをはいている、元気いっぱいの女の子です。めったにないそんな外見にふさわしく、中身もまた、めったにないほどすごいのです。

その強さは、ふたりのおまわりさんのベルトを、片手《かたて》でひとりずつ、しっかりつかんでかるがると持ちあげて運んだり、金貨をぬすみにきたふたりのどろぼうを、こてんぱんにやっつけたりするほどで……これ以上は、物語を読んでお楽しみいただくとして、この『決定版《けっていばん》　長くつ下のピッピの本』について、少しお話しいたしましょう。

日本では、『長くつ下のピッピ』（岩波書店、一九六四年刊《かん》）の出版《しゅっぱん》以来、長くつ下のピッピといえば、続いて出版《しゅっぱん》された『ピッピ船にのる』『ピッピ南の島へ』をふくめた三冊《さんさつ》を指すことが多く、これらの版《はん》に親しんでこられた読者も多いことでしょう。これら三冊が、スウェーデンでそれぞれ一九四五年、一九四六年、一九四八年に出版《しゅっぱん》された後、一九五二年に、リンドグレーンが三冊から選《え》

りすぐったお話を、一冊にまとめて出版《しゅっぱん》した版《はん》を翻訳《ほんやく》したのが、この『決定版《けっていばん》　長くつ下のピッピの本』です。

リンドグレーン自身がまとめたものであること、また、彼女《かのじょ》が「物語の精神《せいしん》をよく汲《く》みとってくれた」と高く評価《ひょうか》していた、イングリッド・ヴァン・ニイマンという稀有《けう》な画家によるオリジナルの挿《さし》絵《え》も、カラーで収録《しゅうろく》したことから、「決定版《けっていばん》」と呼《よ》ぶことにしました。ヴァン・ニイマンの挿絵《さしえ》は、今日《こんにち》でも斬新《ざんしん》で、いきいきと元気なピッピをあまりによくとらえているので、目をみはってしまいます。

スウェーデンでは一九四七年、小さな子どもからの、ピッピを読みたい、という声に応《こた》えて、同じくヴァン・ニイマンの絵で、絵本『こんにちは、長くつ下のピッピ』（徳間書店《とくましょてん》、二〇〇四年刊《かん》）も出版《しゅっぱん》されました。

さて、初めて出版《しゅっぱん》されてから七十年以上にわたり、子どもたちに愛されているピッピの誕生《たんじょう》の秘《ひ》密《みつ》と、作家アストリッド・リンドグレーンの誕生《たんじょう》の背景《はいけい》を、少し探《さぐ》ってみようと思います。

『決定版《けっていばん》　長くつ下のピッピの本』の出版《しゅっぱん》に際《さい》して、リンドグレーンの娘《むすめ》カーリン・ニイマンさんが「日本の子どもたちへ」という文章を寄《よ》せてくださいました。そこからもわかるように、ピッピ誕《たん》生《じょう》の直接《ちょくせつ》のきっかけは、一九四一年の冬、七歳《ななさい》にもならないカーリンさんが、「長くつ下のピッピ」という名前をぐうぜん思いついたことでした。娘にピッピのお話を聞かせるようになったとき、アストリッド・リンドグレーンは、まだ作家ではなく、夫ステューレ、息子ラッセ、娘カーリンとともにストックホルムで暮《く》らす、パートで働く三十二歳の主婦《しゅふ》でした。けれどもそのころから、書くことにはたいへん興味《きょうみ》があったようです。

というのは、一九三九年九月一日、ヒトラー率《ひき》いるドイツがポーランドに侵攻《しんこう》し、第二次世界大戦が勃発《ぼっぱつ》したこの日から、アストリッドは、戦争についての日記をつけはじめたのです。ピッピのお話は、この戦争日記（『アストリッド・リンドグレーンの戦争日記』岩波書店、二〇一七年刊《かん》）をつけるなかで誕生《たんじょう》したので、日記のことも少しお話ししましょう。

一九四五年の終戦までの六年間、アストリッドは、新聞の切《き》り抜《ぬ》きを貼《は》りつけたり、新聞やラジオの情報《じょうほう》を書きとめたりして、中立国スウェーデンの立場からヨーロッパ戦線の状況《じょうきょう》を記録するだけでなく、戦時下の各国の人々の生活や自分の家族のようす、戦争に対するはげしい怒《いか》り、世界の子どもへの熱い愛情《あいじょう》、亡《な》くなった兵士への深い哀悼《あいとう》、残された遺族《いぞく》への濃《こま》やかな心遣《こころづか》い、平和を望む強い気持ちなどを真摯《しんし》に、ときにはユーモアたっぷりに綴《つづ》っていきました。いきいきとしたその筆致《ひっち》は、書くことへの喜びにあふれています。こつこつと日記を書きつづけ、アストリッドが「書く」力をみがいて行く中で、ピッピは誕生《たんじょう》したのです。

戦争日記にはときおり、ピッピについての記述《きじゅつ》も見られます。「長くつ下のピッピで、たっぷり楽しんでいる」「足をくじいて、ベッドで横になり、長くつ下のピッピを書いている」そして、一九四五年十一月二十五日の出版《しゅっぱん》の直後には、「昨日、本屋さんで『長くつ下のピッピ』の本を一冊買った」と、ひかえめながら、喜びを表しています。

『長くつ下のピッピ』が出版《しゅっぱん》されたこのとき、戦争はすでに終わっていました。けれど、カーリンにお話を聞かせていたのは、まだ戦争のまっ最中の緊迫《きんぱく》した状況《じょうきょう》の中でした。そんな日々の中、明るく、自由で、遊ぶことに一生懸命《いっしょうけんめい》なピッピは、カーリンや彼女《かのじょ》のクラスメートの心をがっちりととらえました。もちろん、ところどころに戦争の影響《えいきょう》は感じられます。たとえば、ピッピがサーカスでやっつけた「怪力《かいりき》アドルフ」は、アドルフ・ヒトラーから名前をとったと思われます。

『長くつ下のピッピ』が出版《しゅっぱん》された直後は、教育界をはじめとする大人たちが、ピッピのあまりの行儀《ぎょうぎ》の悪さに驚《おどろ》き、非難《ひなん》の声をあげました。でも子どもたちは、強くて、やさしくて、口うるさい大人に負けないピッピのキャラクターに、夢中《むちゅう》になりました。

また、ピッピがまくらの上に足をのせて寝《ね》たり、後ろ向きに歩いちゃどうしていけないの、と言ったりすることには、当時の閉鎖的《へいさてき》で封建的《ほうけんてき》な社会の既成概念《きせいがいねん》をくつがえしたい、というアストリッドのひそかな望みが表れているように思います。そして、アストリッドがそうした望みを抱《いだ》くようになった背景《はいけい》には、彼女《かのじょ》自身の経験《けいけん》がありました。

アストリッドは、南スウェーデンのヴィンメルビーという町で、農場を経営《けいえい》する、お話好きのゆかいな父親と、賢明《けんめい》で思いやりのあるやさしい母親のもとに生まれ、兄妹や友だちと、ゆたかな自然の中で楽しく遊んで育ちました。ところが、十九歳でシングルマザーにならざるをえなくなったときに、社会から理不尽《りふじん》な差別を受け、つらい経験《けいけん》をすることになりました。

アストリッドが不公平や差別をおかしい、と思う気持ちと、戦後のスウェーデンが、封建的《ほうけんてき》な男尊《だんそん》女卑《じょひ》の社会から、民主的な男女平等の社会へ変わっていこうとする機運《きうん》とが一致《いっち》し、自由な心を持ち、だれにでも公平に接《せっ》するピッピが、広く社会に受け入れられていったと言えるのではないか、と思います。

そうした機運は、スウェーデンだけにとどまらず、やがてピッピの人気とともに、世界へと広がっていきました。今では、男女平等や女性《じょせい》の社会進出では世界の先駆《さきが》けとなっているスウェーデンですが、その社会は、差別をなくしたいという意志《いし》を持った、アストリッドをはじめとする多くの人たちの地道な努力によって、築《きず》かれたものなのです。

また、アストリッドは、子どもたちを深く信頼《しんらい》していました。ピッピは元気がありすぎて、少々羽目をはずしてしまうところがあります。たとえば、ピクニックに行って、毒のあるベニテングタケを口にしたり、薬局で買った薬をみんな混《ま》ぜて、ごくりと飲んでしまったりするのです。

読者は、子どもも大人も、はらはらしてしまいますが、アストリッドは、「子どもたちがまねをするのではないか」と心配する声に、こんなふうに答えていました。「だいじょうぶよ。子どもは、わかっているんだから。ピッピのまねをしようなんて思っていないわ。ただピッピといっしょに楽しんでいるだけよ」

アストリッド・リンドグレーンが、不平等な差別は許《ゆる》されないと考えるようになったのは、シングルマザーになった経験《けいけん》からだけではありません。じつは小さなころから、不公平なことはいやだと思っていました。『川のほとりのおもしろ荘《そう》』（岩波書店、一九八八年刊《かん》）の中で、ミイアという少女が貧乏《びんぼう》ゆえに差別されることに対して、主人公のマディケンが異《い》を唱《とな》える場面がありますが、これは、アストリッドの小学校の担任《たんにん》が、家庭の貧富《ひんぷ》の差によって子どもたちの扱《あつか》いを変えているのを、子どものころの彼女《かのじょ》が敏感《びんかん》に感じていたことが、作品に反映《はんえい》したものなのです。

このように、だれかを差別するような意識《いしき》はまったくなかったリンドグレーンですが、ピッピがさまざまな国について語る「うそ話」には、多少誤解《ごかい》を招《まね》く面があるかもしれません。

たとえば、ピッピは、エジプトではみんな後ろ向きに歩く、アメリカでは子どもたちは年じゅう小川の中につかっている、などと「うそ話」をいろいろします。開発途上国《かいはつとじょうこく》への差別感情《かんじょう》があったのではないか、と思われるのでは、と心配になります。

でも、ピッピは、当時豊《ゆた》かな国の象徴《しょうちょう》だったアメリカに関してもうそをついていることから、リンドグレーン自身に差別をする気持ちがあったとは思えません。リンドグレーン本人が差別を嫌《きら》っていたことは確《たし》かですが、一九四五年当時、この「うそ話」のような表現《ひょうげん》をおもしろいと考える風潮《ふうちょう》に、図らずも乗ってしまったのかもしれません。

また、少し話は変わりますが、ピッピのお父さんのナガクツシタ船長が嵐《あらし》で飛ばされ、南太平洋のクレクレドット島へ漂着《ひょうちゃく》し、そこで王さまになった、というエピソードも、読みようによっては、「白人優位《はくじんゆうい》」の考え方に基《もと》づくようにもとれるかもしれません。

でも、これについては、実際《じっさい》にあったことに基《もと》づいているのだと、カーリン夫妻《ふさい》にうかがったことがあります。スウェーデンの船乗りが南太平洋で難破《なんぱ》し、助けられた島で王さまになった、というエピソードが、新聞で取りあげられていた、というのです。その船乗りは、帰国するたびにニュースになり、一九三八年にも記事が出ていたので、アストリッドがそれをヒントにした可能性《かのうせい》は高い、とのことでした。

リンドグレーンは、作品の中だけでなく、現実《げんじつ》の社会の中にあっても、人々にメッセージを送りつづけました。一九七八年には、ドイツ書店協会平和賞の授賞式《じゅしょうしき》でのスピーチで、「子育てに体罰《たいばつ》は必要ない、暴力《ぼうりょく》は絶対《ぜったい》だめ」と主張《しゅちょう》し、大きな反響《はんきょう》をまきおこしました。

このスピーチに端《たん》を発《はっ》した議論《ぎろん》の結果、翌年《よくねん》、スウェーデンでは、子どもに対する暴力《ぼうりょく》を家庭でも学校でも全面的に禁止《きんし》する法律《ほうりつ》が成立しました。また、リンドグレーンの孫たちが運営《うんえい》する著作権《ちょさくけん》会社《がいしゃ》は、現在《げんざい》でも彼女《かのじょ》の意志《いし》を守り、難民《なんみん》としてスウェーデンに来た子どもや、アフリカの子どもを支援《しえん》しています。アストリッド・リンドグレーンの、不平等や不公平、差別をなくしたい、という深い思いは、これからも、強くてやさしいピッピの物語や、彼女のほかの多くの作品とともに、受けつがれていくことでしょう。

最後になりましたが、徳間書店《とくましょてん》の上村令《うえむられい》さん、児童書編集部のみなさんには、いろいろお世話になり、ありがとうございました。心よりお礼申し上げます。

二〇一八年九月

石井登志子《いしいとしこ》

【訳者】
石井登志子（いしい としこ）

同志社大学卒業。スウェーデンのルンド大学でスウェーデン語を学ぶ。訳書に『こんにちは、長くつ下のピッピ』『ブリット-マリはただいま幸せ』『夕あかりの国』『おひさまのたまご』（以上徳間書店）、『リンドグレーンの戦争日記』『エーミルはいたずらっこ』（以上岩波書店）、『ちいさなちいさなおばあちゃん』『わたし、耳がきこえないの』（以上偕成社）など多数。

【決定版 長くつ下のピッピの本】
BOKEN OM PIPPI LÅNGSTRUMP
アストリッド・リンドグレーン作
イングリッド・ヴァン・ニイマン絵
石井登志子訳 translation © 2018 Toshiko Ishii
384p 22cm NDC949

決定版 長くつ下のピッピの本
2018年11月30日 初版発行
2021年6月25日 2刷発行
訳者:石井登志子
装丁・手書き文字:百足屋ユウコ（ムシカゴグラフィクス）
フォーマット：前田浩志・横濱順美

発行人:小宮英行
発行所:株式会社 徳間書店
〒141-8202 東京都品川区上大崎3-1-1 目黒セントラルスクエア
Tel.(049)293-5521(販売) (03)5403-4347(児童書編集) 振替00140-0-44392番
本文・カバー印刷:日経印刷株式会社
製本:大日本印刷株式会社
Published by TOKUMASHOTEN PUBLISHING CO., LTD., Tokyo, Japan. Printed in Japan.
徳間書店の子どもの本のホームページ https://www.tokuma.jp/kodomonohon/

ISBN978-4-19-864731-5

アストリッド・リンドグレーン 文　いしいとしこ 訳

さまざまな画家が描く リンドグレーンの世界

こんにちは、いたずらっ子エーミル

エーミルは毎日、さまざまなさわぎをまきおこし…？ リンドグレーンが小さな子のために文章を書きおろした絵本。

絵：ビヨルン・ベリイ

夕あかりの国

病気の男の子が夕ぐれの空を飛んで向かったのは…？ 心いやされる美しい絵本。

絵：マリット・テルンクヴィスト

リンドグレーンの絵本

アストリッド・リンドグレーン 作　イングリッド・ヴァン・ニイマン 絵　いしいとしこ 訳

小さな子から楽しめる ピッピの絵本

こんにちは、長くつ下のピッピ

小さな子も楽しめるよう、リンドグレーンが文章を書きおろした絵本。ピッピのきせかえ紙人形付き。

ピッピ、南の島で大かつやく

トミーとアニカは、ピッピといっしょに船出して…。クレクレドット島でのぼうけんが、楽しい絵本に！

ピッピ、公園でわるものたいじ

絵本でしか読めない、ストックホルムの公園でのお話。トミーとアニカのきせかえ紙人形付き。

ピッピ、お買い物にいく

キャンディーやキャラメル、おもちゃに薬……。ピッピのごうかいなお買い物に、わくわくする絵本。